[illegible]nette

Le parapluie de la discorde

DE LA MÊME AUTEURE

Le Secret de la Truyère, Les Éditions du bord du Lot, 2010 ; 2013 ; Éditions De Borée, coll. « Terre de Poche », 2020.

L'Étrange Locataire de Madame Eliot, Les Éditions du bord du Lot, 2012.

Les Justicières de Saint-Flour, Les Éditions du bord du Lot, 2012.

Le Silence des Hautes-Terres, Les Éditions du bord du Lot, 2013 (prix du roman Claude Favre de Vaugelas 2014) ; Éditions De Borée, coll. « Terre de Poche », 2018.

Un été à Rochegonde, Calmann-Lévy, 2014.

Les Ruchers de la colère, Calmann-Lévy, 2015 (prix du salon La Plume et la Lettre 2015) ; Le Livre de Poche, 2016.

L'Auberge du pont de Tréboul, Calmann-Lévy, 2016.

L'Héritière des Fajoux, Calmann-Lévy, 2017 (prix Arverne 2017 ; prix Lucien-Gachon 2018).

Rendez-vous à Bélinay, Calmann-Lévy, 2018.

Le Cercle des derniers libraires, Éditions De Borée, 2018 ; J'ai lu, 2020.

Terminus Garabit, Calmann-Lévy, 2019.

Impasse des demoiselles, Éditions De Borée, 2020.

Une miss pas comme les autres, Calmann-Lévy, 2021.

Pour en savoir plus :
sylvie-baron.e-monsite.com

SYLVIE BARON

Le parapluie de la discorde

ROMAN

J'AI LU

Ouvrage paru sous la direction de Julie Fallon

Initialement paru sous le titre *Un coin de parapluie*

À ma fille Claire, amoureuse des mots.

1

La nature fougueuse et passionnée de Nina lui attirait invariablement des ennuis. Là-dessus au moins, tout le monde était d'accord. Les paroles, les gestes, les pensées de la jeune femme contenaient toujours une dose de chagrin et de révolte qui venait contrebalancer au dernier moment ses plus folles explosions de bonheur. En regardant sa nièce délacer ses baskets pour les lancer à toute volée à l'autre bout de la pièce dans un maelström d'une violence impétueuse, Joséfa n'était d'ailleurs pas loin de penser que Nina était en réalité bien trop ardente pour mener une vie ordinaire. Ce trait de caractère expliquait en partie tous ses soucis actuels.

Enfant rebelle à toute autorité, adolescente fugueuse d'une sensibilité extrême qui la poussait autant à embrasser les causes les plus improbables qu'à aimer sans retenue, Nina se retrouvait aujourd'hui à vingt-six ans sans formation véritable, sans métier, sans appui mais avec deux *petitous* à charge, résultat d'une liaison tourmentée qui venait de finir tragiquement.

Indifférente au mouvement d'humeur enragé de sa nièce, Joséfa contempla celle-ci en silence. Vêtue d'un jean trop large et d'un pull qui avait connu des jours meilleurs, la jeune femme déployait malgré tout une grâce un peu raide qui s'accordait avec l'expression tendue de son visage et son regard sombre. Petite, mince, presque frêle, elle serait passée inaperçue sans son menton pointu et fier, ses joues délicatement rebondies, son nez parsemé de taches de rousseur et surtout cette chevelure flamboyante qui balayait ses épaules en formant une auréole de vie où s'accrochaient toutes les lumières.

— Si j'en crois ta figure de masque, j'en déduis que ça n'a pas marché ?

— Pire, je suis partie en claquant la porte. Tout ce foutoir administratif est vraiment insupportable !

— Mais cependant nécessaire !

— Non, je me refuse à entrer dans ce jeu de l'assistanat. Tu ne peux pas savoir comment ils m'ont fait comprendre en dix minutes que j'étais une moins-que-rien. Ces interrogatoires sont une honte. Je ne subirai plus une telle humiliation, même pour quelques euros par mois. Je n'ai pas besoin de leur aide, je me débrouillerai.

— En attendant, viens donc avec moi écarter le linge et parle moins fort, tu vas réveiller les petits.

Pragmatique, Joséfa préférait ainsi dévier la conversation. Elle connaissait les arguments de Nina, les approuvait par ailleurs en partie, ayant elle-même suffisamment côtoyé en son temps les bureaux de Pôle emploi pour en apprécier toute l'absurdité du fonctionnement.

L'époque, cependant, rendait tout plus difficile, rechercher un travail, solliciter une aide sociale exigeaient dorénavant une dose de patience et de résistance à toute épreuve. Ce qui était loin d'être le cas de Nina qui affrontait tous ces obstacles avec une fierté d'un autre âge, refusant par avance de se plier à des règles qui n'avaient pour elle aucun sens. Il faut dire à sa décharge que loin de préserver la dignité de leurs bénéficiaires, les services sociaux se transformaient insidieusement en une machine à fabriquer du soupçon, considérant chacun de ses usagers comme un fraudeur en puissance, pire, un menteur qu'il s'agissait de percer à jour. Toutefois, si la révolte de la jeune femme était compréhensible, elle n'arrangeait pas son cas. Cela faisait maintenant près de six mois que Nina s'était réfugiée chez sa tante. Elle sortait d'une histoire épouvantable, était en véritable état de choc, accrochée à l'amour de ses enfants qui seul l'obligeait à survivre.

Joséfa était un roc, une femme forte dans tous les sens du terme. Ayant connu bien des malheurs, elle ne s'apitoyait pas facilement, ni sur elle ni sur les autres[1]. C'est paradoxalement ce trait de caractère qui avait vaincu les dernières réticences de Nina. Elle avait besoin d'un abri, savait qu'elle pouvait compter sur sa tante sans avoir à subir compassion, jérémiades ou reproches.

1. Voir, de la même auteure, *Les Justicières de Saint-Flour*.

Joséfa était pleine de bon sens et d'une droiture presque inflexible, elle ne mâchait pas ses mots, faisant même parfois preuve d'intransigeance, mais on pouvait toujours compter sur sa grande humanité.

Les deux femmes portèrent en silence le lourd panier à linge jusqu'au jardin qui jouxtait la petite maison. Avec une dextérité surprenante pour sa corpulence, Joséfa écarta les draps sur la corde en les lissant du plat de la main avec la force d'un batelier. Comme elle l'escomptait, cette besogne simple, répétitive, presque automatique suffit à faire retomber la tension, à redonner lentement aux choses leur juste valeur. L'odeur fraîche du linge qui claque au vent est en effet incomparable, elle remue les souvenirs d'enfance, apaise, apporte une note de bonheur. Tout se pacifiait grâce au parfum de lessive, d'herbes, de feuilles, la nature tout entière pénétrait dans leurs narines à travers ces effluves mouillés. Un presque sourire flottait maintenant sur le visage de la jeune femme qui plaçait sur l'étendoir les petits vêtements d'enfant avec une émotion visible. Un censeur aurait pu reprocher beaucoup de choses à Nina : insouciance, crédulité, obstination, révoltes, exagérations, mais il n'aurait pu nier l'amour indéfectible qu'elle portait à ses jumeaux.

C'est bien sur celui-ci que comptait Joséfa pour la faire revenir à de plus justes sentiments. Il faut dire que les quatre ans de Jules et Emy les rendaient particulièrement attachants avec leur tignasse rousse, leurs taches de rousseur et leur joli rire flûté. Évidemment inséparables, vifs, curieux, volontiers frondeurs et quelque peu perturbés par cette vie nomade qui avait été la leur dernièrement, les petits emplissaient tellement l'horizon de Nina qu'ils semblaient être devenus le but unique de son existence.

Pour eux, elle avait accepté sans rechigner toutes sortes de boulots précaires, durs ou ingrats – manutentionnaire, caissière, serveuse, employée de fast-food, vendeuse, bagagiste. Son seul diplôme, une licence en histoire de l'art, offrait quant à lui trop peu de débouchés dans ce pays de montagne. Pire, il la desservait plutôt dans ses entretiens, la rendant presque suspecte aux yeux d'employeurs pour qui seule primait la force physique. Ce type de formation ne lui permettait pas d'entrer dans les cases des profils souhaités. Nina voulait avant tout avoir du temps pour ses enfants. Partant de là, elle avait très vite compris qu'il lui faudrait renoncer aux propositions d'emploi plus attractives mais plus contraignantes en termes d'horaire et de distance. Abandonnant dans la foulée toute ambition de vie sociale et, bien entendu, amoureuse.

— J'en ai marre de rencontrer des gens qui parlent comme des répondeurs téléphoniques à options multiples, dit-elle au bout d'un moment en reprenant naturellement le fil de la discussion.

Le ton volontiers badin montrait que sa colère s'était envolée. Toutefois, il y avait toujours chez elle une espèce de violence à fleur de peau qui la rendait à la fois vulnérable et téméraire. Joséfa se fit une fois de plus la réflexion qu'il serait difficile de trouver un emploi qui convienne à un tel caractère. Pourtant, cela devenait urgent. La jeune femme avait besoin d'être sécurisée, apaisée, de retrouver un équilibre, de se forger un avenir. Tout en la laissant discourir sur les sottises du gouvernement et de l'administration, Joséfa se remémorait la longue conversation qu'elles avaient eue à la mort de Jacky.

Jacky, le fameux Jacky, père des enfants, compagnon de Nina ou plutôt amant éphémère de celle-ci. De quinze ans son aîné, il l'avait soutenue financièrement de loin en loin, sans pour autant reconnaître sa paternité. Un dégonflé, dans l'esprit de Joséfa, qui avait d'ailleurs trouvé sa mort digne de l'image qu'elle se faisait du personnage. Inculpé dans une affaire criminelle, Jacky s'était en effet pendu dans sa cellule durant sa détention provisoire. Il y avait six mois de cela et quand Nina, effondrée, était venue se réfugier chez elle, Joséfa n'avait pu s'empêcher de lui dire le fond de sa pensée.

— Ma petite, d'après ce que je comprends, ton Jacky était avant tout un couard. Il n'a jamais eu le courage de fonder un véritable foyer avec toi et les enfants et pour finir, il n'a pas supporté l'idée d'un procès qui allait révéler sa véritable personnalité.

Nina, encore sous le choc du drame qu'elle venait de subir, s'était lancée dans une longue et courageuse explication destinée à blanchir la mémoire de son amant.

— Tu ne peux pas comprendre. Chacun de nous souhaitait garder sa liberté. On avait décidé d'avoir une liaison sans amour codifié. Jacky ne voulait pas entendre parler de « devoir » conjugal. Il préférait me voir par plaisir, pas par obligation. Ça m'allait d'ailleurs très bien, jusqu'au jour où je suis tombée enceinte. Entièrement de ma faute, il m'avait prévenue qu'il ne désirait pas d'enfant. Un oubli de contraception un soir où on avait probablement trop bu et voilà le résultat. Je n'ai pas voulu avorter, lui n'a pas voulu reconnaître les jumeaux. On était quittes, je ne peux pas lui faire de reproches, il a toujours été honnête à ce niveau-là. C'est moi qui pensais bêtement qu'un enfant lui donnerait peut-être davantage envie de me retrouver « par plaisir ». J'avais bien sûr faux sur toute la ligne. Depuis la naissance des petits, je le voyais au contraire beaucoup moins, et quand il venait, il ne les regardait même pas. Il comprenait bien pourtant que j'avais du mal avec les gosses, financièrement je veux dire. Ah, si ! Il payait des baby-sitters pour qu'on puisse sortir, mais moi, les sorties ne me disaient plus rien. Je sentais bien que quelque chose n'allait pas. Près de trois mois sans aucunes nouvelles quand il s'est pointé ce soir-là. Hagard, désemparé, je ne l'avais jamais vu dans un état pareil. Jacky était toujours très classe. Il m'a presque fait peur. Je n'ai pas réagi comme il fallait et je m'en voudrai toujours. Il avait besoin de moi, je n'ai rien donné.

— Qu'est-ce qu'il voulait donc, un alibi ?

— Je ne sais même pas, je n'ai rien compris. Tu comprends, nous n'étions pas du tout sur la même longueur d'onde. Je me sentais bafouée, jalouse, abandonnée, je vivais une galère pas possible avec les petits, malgré deux boulots à mi-temps je n'arrivais plus à payer le loyer, le proprio menaçait de m'expulser et lui, il se pointe au plus mauvais moment après m'avoir laissée tomber comme une moins-que-rien. Je n'étais pas dans un état d'esprit réceptif, loin de là ! Jacky, au contraire, avait besoin de moi, il recherchait un appui, sa venue était un appel au secours. Il savait qu'il allait être accusé de meurtre, voulait que je le protège. Ce n'est pas vers sa femme qu'il s'est tourné mais bien vers moi, et moi, comme une imbécile, trop engluée dans mes problèmes, je n'ai pas su lui répondre.

— Ah oui, sa femme ! Parce que ses beaux discours sur l'amour-plaisir n'étaient que du bluff. Le devoir conjugal, il savait en fait très bien ce que ça voulait dire. Et pour cause, puisque ton beau Jacky était marié depuis douze ans et avait un fils. Tu veux que je te dise, c'était avant tout un beau salaud ton Jacky, en fait !

Elles en étaient restées là, chacune campée sur une position inconfortable. Joséfa avait espéré que le temps atténuerait la révolte et le sentiment incompréhensible de culpabilité qu'elle sentait poindre chez Nina. Il n'en était rien. Depuis six mois, celle-ci se rongeait de l'intérieur, hantée par cette rocambolesque histoire.

C'est uniquement pour cela qu'elle ne trouve pas de travail. Son Jacky lui emplit toute la cervelle, elle ne pense qu'à lui. C'est bien connu, l'amour rend idiot, aveugle et sourd. Nina ne sera réceptive à aucune proposition d'emploi tant que cette histoire ne sera pas définitivement réglée.

Tout en bougonnant intérieurement contre la faiblesse de la nature humaine et spécialement celle de la gent féminine, Joséfa entreprit de formuler à voix haute son sentiment, reprenant sans s'en rendre bien compte la conversation à l'endroit même où elles l'avaient laissée, six mois auparavant.

— Je veux bien croire que Pôle emploi soit un nid d'incapables, mais tu ne m'enlèveras pas de l'idée que ton Jacky est le premier responsable de toutes tes galères actuelles. Si tu ne voulais pas faire de ce salaud un pauvre innocent, tu n'en serais pas là.

— Ne dis pas ça, il est mort.

— Et alors ? Un salaud reste un salaud, même mort ! Ce que je ne supporte pas, c'est que toi, tu continues de te torturer les méninges pour un monsieur qui ne le mérite pas, ne l'a jamais mérité. Il serait plus que temps de tourner la page !

— Je ne peux pas, c'est le père des petits.

— Un père qui ne les a pas reconnus !

— Ce sont tout de même ses gènes qui circulent dans leur sang. Il n'a pas tué cette bonne femme, j'en suis sûre, il me l'a répété assez ce soir-là. « Je suis innocent, Nina, c'est un coup monté, diabolique. Je ne sais pas comment m'en sortir, il faut que tu m'aides. » Je n'oublierai jamais ses paroles. Elles étaient sincères.

En répétant ces mots qui la tyrannisaient depuis des mois, Nina serra si fort les épingles à linge que plusieurs se brisèrent sous ses doigts. Ses dents mordaient sa lèvre inférieure comme pour empêcher toute émotion de s'échapper, mais elle regardait sa tante d'un air si pathétique que celle-ci dut s'armer de froideur pour poursuivre sur le même ton.

— Arrête de te lamenter, ma petite. Vrai ou pas, qu'est-ce qu'on y peut maintenant ? Tu ne m'enlèveras pas de l'esprit que ton Jacky était avant tout un lâche. Pas le courage de te dire qu'il était marié, pas le courage de divorcer, pas le courage d'affronter une situation compliquée. Car après tout, compliquée ou pas, s'il était innocent il n'avait qu'à se défendre bec et ongles pour se disculper. Au lieu de ça, monsieur se suicide dans sa cellule. Tu avoueras qu'il n'y a rien de tel pour le considérer définitivement comme coupable !

— Il manquait peut-être de courage mais il n'aurait jamais tué quelqu'un !

— Vois-tu, je ne pense pas que tu sois la mieux placée pour en juger. Tu l'as quand même côtoyé pendant six ans sans soupçonner quoi que ce soit, ni qu'il était marié, père de famille, et amant de sa patronne par-dessus le marché, patronne qui était sa belle-mère si j'ai bien compris. Ça fait beaucoup pour un seul gars. Je te le dis comme je le pense, je n'ai que mépris pour lui et tu ferais bien d'en faire autant.

— Arrête, Joséfa. Tu ne le connaissais pas, il mérite bien mieux que ce jugement lapidaire. Il était drôle, charmeur, attentif. Menteur oui, infidèle bien sûr, mais il aimait la vie, me faisait rire aux larmes. J'ai passé avec lui les meilleurs moments de mon existence, je ne peux pas les effacer.

— Ma pauvre petite, tu n'as que vingt-six ans ! Des moments comme ceux-là, tu en auras d'autres, crois-moi !

— Non, je ne serai plus jamais amoureuse, j'ai assez donné. Comment pourrai-je faire confiance à un homme après une histoire aussi épouvantable que celle-là ? On ne m'y reprendra pas à deux fois. Ce que je veux, c'est prouver son innocence. Pas par amour, ne t'inquiète pas, je ne suis pas niaise au point de ne pas comprendre qu'il s'est joué de moi. J'en suis revenue. Non, je dois ça aux petits. Un jour, je leur dirai la vérité, je ne veux pas qu'ils aient l'image d'un père assassin.

Et si c'est le cas ? se retint de dire Joséfa, qui jugea cependant préférable de demander d'une voix dubitative :

— Parce que après toutes ces balivernes, tu le crois encore innocent ?

— Ce soir-là, il ne mentait pas, il était aux abois, il avait peur, il savait qu'il serait le premier suspect, qu'on allait fatalement l'arrêter. Pourquoi m'aurait-il fait tous ces aveux s'il avait été coupable ? Il m'a dit plusieurs fois : « Je n'ai confiance en personne, c'est un nid de vipères, je ne peux compter que sur toi. » Et moi, je lui ai claqué la porte au nez parce que je n'avais retenu de ses confidences que son mariage, sa paternité, sa liaison sordide avec sa belle-mère, sa propre patronne, une femme de plus de soixante ans !

Joséfa, gravement, hocha la tête, contente que Nina aborde enfin d'elle-même cette partie de l'histoire qui restait toujours assez obscure dans son esprit.

Elle avait bien vu, comme tout le monde, la photographie de Jacky dans les journaux. L'affaire avait eu suffisamment d'échos dans la presse locale pour faire la une de *La Montagne* et de *La Dépêche* pendant plusieurs jours. L'assassinat d'Hélène Vitarelle, propriétaire et dirigeante de l'entreprise du même nom qui fabriquait à Aurillac le fameux parapluie connu dans le monde entier, ne pouvait guère passer inaperçu dans le Cantal. Comment aurait-il pu en être autrement ? Tous les ingrédients d'un drame inédit et passionnel étaient en place. Une femme énergique, autoritaire et inflexible, figure respectée et crainte aussi bien dans sa famille que parmi son personnel et le monde des affaires. Une entreprise qui avait obtenu l'Oscar de l'innovation, résisté malgré la crise à la concurrence internationale et faisait vivre tout un bassin d'emplois.

L'arrestation du gendre, le fameux Jacky, quelques jours après, avait révélé des aspects encore plus croustillants, liaison secrète, adultère, extorsion de fonds, chantage, donnant lieu aux supputations les plus sordides. Lesquelles s'arrêtèrent brusquement en raison du suicide par pendaison du suspect dans sa cellule pendant sa détention provisoire. Suicide qui faisait forcément figure d'aveu et avait mis fin à l'enquête judiciaire, permettant aux Vitarelle de reprendre pied, de sortir peu à peu de l'actualité des faits divers.

La photo pleine page de Jacques Naucelle lui avait à l'époque permis de se faire une idée plus précise du « tombeur » de Nina, comme elle le nommait secrètement. Guère séduite par ce beau brun aux tempes grisonnantes, aux traits plutôt lourds mais expressifs, aux yeux scintillants et aux lèvres épaisses, elle n'éprouvait depuis qu'un mépris mordant pour ce suborneur de jupons, bien trop vieux pour la petite Nina et bien trop jeune pour être l'amant de la propriétaire des entreprises Vitarelle. Qu'une femme de cet âge puisse succomber aux charmes d'un tel bellâtre dépassait encore plus son entendement.

— Alors, tu ignorais vraiment qu'il était le gendre de Vitarelle ? demanda Joséfa, avec une note de scepticisme dans la voix qui aurait pu suffire, en temps ordinaire, à déclencher l'indignation de son interlocutrice.

Nina, plongée dans ses souvenirs, était cependant bien trop perturbée pour s'en rendre compte. Sa réponse refléta son trouble, qui relevait presque de l'agacement, de l'irritation même envers sa propre sottise.

— Je savais juste qu'il travaillait comme directeur commercial pour un fabricant de parapluies de luxe. Je n'aurais jamais su la marque s'il ne m'en avait pas offert un à Noël. C'était bien le dernier de mes soucis. J'habitais Clermont, c'est là qu'on se rencontrait. À Lyon aussi parfois, et même Paris. À Aurillac jamais. Il m'avait fait comprendre que son logement de fonction dans l'enceinte de l'usine l'empêchait de recevoir des visites.

— Alors qu'il vivait en réalité dans sa belle-famille avec sa femme et son gosse, c'est bien ça ?

Nina baissa la tête, ses cheveux roux balayèrent son visage tourmenté d'un écran de lumière.

— Je me suis renseignée depuis. Les Vitarelle ont une grosse propriété à Vic-sur-Cère. Toute la famille loge ensemble. Les trois enfants ont chacun leur appartement privé. Quand Laure, la cadette, s'est mariée avec Jacky, il s'est installé naturellement là-bas.

— Naturellement !

Le ton était ironique, presque blessant. Joséfa n'était pas femme de compromissions. Nina se tourna vers sa tante, ses yeux brillaient de larmes retenues.

— Je sais, rien n'est naturel dans cette histoire. Pourquoi tous ces Vitarelle éprouvent-ils le besoin de vivre ensemble, de travailler ensemble ? Ça semble fou. J'ai l'impression que la vieille, enfin Hélène, celle qui est morte, tenait tout le monde sous sa coupe, question de fric sûrement. Que Jacky ait été marié, je peux à la rigueur l'admettre, qu'il ait été l'amant de cette bonne femme dépasse encore et toujours mon imagination.

— C'est pourtant un fait acquis. Il ne l'a pas nié.

— C'est vrai, il me l'a avoué lui-même ce soir-là, sur le même ton avec lequel il avait reconnu son mariage peu avant. Sans trace de honte ou de regret dans la voix, seulement de la peur, presque de l'incrédulité, quand j'y repense.

Depuis, j'ai vu la photo de la victime. Bon sang, elle faisait vraiment vieille bourge, qu'est-ce qu'il a pu lui trouver ? Comment lui, si conquérant, a-t-il pu se laisser séduire par elle ? La mère de sa femme en plus ! J'aimerais tant comprendre, savoir pourquoi…

— Qu'est-ce que tu aimerais savoir, au fond ? Pourquoi il couchait avec belle-maman ou pourquoi il l'a tuée ?

— Joséfa ! Je n'ai pas le cœur à rire. Il ne l'a pas tuée, je le sais, je le sens. Simplement, je ne peux pas rester avec toutes ces questions sans réponse, c'est tout bonnement insupportable. J'ai besoin de comprendre pour accepter. Comment ai-je pu croire un tel menteur ? Comment a-t-il pu se fourrer dans un tel pétrin ? De quelle manipulation voulait-il parler ? Que cache ce meurtre ? Quel sens faut-il donner à son suicide ? C'est trop, je n'en peux plus.

Les deux femmes s'étaient machinalement assises sur la grosse pierre de basalte adossée à la façade. Utilisée comme banc par des générations de Cantalous avant elles, cette dernière avait entendu et digéré bien d'autres étranges confidences. L'après-midi touchait à sa fin. Les lumières un peu tamisées de septembre éclairaient tranquillement le paysage. Le potager semblait respirer doucement avec de longs soupirs, l'ombre était douce dans les allées, les murettes de pierres sèches guidaient le regard bien au-delà du pradel[1], là où l'immensité de la

1. Le pradel est le jardin ou le petit pré à côté de la maison.

Planèze rejoignait l'infini. Au loin, le Plomb du Cantal leur offrait son rideau fier et protecteur.

Joséfa aimait cette terre digne, de brumes, de vents, une terre pétrie de temps, d'odeurs, de patience. Une terre fidèle qui recélait dans son corps noueux des trésors au goût d'immortalité. À chacun de ses malheurs, elle avait su faire la place en elle pour que cette terre farouche s'y déploie. Elle aimait se reposer sur cette pierre, se perdre dans ses souvenirs, dans l'ivresse de la solitude, en laissant son œil se diluer dans les immenses pâturages, à deux pas des nuages.

Comme elle l'avait espéré, l'agitation de Nina s'atténuait, se calmait. Ce lieu baigné de lumière n'avait pas besoin de paroles, c'était le pays de l'espace pur. La beauté des paysages, la puissance du panorama prenaient le dessus, rendant vain tout bavardage, agissant comme un baume sur les blessures les plus douloureuses. Elle prit la main de Nina et la serra dans les siennes, son visage restait grave mais son œil malicieux se mit à briller d'une étrange façon.

— Allons, tu veux que je t'aide à y voir plus clair, c'est ça ?

2

Assis sur l'appui de la fenêtre de sa chambre dans une position que sa mère aurait sans nul doute jugée fort téméraire, Frédéric croquait une grosse pomme verte tout en balançant ses jambes un peu frêles dans le vide. Le soleil couchant jetait ses reflets d'or à travers la vitre et l'enfant savourait cet instant de paix. Seules lui parvenaient de loin en loin, en provenance du bureau de son grand-père, les bribes d'une conversation étouffée par les portes et les tentures. Il était libre de jouer à son jeu favori : se souvenir des jours d'avant.

Dix ans, ce n'est pas très vieux pour se prêter à cet exercice de mémoire, pourtant ses souvenirs se réduisaient déjà à quelques images très précieuses qu'il gardait au fond de son cœur. Il voulait maintenant aller plus loin, retrouver tous les comportements, les sentiments, les attitudes de sa petite vie passée. Dès qu'il était seul, il s'efforçait de se rappeler toutes les conversations, tous ces mots qu'il avait à peine écoutés, qu'il réentendait à présent d'une manière presque distincte. La bouche entrouverte, les tempes brûlantes, le regard fixe, il butait parfois devant un vide, similaire au « trou » que l'acteur médiocre connaît quand il a oublié son rôle. Il voulait séparer, isoler l'enfant qu'il était devenu de celui qu'il était alors, quand tout allait bien. Retrouver celui qu'il était avant le drame. Les drames, en fait. L'assassinat de sa grand-mère, le suicide de son père en prison, le départ de sa mère pour une maison de repos ou une maison de fous, s'il fallait croire les ragots entendus à l'école. Trop d'évènements qui, en six mois, avaient bouleversé toute sa petite existence. Le vide créé par toutes ces disparitions l'entraînait dans un gouffre sombre où se débattaient de monstrueuses créatures. Il se sentait isolé, incompris, rejeté. Les adultes lui mentaient, lui cachaient des choses, parlaient à mi-voix, faisaient semblant que tout allait bien alors qu'il savait, lui, au contraire, que plus rien n'allait comme avant. Privé du rire de son père, des mots tendres de sa mère, il se sentait plus oublié que jamais, ballotté entre deux mondes, l'un définitivement perdu, l'autre complètement ténébreux. Cet inconnu lui causait des terreurs terribles. Il se sentait bien trop piètre chevalier pour affronter tant de dragons.

Quand maman va-t-elle revenir ?

Il s'accrochait à ce leitmotiv qui faisait encore partie des possibles, comprenant malgré son innocence que l'absence de son père comme celle de sa grand-mère seraient sans retour. Dans la maison austère, bouleversée par toutes ces récentes catastrophes, il ne se trouvait personne pour répondre à ses angoissantes questions.

Marinette, la fidèle employée, sa « nounou », la seule qui aurait pu lui apporter quelque réconfort à défaut de véritables explications, l'avait abandonné, elle aussi, depuis quinze jours, pour aller soigner sa vieille mère malade. Un prétexte, s'il fallait croire la tante Sophie, qui avait encore évoqué la veille ce départ précipité avec son grand-père.

— La mère de Marinette a bon dos ! Ce n'est qu'une piètre excuse pour nous fausser compagnie. En fait, elle ne veut tout simplement plus travailler pour une famille où a eu lieu un meurtre. Aujourd'hui, il n'y a vraiment plus rien à attendre du personnel. Médiocre, quand même, de nous laisser tomber ainsi au bout de tant d'années ! On ne peut plus compter sur personne ! Quel souci supplémentaire ! C'est qu'elle connaissait les habitudes et les goûts de chacun, ce sera dur d'en retrouver une comme elle !

— Ne t'inquiète pas. On avisera. Dans les circonstances actuelles, c'est peut-être aussi bien d'avoir un personnel qui ignore tout de nos épreuves.

— Mon pauvre papa, tu es vraiment toujours à côté de la plaque. Tu ne trouveras pas une seule personne ici qui ne soit pas au courant. Le meurtre de maman traîne avec lui dans tout le massif un arrière-goût de honte, de dégoût et d'horreur. Il faut d'ailleurs craindre des répercussions sur notre clientèle. Michel justement me disait...

— Suffit ! Je n'ai pas envie de parler de ça aujourd'hui.

Ce jour-là, Frédéric s'était une fois de plus esquivé, refusant d'en entendre davantage. Son grand-père restait le plus souvent plongé dans une torpeur insaisissable, mais sa tante explosait facilement de colère, elle pouvait ainsi se mettre à crier avec une rare violence.

Le pire c'est que sa voix prenait alors les mêmes intonations que celle d'Hélène, sa terrifiante aïeule. Il s'était bouché les oreilles pour ne pas l'entendre, car l'entendre c'était fatalement revoir cette figure de commandeur qu'il avait tant crainte.

Hélène Vitarelle, sa grand-mère, l'héritière, la propriétaire, la patronne, l'irréductible. Celle qui dominait implacablement sa famille, le personnel, celle qui méprisait les faiblesses de ses propres enfants, en particulier celles de Laure, sa mère à la santé si fragile. Celle qui le réprimandait, lui, son seul petit-fils, pour un rien, l'obligeait à surveiller ses jeux, son langage, à sélectionner ses amis, ses lectures.

Celle surtout que tout le monde appelait en secret « la Bramade » parce qu'elle gueulait encore plus fort que le cerf au moment du brame quand elle se mettait en colère. Comme ce terme lui allait bien ! Ce mot, entendu par hasard un jour en cuisine, sans en comprendre tout de suite le sens, il l'avait immédiatement adopté. Quand elle était contrariée, sa Bramade de grand-mère poussait des cris puissants qui sortaient de ses lèvres rouges comme autant d'injures, de mépris, de cruauté. Il la détestait quand elle lui criait dessus de la sorte, il en perdait tous ses moyens, devenait confus, penaud, honteux, bête. Il baissait alors la tête pour mieux murmurer en silence le mot secret, le sobriquet grotesque qu'il venait de découvrir et qui lui allait si bien.

Sophie avait de qui tenir, elle ressemblait physiquement à sa mère mais bramait toutefois moins fort que la défunte, ne tenait en fait pas vraiment la comparaison. Il ne supportait cependant plus de l'entendre car le moindre cri lui rappelait son cauchemar. Il revoyait alors la Bramade morte, une balle dans la tête, avec cet horrible rictus qui déformait ses lèvres, qui semblait encore se moquer de lui.

Frédéric regarda la pomme entamée qui commençait à se tacher de roux, il n'avait plus faim. Dans le bureau, la conversation se poursuivait sur un mode plus vif.

Charles Vitarelle dévisageait sa fille aînée avec un mélange d'exaspération et de respect. C'était un homme fatigué, las des querelles et des tracas. Il s'était depuis longtemps retranché dans un monde intérieur où l'ornithologie tenait toute la place. Un repli instinctif sur lui-même pour éviter les turpitudes du monde extérieur. Une sorte d'égoïsme protecteur qui lui avait permis de traverser ces derniers mois dans une relative sérénité.

— Je comprends ton inquiétude, Sophie, elle est légitime. Cependant ton frère, Hugo, revient bientôt de New York. Il me semble plus juste d'attendre son retour pour parler de tout ça.

— Nous n'avons que trop attendu, papa ! Maman manque à tout le monde. Les employés sont dans l'expectative, les rumeurs vont bon train, plusieurs marchés de parapluies publicitaires nous sont passés sous le nez. Il faut d'urgence redéfinir un nouvel organigramme avec des responsabilités claires pour chacun de nous.

À quarante ans, Sophie était une femme magnifique, elle ressemblait cependant à sa mère de façon si frappante que ceux qui avaient connu l'original ne pouvaient s'empêcher d'éprouver en sa présence un instinctif geste de recul. Avec sa silhouette parfaite, ses yeux noirs perçants, ses cheveux cendrés rassemblés en un lourd chignon sur sa nuque, elle incarnait à merveille la femme d'affaires, solide et organisée. Tout en répondant à son père de son ton naturellement policé et autoritaire, elle ramassa d'un air agacé quelques pétales de rose tombés sur le marbre de la cheminée, remit en place un cadre qui penchait légèrement, rassembla en un tas bien net les papiers sur le bureau.

Assis dans son fauteuil roulant, Michel Vidal, son mari, la regardait sans sourire, le visage grave, légèrement crispé. À travers les simples gestes de sa femme, à la fois méticuleux et maniérés, transparaissait une certaine dureté qui lui rappelait de plus en plus celle de sa belle-mère et commençait presque à l'effrayer. En six mois, submergée par toutes sortes de nouvelles responsabilités, Sophie semblait avoir pris la place de l'absente. Elle n'en avait toutefois pas encore l'envergure. Il se surprit à espérer que ce ne soit jamais le cas.

— Arrête de t'agiter, ma chérie. Cesse donc ces maniaqueries !

— Tu sais que je ne supporte aucun désordre, répliqua-t-elle d'un ton incisif. Il faut bien que quelqu'un le fasse, ce n'est pas le départ de Marinette qui va arranger les choses.

Michel réprima difficilement une grimace d'amertume qui formait un double pli sous ses lèvres. Une fois de plus, sans même s'en rendre compte, sa femme lui rappelait son infirmité, son inutilité, sa dépendance. Peu après leur mariage, il avait en effet eu un grave accident de voiture entraînant une paralysie des jambes, passant ainsi du statut d'époux à celui d'infirme, pour ne pas dire d'enfant. Pourtant, Sophie s'était révélée dans cette épreuve comme une infirmière hors pair, une épouse dévouée, un ange gardien irréprochable. Elle le soignait avec amour, prévenait tous ses désirs, lui ménageait toute peine. Paradoxalement, les bonnes intentions de son épouse l'irritaient de plus en plus. On lui volait sa vie. Sophie, de son côté, n'était pas assez intuitive pour comprendre que la joie éprouvée à savoir son mari sous sa coupe pouvait, aux yeux de celui-ci, être parfaitement insupportable.

— Oh, j'oubliais ! intervint Charles d'un ton allègre destiné délibérément à éloigner toute tension intérieure. Tu auras bientôt un souci de moins. Une nouvelle femme de charge arrive demain. Elle m'a été chaudement recommandée par les Fromageot, nos amis de Saint-Flour.

Alice dit que c'est une perle, tu sais combien elle-même est difficile. On peut lui faire confiance. Alors, tu penses bien que j'ai sauté sur l'occasion.

— Sans m'en parler ?

Le ton outré de sa femme fit sourire Michel malgré lui. Quand elle prenait son regard d'acier et pinçait ses lèvres fines, il fallait s'attendre à une riposte sévère. Son beau-père n'allait pas s'en sortir si facilement.

— Tu n'étais pas là, j'ai cru bien faire. Alice m'a proposé spontanément cette solution qui nous sauve tous de l'embarras, je ne vois pas pourquoi j'aurais tergiversé. Elle l'aurait probablement mal pris. C'est d'ailleurs toi qui lui as dit que Marinette nous quittait.

— Je ne lui ai pas demandé de trouver une remplaçante. De quoi se mêle-t-elle ?

— Elle a voulu nous être agréable, c'est tout.

— Ne prends pas ce ton blasé, papa, ce n'est pas drôle du tout. Je te préviens que si cette personne ne me convient pas, recommandée ou pas par les Fromageot, elle repartira aussi vite qu'elle est venue.

— Bien entendu, je te laisse seule juge en la matière. Avoue tout de même que ça tombe bien. On a besoin de quelqu'un de fiable pour s'occuper de Frédéric.

— J'espère, moi, qu'elle a surtout des talents de cuisinière, avança Michel pour détendre l'atmosphère.

Sa femme lui jeta un sourire contraint, un sourire qui ressemblait à un os qu'on jette à un chien, qui lui faisait comprendre combien son avis était négligeable. Plissant les yeux pour mieux se concentrer sur le sujet, elle précisa sa pensée d'un ton bref.

— Nous lui ferons un contrat avec une période d'essai de trois mois, on n'est jamais assez prudent.

Malgré son flegme, Charles ne put s'empêcher de s'écrier :

— Comme tu y vas ! Trois mois... ce n'est pas un cadre, tout de même !

— Crois-moi, c'est ce que maman aurait fait. Trois mois nous donnent largement le temps de trouver quelqu'un de mieux.

Tout en actionnant son fauteuil avec adresse, son mari s'écria :

— Alors ça, c'est un comble ! Elle n'est même pas arrivée que tu veux la virer. Je comprends qu'il y ait des remous dans le personnel si tu gères la boîte de cette manière.

— Tu sais très bien, Michel, que tu n'entends rien à ces choses. Arrête de t'agiter de la sorte, je t'en prie, ce n'est pas bon pour toi.

— Mes enfants, assez ! Cessez ces chamailleries. J'espère que demain cette Joséfa Casarès trouvera grâce à vos yeux. Avec le recul, toute cette discussion vous paraîtra ridicule.

— Comment as-tu dit ? Joséfa Casarès ? Un nom à consonance étrangère assurément.

— Et alors ?

Michel s'était soulevé sur les coudes, il fixait sa femme d'un air incrédule. Cette conversation poisseuse l'écœurait. Frappée par ce regard vindicatif, elle s'efforça de répondre d'une voix plus mesurée.

— Alors rien. C'est une constatation, rien de plus.

— Je suis bien certain au contraire que c'est déjà un point en sa défaveur. Ce que tu peux être coincée, tout de même !

Malgré sa réticence à intervenir, Charles s'empressa de mettre fin à cette joute oratoire qui menaçait de mal finir. Il avait encore d'autres révélations à faire quant à l'arrivée de la nouvelle venue, préférait s'en débarrasser dans l'instant. Sa fille allait sûrement encore pousser des cris d'orfraie, mais qu'importe. Sa parole était donnée, il ne pouvait plus la retenir. En y réfléchissant, lui-même avait le sentiment un peu étrange de s'être fait manipuler quelque peu par l'exquise Alice Fromageot, qui ne cherchait pourtant qu'à adoucir leur peine.

— Je dois aussi te dire, Sophie, qu'il a été convenu avec Alice que si l'affaire se concluait, nous laisserions à la disposition de cette personne la petite maison du parc. Tu comprends, cette femme habite trop loin pour venir tous les jours à Vic. Comme l'a fait remarquer justement Alice, en séjournant sur place, elle sera plus disponible.

— Je n'y vois pas d'inconvénient, à condition toutefois de déduire un loyer de ses émoluments.

— À mon sens, il conviendrait surtout de faire quelques rafraîchissements dans cette baraque qui n'a pas été habitée depuis le départ d'Anselme pour la ville, suggéra Michel, pragmatique.

Sans attendre la réponse de sa fille, qui ne pouvait être que négative, Charles lança sa dernière banderille, soulagé au fond de se débarrasser de cet arrangement conclu presque à son insu.

— En parlant d'Anselme, justement, il se fait vieux. Vous savez qu'il réclame depuis un certain temps une aide pour entretenir correctement le parc. Ça tombe bien car Mme Casarès a une nièce qui viendra habiter avec elle et pourra aider aux travaux de jardinage.

— Tout s'arrange, alors ! L'arrivée de cette perle de Casarès semble vraiment providentielle. On peut remercier les Fromageot !

L'air dubitatif et le sourire ironique de Michel ne passèrent pas inaperçus aux yeux de Charles. Sophie, trop occupée à cadrer au mieux les futures relations avec la nouvelle femme de charge, ne les remarqua même pas.

— Attention, papa, je ne sais pas trop ce que tu as promis à Alice mais il n'est pas question de signer un quelconque contrat de travail avec la nièce. On pourra à la rigueur la payer en chèques emploi-service. D'autant plus qu'avec la mauvaise saison qui arrive, les tâches à l'extérieur vont se réduire considérablement.

Michel plissa les yeux, étonné par cette Sophie inconnue qui se découvrait de plus en plus chaque jour. Une Sophie qui se confondait presque avec la défunte Hélène. Aussi implacable, froide, calculatrice, tenace. Une Sophie qui ressemblait si peu à la jeune fille discrète qu'il avait épousée qu'il se demandait s'il n'avait pas rêvé celle-ci, si elle avait bien existé. Quand il reprit le fil de la conversation, il entendit Charles s'apitoyer maintenant sur le sort de sa fille cadette. Laure, la pauvre Laure aux nerfs fragiles qui surmontait déjà mal les infidélités de son mari, n'avait rien compris à son inculpation, n'avait pas supporté son suicide.

Malgré son manque ordinaire d'implication dans les affaires familiales, son beau-père parlait d'une voix sourde qui révélait cette fois une véritable blessure.

— J'ai reçu un appel de Volzac, le centre psychiatrique. Son état s'est aggravé, elle reste prostrée, aucune visite n'est souhaitable pour l'instant. Il nous faut trouver une échappatoire pour expliquer à Frédéric que sa mère ne reviendra pas tout de suite.

— Ce ne sera pas difficile. Cet enfant est très calme, rien ne semble l'atteindre.

— Sûrement pas ! C'est tout le contraire. Décidément, ma chère, tu ne comprends rien à la nature humaine. Je crois, moi, que Frédéric est extrêmement fragile, que le caractère dépressif de sa mère a déteint sur lui.

— Tu préférerais peut-être qu'il tienne de son père ?

— Ce n'est pas le moment de faire de l'ironie, dit Charles d'un ton sec en se levant avec quelque difficulté. Il était resté trop longtemps à observer les oiseaux à l'aube près de la cascade de Fournols. Bien qu'il ne l'eût avoué pour rien au monde, ses rhumatismes le faisaient à nouveau diablement souffrir.

Cet homme froid s'appliquait tellement à intérioriser son émotion qu'on le jugeait insensible. Depuis quelque temps, cette indifférence avait toutefois atteint ses limites. Tout avait commencé par les soupçons répétés d'Hélène sur la probité de leur gendre. Soupçons dont il ne voulait pas entendre parler car il se désintéressait depuis longtemps des affaires de l'entreprise qui appartenait à sa seule femme, qu'elle considérait d'ailleurs comme son empire personnel, qu'elle manipulait avec une mine gourmande comme un jouet adoré. Il aurait dû se méfier, ce n'était pas en vain que dans le monde des affaires on comparait habituellement son épouse à un bulldozer. Quand celle-ci avait une idée en tête elle la menait jusqu'au bout, écrasant sans vergogne sur son passage les sensibilités les plus fortes. Au lieu de régler l'affaire avec doigté et diplomatie, elle s'était donc lancée avec jubilation dans une accusation publique, une altercation violente, une crise avec Laure, prise entre deux feux, son mari et sa mère. Sans trop y croire, il espérait encore à ce stade que les choses allaient se calmer. Au lieu de quoi, sa femme avait été assassinée.

C'était si incroyable qu'il avait mis des heures à en réaliser toute la portée. Ainsi la Bramade, il ne l'appelait jamais autrement en son for intérieur, était morte, tuée d'une balle dans la tête en pleine nuit, au milieu du parc. Sa femme si forte, si dure, si explosive, la plus vivante d'eux tous en fait, gisait foudroyée sur la terre humide, comme un vulgaire animal sauvage. Une mort qui finalement lui allait bien, ferait taire ses cris à tout jamais. Cette réflexion sacrilège, bien peu charitable, lui était venue en premier à l'esprit. La sidération l'avait ensuite figé dans un mutisme intérieur qui convenait davantage à sa personnalité. Le répit, cependant, avait été de courte durée. Une surenchère de catastrophes n'en finissait plus de les atteindre : arrestation de Jacques, révélation publique de la liaison entre Hélène et son gendre, suicide de celui-ci, effondrement et départ de la pauvre Laure pour un hôpital psychiatrique. Rester flegmatique devenait franchement difficile. D'autant plus qu'il pressentait que ce n'était pas fini. Si Laure restait pour l'instant sur la touche, les rivalités pour la prise de pouvoir entre ses deux autres enfants, Sophie et Hugo, allaient commencer. Malgré son invalidité, il faudrait aussi compter sur Michel, comme le démontraient ses escarmouches actuelles avec sa femme. Un jeu incompréhensible pour Charles qui, au contraire, avait toujours privilégié la tranquillité à l'affrontement.

Levant la main pour mieux se faire entendre, il déclara, non sans une certaine emphase :

— Il y a des circonstances qui obligent la famille à faire bloc. Notre honneur, notre réputation, la pérennité de l'entreprise imposent dorénavant de nous en tenir à une seule version. Jacques a tué sa belle-mère par accident. C'est tout. Judiciairement l'affaire est close, ce qui va nous faciliter grandement la tâche.

— Mais papa...

Inflexible, Charles fit taire la protestation de sa fille aînée d'un geste sec.

— Peu importe les ragots. Cette version s'imposera d'elle-même au fil du temps. Il le faut. Comprenons-nous bien, c'est la seule acceptable pour Frédéric. Aucune de nos connaissances, aucun employé ne songera, n'aura intérêt même à la contredire. Je veux que ce soit clair pour tout le monde.

Sophie acquiesça la première. Elle sentait que son père avait raison, lui trouvait même étrangement une vague ressemblance avec sa mère. Cela tenait probablement au ton qu'il venait d'employer, impérieux et sans concession. Charles n'aurait jamais pris une telle initiative en présence de sa femme. La chape de plomb dans laquelle celle-ci les avait tous enfermés commençait déjà à se fissurer.

Là-bas, dans la chambre de l'enfant, le crépuscule noyait maintenant d'une lente marée d'ombres l'appui de fenêtre où gisait la pomme oubliée. Frédéric, les yeux fermés, continuait de percer ses souvenirs. Tout à coup il tressaillit, son grand-père l'appelait, son nom venait de traverser les murs.

3

En bougonnant intérieurement, Joséfa rangea ses dernières affaires, tira les volets, ferma sa porte. Elle termina son tour d'adieux symboliques en glissant la clé dans une anfractuosité du mur. Quitter sa maison, son jardin, sa chère Planèze lui portait peine. Vraiment. Vic-sur-Cère n'était pourtant pas bien loin, il suffisait en fait de traverser le volcan. Pour Joséfa, c'était trop. Elle se méfiait du Carladès, cette version policée du Cantal, moins sauvage, plus urbaine, qui contenait presque un soupçon de sud dans son architecture. Avec une mauvaise foi assumée, elle considérait la petite ville de Vic, marquée par ses grandes demeures historiques et son statut d'ancienne station thermale, comme un produit bien trop touristique. Bref, elle n'était pas encore partie que son exil lui pesait déjà. Pourtant, depuis huit jours, elle avait tout mis en œuvre pour organiser au mieux celui-ci, ne devait en fait s'en prendre qu'à elle-même.

C'est que la discussion avec Nina lui avait laissé un goût amer. Comment aider la jeune femme à sortir de son aveuglement ? Quels moyens employer pour faire comprendre à sa nièce qu'elle s'était depuis longtemps fourvoyée sur toute la ligne avec son Jacky, qu'il fallait maintenant tirer un trait sur ce passé ?

Têtue comme une mule, auvergnate de surcroît, passionnée, blessée, maladroite et fougueuse, Nina croyait dur comme fer à l'innocence de son amant, au point de vouloir à tout prix le disculper. Elle parlait de mener une contre-enquête. Ne craignait rien. Nul doute qu'elle ne pourrait que s'attirer des ennuis en se lançant ainsi seule dans cette aventure.

Après avoir retourné le problème dans tous les sens, Joséfa décida de solliciter le commissaire Laborie. Ils s'étaient rencontrés, affrontés même, lors d'une enquête criminelle où Joséfa avait fait preuve d'une redoutable perspicacité[1]. Laborie, en quelque sorte, lui était redevable. L'homme était honnête, rigoureux, tenace. Sans parler d'amitié, il existait maintenant entre eux une estime sincère, une confiance réciproque. Appréciant tous les deux la bonne chère, ils s'étaient retrouvés plusieurs fois autour d'un plat à partager. Joséfa avait même rencontré son épouse, une femme charmante avec laquelle elle avait tout de suite sympathisé, lors d'une fête donnée pour la récente promotion de Laborie à Clermont-Ferrand.

— Ne comptez pas sur moi pour vous appeler « commissaire divisionnaire ». Tous ces grades

1. Voir, de la même auteure, *Les Ruchers de la colère.*

ne servent au fond qu'à impressionner les pauvres gens. J'espère bien que vous n'allez pas vous prendre pour le premier moutardier du pape !

Après ces agaceries d'usage, Joséfa entra dans le vif du sujet. Comme elle le lui avait dit au téléphone, elle comptait sur lui pour tout connaître de l'affaire Vitarelle.

— Votre demande n'est sûrement pas innocente. Vous-même détenez peut-être des éléments nouveaux ?

Sans le vouloir, il avait donné à sa question une sorte de brutalité excessive qui n'était pas pour déplaire à Joséfa.

— Bien sûr que non. Comment le pourrais-je ? J'ai lu comme tout le monde les articles dans *La Montagne*. J'en suis réduite à faire des hypothèses.

— Vous savez que la procédure judiciaire a été classée automatiquement après le décès de Jacques Naucelle.

— Oui, mais était-il bien coupable ?

Laborie l'avait jaugée d'un air empli de curiosité.

— Qu'est-ce que vous avez encore derrière la tête ? Je vous arrête tout de suite. Sachez que sa culpabilité ne fait aucun doute. On a retrouvé dans son refuge, une cabane au bord de la Cère, un revolver avec une balle en moins et d'un calibre correspondant. On a aussi récupéré derrière des planches la presque totalité de l'argent volé. En outre, la victime avait sur elle un billet de Jacques Naucelle lui donnant rendez-vous dans le parc pour une dernière explication. Terme élégamment choisi, comme vous pouvez vous en rendre compte. Votre ami ne manquait pas d'humour, ni de culot.

— Comment est-elle morte ?

— Une balle dans la tête. C'est Anselme le jardinier qui a retrouvé son corps au petit matin. Elle gisait près du pont, dans le parc, à près de huit cents mètres de la maison. Sur le billet, le rendez-vous indiquait minuit, heure retenue ensuite par le médecin légiste. Notre homme a disparu pendant près de vingt-quatre heures, visiblement affolé. Bien évidemment, il n'a pas pu se prévaloir d'un quelconque alibi.

— Il a reconnu les faits ?

— Sans aller jusque-là, il a admis cependant avoir eu rendez-vous avec sa belle-mère. Selon ses dires, celle-ci était déjà morte quand il est arrivé.

— Piètre défense !

— Effectivement. Seulement, malgré les apparences, Jacques Naucelle était loin d'avoir vos capacités de raisonnement, ma chère. La panique lui faisait tout nier en bloc de façon stupide alors que nous détenions suffisamment de preuves.

— Des preuves de sa culpabilité ?

— Des preuves de sa liaison avec la victime, oui. Lettres, e-mails, SMS, coups de fil. Tout ce qu'on peut souhaiter pour établir une intimité certaine, vieille d'environ un an. Je n'ai sûrement pas besoin de vous rappeler que sa maîtresse était aussi la mère de sa femme et accessoirement son employeur. On appelle ça probablement avoir l'esprit de famille ! Surprenant, tout de même, de la part d'Hélène Vitarelle ! Une forte femme, une figure dans le monde des affaires, plus préoccupée en apparence du sort de son entreprise que de la bagatelle. Comme quoi !

— Et le mobile ?

— Classique, l'argent. Le beau Jacques avait les dents longues. Il dépensait énormément, à croire qu'il menait une double vie. Avec un loustic de ce genre, tout est possible. Il voyageait beaucoup pour son boulot, avait toute liberté. Il s'était arrangé pour prendre une commission sur certains contrats, s'était même cru autorisé à la fin à piquer directement dans la caisse. Quand Hélène Vitarelle s'en est rendu compte, elle a décidé de le virer, rien de moins. Peu lui importait que ce soit son gendre ou son amant, elle redevenait avant tout chef d'entreprise. Elle l'a mis en demeure de rendre l'argent et de foutre le camp. D'où ce rendez-vous de la dernière chance dans le parc pour la faire changer d'avis. Un rendez-vous qui a mal tourné. On ne saura jamais si c'était réellement prémédité, une chose est sûre, il était venu armé.

— Comment s'est-il suicidé ?

— Ah, c'est donc ça ! Je vous vois venir, vous faites fausse route. Aucun manquement au règlement n'a été relevé. Comme la loi nous y oblige, il a subi un examen médical pendant les premières heures de sa garde à vue. Le médecin n'avait indiqué aucun élément médical ou psychologique incompatible avec une détention, aucun signe suicidaire notamment. Naucelle a également pu correspondre avec son avocat. Un gendarme l'a retrouvé pendu dans sa cellule vers les cinq heures du matin lors d'une ronde de sécurité. La fouille, pourtant, avait été faite minutieusement, on lui avait retiré tout ce qui pouvait constituer un danger pour lui, comme le veut la procédure. Il avait été débarrassé de ses lacets, ceinture et autre chaîne de cou, mais il s'est pendu avec sa chemise. Imparable, sauf à dénuder tous les suspects.

— Pendu ? À quoi ?

— Un tuyau de chauffage, les locaux sont vétustes, je vous l'accorde.

Joséfa avait senti poindre un agacement compréhensible chez d'interlocuteur. Elle avait aussitôt renoncé à poursuivre davantage. Elle en savait assez. Son but n'était pas de dénigrer les forces de l'ordre qui ne faisaient après tout que leur boulot. Elle n'avait surtout pas l'intention de reprocher quoi que ce soit à Laborie, toujours tellement chatouilleux sur le respect du règlement. Elle l'avait donc remercié d'un sourire chaleureux pour tous ces renseignements.

— À moi maintenant de vous poser une question. Qu'est-ce que vous avez derrière la tête ?

Joséfa n'avait pas parlé de Nina. Il importait de la laisser en dehors de tout cela. Apparemment, la police ignorait la double vie de Jacques Naucelle, c'était très bien ainsi. Elle s'en tint à des banalités.

— Malgré ce que vous me dites, je me demande s'il était réellement coupable. Après tout, il n'a jamais avoué. Quelqu'un a très bien pu fabriquer toutes ces preuves, les placer dans sa cabane. Ça me semble un peu trop beau pour être vrai. Il n'était pas si bête, tout de même !

— Il n'a pas dit un mot pour sa défense. D'autre part, son suicide est pour nous une forme d'aveu.

— C'était vraiment votre seul suspect ?

— Au risque de vous déplaire, oui. Telle que je vous connais, vous voulez m'en offrir un autre en pâture. Vous aimez bien les complications, vous ! On a l'occasion, l'arme, le mobile, qu'est-ce qu'il vous faut de plus ? Et pourquoi vous intéressez-vous à cette affaire, d'abord ?

— Probablement à cause des parapluies.

— Vous m'en direz tant !

Ils se regardèrent un long moment en silence. Laborie avait bien conscience du regard narquois de son interlocutrice. Elle avait réussi à lui tirer les vers du nez sans rien laisser filtrer de ses propres projets. Une sacrée emmerdeuse. Elle tenait de cette race de paysans, tenace, patiente et madrée, qui ne lâchait pas prise. Renonçant à comprendre, il capitula.

— Vous ne croyez pas si bien dire, justement. La victime n'était pas n'importe qui. Cette manufacture de parapluies est une vitrine française, un symbole de réussite et d'innovation. Il faut dire qu'à l'heure de la mondialisation, le fameux parapluie d'Aurillac a du plomb dans l'aile. Difficile de résister aux sirènes chinoises. Quatre entreprises, et pas des moindres, ont mis la clé sous la porte ces dernières années.

Vitarelle a eu l'intelligence de se positionner sur un créneau particulier, de faire du luxe, de la qualité. Près de quatre-vingts emplois sont concernés, tout de même, ce n'est pas rien pour une région comme la nôtre ! C'est uniquement à Hélène Vitarelle qu'on doit cette réussite, une femme entreprenante, visionnaire, un esprit vif, brillant. Alors évidemment, dans une enquête sur ce genre de personnalité, on a encore moins le droit à l'erreur, les enjeux sont bien trop importants.

— Je crois comprendre. Les autres membres de la famille n'ont donc pas été inquiétés ?

— Il n'y avait pas lieu de le faire, vraiment.

— On n'est jamais assez prudent.

— Vous savez, Casarès, que vous m'intriguez ? Je me demande bien pourquoi vous cherchez à défendre à tout prix ce Naucelle. Vous n'aviez pourtant rien en commun. Je vous ai connu de meilleurs amis. Enfin bon, vous êtes bien trop têtue pour me répondre. Sachez que pour nos services, l'affaire est classée. À titre personnel, je ne serais toutefois pas fâché de recueillir l'opinion d'un détective amateur.

Joséfa se contenta de lui serrer la main avec sympathie et reconnaissance. Elle avait une poigne forte et ferme. Une forme de langage bien à elle, qui ne trompait pas sur son caractère.

— Faites attention à vous tout de même, crut-il bon d'ajouter pour faire bonne mesure.

— Si c'était lui le vrai coupable, je n'ai rien à craindre, n'est-ce pas ?

Il l'avait regardée partir d'un air curieusement anxieux pour quelqu'un qui avait montré autant de certitudes.

Joséfa était ressortie de cet entretien avec un sentiment mitigé. Le Jacky de Nina semblait en effet fortement coupable, son suicide cependant tombait trop bien, ce qui pouvait arranger d'autres protagonistes. Il avait dit que c'était une arnaque, qu'on lui avait tendu un guet-apens, qu'il avait été manipulé, que c'était un nid de vipères. Fallait-il prêter foi à ces propos désordonnés ? Si manipulation il y avait eu, pourquoi n'en avait-il soufflé mot à la police ? D'un autre côté, l'accusation semblait presque trop belle, trop facile. Pour Joséfa, loin de l'enfoncer, toutes ces preuves à peine dissimulées trouvées dans son refuge accréditaient en partie la thèse d'un piège.

À l'évidence, il fallait en apprendre davantage sur le clan Vitarelle, se renseigner sur tous les membres de cette famille, en particulier sur la femme de Jacky. En y réfléchissant, celle-ci avait également un sacré mobile pour éliminer la victime. Sans la connaître, Nina, quant à elle, échafaudait une théorie où Laure avait élaboré un sombre complot pour se venger des amants diaboliques et faire accuser son mari volage. Rien de bien compliqué, en réalité.

Joséfa, loin d'avoir l'imagination féconde de sa nièce, voulait s'en tenir strictement aux faits. Bien qu'à contrecœur, ceux-ci la contraignaient toutefois à reconnaître qu'il restait pas mal de zones d'ombre dans toute cette histoire.

Quant à Nina, ne supportant plus cet immobilisme latent, elle s'était, sur un de ces coups de tête qui la caractérisaient si bien, rendue à Aurillac. Après avoir traîné plusieurs heures dans la zone artisanale autour de l'entreprise, elle avait même pénétré, la peur au ventre, dans les illustres locaux pour demander si un emploi était disponible.

Une idée en soi complètement stupide. Que connaissait-elle à la fabrication d'un parapluie ? Elle n'était ni styliste, ni piqueuse, encore moins aiguilletière, ignorait jusqu'au nom des différentes pièces d'assemblage. De toute façon, l'hôtesse d'accueil avait balayé sa demande d'une phrase sans appel : « Aucune embauche en ce moment. »

Son projet simple de pénétrer dans la forteresse des Vitarelle pour en percer tous les secrets s'avérait en fait très difficile à mettre en œuvre.

Devant cette impasse, Joséfa eut alors l'intelligence de s'adresser à son amie, Alice Fromageot. Le mari de celle-ci présidait en effet le Rotary Club, connaissait de ce fait tous les notables du département. Joséfa espérait bien par ce biais obtenir quelques informations intéressantes sur cette famille de fabricants de parapluies qui commençait fortement à l'intriguer.

L'image même d'Alice, jolie femme, mince, sophistiquée, intellectuelle et élégante, semblait aux yeux non avertis l'exact opposé de celle de Joséfa, avec sa carrure imposante, son éducation un peu fruste et ses vêtements pour le moins archaïques. Pourtant, les accidents de la vie avaient curieusement lié ces deux femmes d'une amitié profonde de cœur et d'esprit, une sorte d'intimité fraternelle, de fusion indéfectible. Il existait entre elles un attachement fait de souvenirs, de chagrins et de tendresse, qui pour Alice se doublait d'une admiration sans borne. Joséfa était sa force, son refuge[1].

L'idée de s'en remettre à Alice fut une trouvaille qui allait régler une partie de leurs problèmes. Non seulement celle-ci connaissait les Vitarelle, mais son mari jouait régulièrement au golf avec le fils Hugo et le gendre, le fameux Jacques. Plusieurs réceptions les avaient en son temps réunis. Alice connaissait particulièrement l'époux de la victime, Charles Vitarelle, ornithologue réputé qui intervenait parfois dans le cadre de l'université interâges qu'elle-même fréquentait assidûment.

— Tout ce que je peux t'affirmer, c'est qu'Hélène était une sacrée bonne femme, il n'y en avait que pour elle, si tu vois ce que je veux dire. Les rares dîners où je l'ai croisée, elle monopolisait la tablée avec des opinions tranchées et un air suffisant. C'est elle qui avait l'argent. Une héritière, mais une héritière qui s'est donné du mal pour faire fructifier son capital, il faut le reconnaître. Tu sais que le pauvre Charles ne s'appelait pas Vitarelle, évidemment ! Elle l'a obligé à prendre ce patronyme en se mariant car elle ne voulait pas que la lignée s'éteigne. Tout un symbole, à mon avis, tu ne crois pas ?

1. Voir *Les Justicières de Saint-Flour*.

Un tyran en jupons en quelque sorte. Sa mort est atroce, je ne peux toutefois pas m'empêcher de penser qu'il doit y avoir un certain nombre de personnes dans son entourage qui ne regrettent pas ce dénouement. Quand tous les remous de cette histoire auront cessé, Charles pourra enfin retrouver une certaine sérénité. Il l'aura méritée. À lui aussi, elle menait la vie dure.

Mis à part sa sympathie pour Charles, Alice, au fond, ne connaissait que superficiellement les autres membres de la famille, pas assez intimement en tout cas au goût de Joséfa, qui voulait entendre une description fouillée de leurs caractères respectifs. Son amie avait alors proposé de leur téléphoner afin de prendre « le pouls de la situation ».

Une expression imagée qui amena un sourire ironique aux lèvres de Joséfa, Alice était toujours si classe ! Le résultat de cette conversation dépassa cependant toutes ses espérances. Alice avait d'abord dialogué avec Sophie, et dans l'énumération des épreuves relatées avec complaisance par celle-ci, elle n'avait retenu que l'ouverture créée par le départ de la femme de charge. Sautant sur cette occasion, elle avait parlé à Charles de Joséfa, la « perle des femmes de ménage », pour l'introduire tout naturellement dans le clan fermé des Vitarelle.

Paradoxalement, ce fut presque Joséfa la plus difficile à convaincre.

— Je ne comprends pas tes réticences, ils vont t'embaucher, c'est certain. Tu ne peux pas trouver de meilleure chance pour te faire une opinion. Pense que tu vas vivre avec eux, les observer, les connaître. Tu pourras très vite te faire ainsi une idée exacte de chacun, déceler s'il y a quelque chose de louche dans leur comportement, voir surtout si les réticences de Nina sont fondées.

— Je ne peux pas la laisser seule, elle est bien trop imprévisible.

— Aucun problème, tu as entendu ? Elle peut venir avec toi. Vous êtes logées sur place. Qu'est-ce que tu veux de plus ? Ils ont besoin d'une aide pour le jardin, elle pourra donner un coup de main et se faire payer un petit peu.

Joséfa haussa les épaules d'un air méprisant.

— Nina et le jardin ? Tu n'y penses pas ! Elle est aussi manche que toi en ce domaine, ne ferait pas la différence entre une nave et une courgette.

— Tu lui expliqueras, répliqua Alice en souriant. Ça ne lui fera pas de mal d'être au contact de la nature. Écoute, Joséfa, ne cherche pas la petite bête. C'est une chance inouïe qui s'offre à toi, tu ne trouves pas ?

— On voit que tu connais mal Nina, elle est capable de s'empoigner avec la femme de son Jacky, de faire des embrouilles, de mettre les pieds dans le plat. Si cette famille est innocente, comme je le pense, elle n'a sûrement pas besoin de révélations supplémentaires sur les frasques de Naucelle. Inutile de leur apprendre qu'il avait une deuxième famille à Clermont. De ce point de vue, mettre Nina dans leurs pattes n'est pas sans danger.

— Je te fais confiance, tu sauras d'une façon ou d'une autre la canaliser. Ce sera pire si elle reste seule à ruminer dans son coin.

— Tout bien réfléchi, travailler chez eux ne me dit rien qui vaille. Quitter ma maison pour espionner la souffrance des autres n'est pas mon fort.

— Comment veux-tu faire, alors, pour en apprendre davantage ? Il n'y a pas d'autre moyen que d'entrer dans leur intimité. Si c'est un coup monté comme le pense Nina, et si son Jacko...

— Jacky !

— D'accord. Si donc Jacky était innocent, tu t'en rendras vite compte. Si au contraire, il était vraiment coupable, Nina sera mise devant le fait accompli. Elle devra se faire une raison. Tu es bien d'accord avec moi : rester dans l'ignorance est pire que tout. Tu dois lever ses incertitudes !

Ce n'était point le genre de Joséfa de tergiverser, encore moins de se faire prier. Alors, sans chercher d'autres excuses, elle s'était rendue aux arguments d'Alice, prête à jouer cette femme de ménage, rôle qu'elle ne connaissait que trop, pour connaître la vérité sur la mort d'Hélène Vitarelle. Surtout pour rendre, si c'était possible, sa sérénité à Nina. Elle abandonnait cependant à regret son univers. Après avoir abreuvé de recommandations ses plus proches voisins, elle se promit qu'il lui faudrait moins que les trois mois impartis pour se faire une opinion plus juste de la situation et mettre fin à cette mascarade.

Alice venait tout juste d'embarquer Nina, les jumeaux et le chat dans sa voiture pleine à craquer.

Joséfa tenait trop à sa liberté pour renoncer à sa mobylette. Il lui fallait pourtant près d'une heure et demie pour traverser la Planèze, monter le Lioran et se rendre avec cet engin d'un autre âge sur l'autre pente du volcan.

Loin de la contrarier, elle se faisait déjà une joie de cette excursion. Elle aimait tant filer sur la route bleue avec le ciel à fleur d'horizon. Un pur instant de bonheur. L'automne restait de loin sa saison préférée. Les lumières fugaces conspiraient avec les goulées de vent fou pour lui mordre le visage, fouetter le sang sous sa peau, lui redonner l'ivresse de la jeunesse. Ce paysage millénaire, façonné par le volcan et la patience des hommes, s'offrait alors à elle dans un kaléidoscope éternel. Les nuages blancs assis sur l'horizon, les montagnes où se répercutaient mille métamorphoses de couleurs, du rouge flamboyant à l'or pâle, s'alliaient au gris des pierres et des maisons dans une combinaison parfaite. Tout ici était tellement à sa place, les vaches paisibles, l'herbe grasse, les pâtures immenses, les murets de pierres sèches, les colonnes de frênes griffus, qu'il lui semblait à chaque escapade qu'elle tutoyait le ciel.

Elle ajusta ses sacoches, mit son casque, lança le moteur qui répondit à ses sollicitations dans un bruit serré de mitraille. Alors, sans un regard en arrière, elle décolla d'un bond, arc-boutée sur sa machine, telle une femme-oiseau flottant au vent.

4

Le bourg cossu de Vic, aux maisons pittoresques coiffées de lauzes grises, se nichait dans la vallée de la Cère entre les pentes vertes et boisées des montagnes environnantes. Parfois une paroi rocheuse émanait de toute cette verdure, rappelant qu'on était en terre volcanique dans un verrou glaciaire aux falaises impressionnantes.

Le versant est de la Cère s'émaillait d'hôtels au charme désuet et de résidences d'été qui s'amusaient à jouer les boudeuses, en cette fin septembre, avec leurs grands volets hermétiquement clos. À mi-côte, la villa Médard, fief des Vitarelle, faisait partie des plus imposantes demeures. Une grande maison élégante en pierre de lave, couverte de lauzes, flanquée de deux tourelles entre lesquelles s'étirait un bâtiment long de deux étages aux fenêtres nombreuses et régulières. On y accédait par un large perron protégé par une balustrade où deux lions en pierre tenaient dans leurs griffes supérieures un écusson représentant une sorte d'ombrelle.

Une haute grille ancienne en fer forgé entourait le parc qui descendait en pente douce jusqu'à la Cère, se prolongeait encore au-delà grâce à un petit pont de pierre, jusqu'aux courts de tennis municipaux en contrebas. À cet endroit, la rivière, qui prenait sa source dans les entrailles du Lioran, coulait paisiblement entre les tilleuls et les rives verdoyantes de son lit. Depuis la rue, on pouvait apercevoir le vaste jardin agrémenté d'un potager, d'une serre et d'une roseraie, aucune vue n'embrassait cependant la totalité de l'ensemble en raison des arbres centenaires qui s'écartelaient en autant de draperies obscures vers le ciel.

En cette matinée humide d'automne, les feuilles jaunies des bouleaux et celles des merisiers parées de teintes pourpres se détachaient en tourbillonnant pour joncher de confettis cuivrés la grande allée sablée. Dans le verger, les fruits pullulaient sur les branches. Les pommes rouges brillaient comme des rubis. Nina faisait de son mieux pour rassembler les feuilles et ramasser celles que laissaient fuir les dents du râteau. Le vieil Anselme la guettait du coin de l'œil d'un air madré, prêt à relever la moindre erreur, le premier signe d'une quelconque insuffisance.

Cette aide improvisée qu'on venait de lui adjoindre ne lui disait rien qui vaille. Trop jeune pour pouvoir lui confier tout ce qui exigeait doigté et expérience : semis, bouturage, taille. Pas assez costaude pour le remplacer dans les gros travaux de jardinage, comme les labours qui lui brisaient le dos. Trop rousse aussi. Il n'avait rien de particulier à reprocher à cette couleur de cheveux sauf qu'elle attirait immédiatement l'attention. Un jardinier ne devait pas être plus coloré que ses légumes ! Ce n'était pas correct, pas sérieux. D'autant plus que cette nuance allait de pair avec la vivacité de la jeune femme, ses reparties parfois mordantes dont il ne comprenait pas toujours l'ironie et son caractère pour le moins emporté. Il avait connu des aides autrement plus dociles, des gamins qui sortaient de l'école, craignaient ses gueulades, respectaient sans broncher ses consignes. Cette engeance-là voulait au contraire tout comprendre avant de se mettre au travail. Elle le saoulait avec ses « pourquoi ».

« Pourquoi faut-il prendre l'arrosoir alors qu'on pourrait utiliser le tuyau ? Pourquoi ne pas attendre la chute complète des feuilles pour les ramasser toutes ensemble ? Pourquoi les mettre en tas sur le compost alors qu'elles pourraient servir de paillis ? »

Des questions qu'il ne s'était en fait jamais posées, n'avaient pour lui aucun sens. À bout d'arguments, il en était réduit à répéter cette phrase qui faisait apparaître une moue moqueuse sur les lèvres de son interlocutrice :

— C'est comme ça, c'est tout. Il n'y a pas à y revenir !

Il essayait de faire preuve d'autorité, sentait bien que celle-ci s'effilochait quand il n'arrivait pas à justifier ses ordres. Pour se venger, il l'avait envoyée sarcler les plates-bandes de fleurs. Un travail pénible qui sciait les reins. La rapidité avec laquelle elle s'était exécutée l'avait sidéré. Avec une franchise déconcertante, elle avait alors avoué en riant que sa tante l'avait aidée, que celle-ci s'y connaissait sacrément mieux qu'elle en jardinage.

Évidemment, la tante ! Elle remplaçait la Marinette, autant dire un emploi indéfinissable, une espèce d'intendante, de gouvernante, de majordome. Son truc normalement, c'était la cuisine, le ménage, l'éducation du petit, elle n'avait donc théoriquement rien à faire dans le parc. Mme Casarès, qu'elle s'appelait. Joséfa, avait-elle précisé en lui broyant la main le jour de son arrivée. Une vraie costaude, pour le coup, qui aurait pu pelleter des brouettes de fumier sans se fatiguer. Il avait tout de suite senti qu'il fallait s'en méfier. Des yeux de mulot, vifs et rusés, un air de « je sais tout » assez insupportable.

Mince, alors ! On ne respecte donc plus rien de nos jours. Ceux de la maison n'ont rien à foutre au jardin. C'est la règle qui a toujours prévalu. Si cette bonne femme remplace vraiment Marinette comme elle le laisse entendre, elle a largement de quoi s'occuper dans la baraque sans venir fouiner dans mon potager !

Cependant, installée depuis trois jours seulement, Joséfa se mêlait déjà du jardin à ses heures perdues. Loin de se contenter d'aider sa nièce, elle en profitait alors pour égrener des tas de remarques effrontées.

— Le chiendent va repousser si vous vous contentez de l'arracher. Le mieux, c'est d'enlever les racines pied à pied avec le transplantoir.

— Occupez-vous donc de vos oignons !

Joséfa l'avait planté d'un regard si noir qu'il était parti penaud, en grommelant dans ses dents.

Une dure à cuire que cette bonne femme ! Qui n'hésitait pas à se mettre à quatre pattes sur la terre pour arracher les mauvaises herbes sans plaindre sa peine. Il ne supportait pas qu'elle vienne directement au jardin chercher les aromatiques et légumes dont elle avait besoin.

Elle devait passer par lui. Marinette n'aurait jamais pris une carotte sans sa permission. Elle lui aurait demandé d'un air implorant si elle pouvait avoir des carottes. Nuance ! Il se serait alors fait prier pour lui en fournir, ce n'était de toute façon jamais le bon moment. C'est là que résidait justement son pouvoir, donner les légumes au moment qui lui convenait, couper telle ou telle fleur quand il le décidait. Il convenait, avec une certaine malice, que pour lui ce n'était jamais le bon moment. Sauf pour Madame, bien sûr. Avec elle, il s'inclinait tout de suite. Normal, elle avait l'autorité légitime pour exiger les choses, même s'il était dommage de cueillir les roses trop tôt en sacrifiant les boutons à venir ou d'arracher les pois gourmands avant leur maturité. À Madame, on ne refusait rien. D'ailleurs, elle n'aurait pas permis que les gens de maison viennent au jardin. Elle aurait pour sûr défendu sa position, fait renvoyer cette Casarès, ne l'aurait probablement jamais embauchée.

Quelle perte tout de même que la disparition de Madame !

Il ruminait en boucle ses récriminations, se faisait du mal, hésitait toutefois à en toucher deux mots au patron, n'étant pas certain de sa réaction. Avec ces grands bourgeois, on ne pouvait jamais savoir ce qu'ils avaient vraiment en tête. Charles Vitarelle semblait tellement dans la lune, inaccessible, détaché de tout, qu'il fallait un sacré courage pour l'aborder. Tout compte fait, Mme Sophie semblait plus apte à écouter ses doléances. Plus proche de sa mère, plus respectueuse des traditions, plus autoritaire. Une femme qui avait de la classe, défendait ses privilèges, savait tenir son rang, quoi !

Seulement, cette dernière descendait si rarement dans le parc qu'il lui faudrait surveiller étroitement ses allées et venues pour avoir une chance de la coincer afin de lui toucher deux mots de son problème.

Pas grave, de la patience il en avait à revendre. C'est qu'il n'avait aucune envie de se laisser mener la barque par ces deux femelles, des étrangères de surcroît, vu leur nom de famille aux consonances chantantes qui n'avaient rien de cantalou. Quant aux deux petits rouquins qu'il avait croisés le matin même près du pavillon du gardien, c'était deux mal élevés qui l'avaient traité de « vieux pépé ».

À qui sont ces gosses ? Sûrement à cette Nina ! Il ne manquait plus que ça. Des gamins qui vont courir partout, abîmer les parterres, arracher les fleurs. Faut que Monsieur soit tout de même drôlement perturbé pour embaucher des gens pareils. Je me demande bien comment tout ça peut finir.

Nina ramassa une dernière brassée de feuilles qu'elle tassa dans la brouette avant d'aller la verser sur le compost. L'air vif colorait ses joues de jolies taches roses. Tout compte fait, elle appréciait ce travail qui ne la cantonnait pas dans un endroit fermé. Elle avait besoin d'espace, d'air pur, de tâches physiques qui ne l'empêchaient pas pour autant de penser.

Trois jours qu'Anselme la testait en espérant l'épuiser. Elle ne voulait pas le décevoir, il pouvait être un allié précieux. Entré à seize ans chez les Vitarelle comme aide-jardinier, il en avait près de soixante-dix aujourd'hui. Autant dire qu'il fréquentait depuis si longtemps les membres de cette famille qu'il devait en connaître les aspects les plus secrets. Retenant à grand-peine son impatience, Nina attendait le moment propice pour l'interroger, lui faire baisser la garde. Elle voulait le mettre en confiance, sentait bien qu'elle jouait ici en quelque sorte sa dernière chance pour savoir ce qui s'était réellement passé.

Comment Jacky a-t-il pu me mentir si longtemps ? Pourquoi est-il revenu ? Qu'attendait-il de moi ? Aurais-je pu l'aider ? Empêcher son suicide ? Que signifie ce geste s'il n'est pas coupable ?

Ces questions la torturaient. Elles se heurtaient à une totale incompréhension, la plongeaient dans une sorte d'hébétude. Elle voulait tant démêler tous ces nœuds de mensonges et de non-dits, où se fondaient des images de vie et de mort, d'amour et de haine. Pour cela, il lui fallait absolument obtenir, d'une façon ou d'une autre, des renseignements sur la victime, sur le drame, sur Jacky lui-même. Son premier espoir, celui de rencontrer sa femme, sa « légitime épouse », semblait pour l'instant bien compromis. Joséfa avait appris à l'office que la santé fragile de Laure Naucelle l'obligeait à suivre une cure de repos dans un établissement spécialisé. La confrontation était donc impossible. Pourtant, elle attendait beaucoup de cette rencontre. Malgré le sentiment de jalousie qui la taraudait insidieusement, Nina voulait voir sa rivale. Pas seulement physiquement, elle voulait sonder ce que cette femme avait vraiment dans le cœur.

Que pense-t-elle de Jacky ? Le croit-elle coupable ou innocent ? Sait-elle qu'il avait un autre foyer à Clermont ? L'a-t-il aimée ? Et elle ?

Cette histoire de maison de repos tendait maintenant à prouver que Laure Naucelle n'avait pas supporté le suicide de son mari, qu'elle éprouvait donc toujours des sentiments pour lui malgré ses innombrables lâchetés.

Dieu, comme ces questions faisaient mal ! Nina travaillait vite, ses tourments intérieurs la poussaient à se dépasser, à ne pas se ménager, jusqu'à ressentir une fatigue corporelle qui distrairait un peu sa peine. Elle jeta un coup d'œil au jardinier, Anselme s'était laissé choir sur le vieux banc de bois près de la cabane à outils. Il avait beau avoir sa fierté, ses vieilles douleurs lui commandaient parfois de prendre du repos.

— La carcasse a besoin de souffler, admettait-il alors du bout des lèvres.

Il profitait en général de ce moment pour en « griller une » tranquillement, comme au bon vieux temps. En effet, depuis qu'il avait quitté la petite maison de gardien pour aller vivre chez sa sœur dans le bourg de Vic, il avait dû renoncer au tabac. La contrepartie à payer pour retrouver un certain confort, des repas chauds, un semblant de conversation et de vie de famille. Les femmes ont de ces exigences ! Un petit coup d'Avèze à l'apéro, va encore, mais pas question de fumer chez elle. Il s'était fait une raison, cachait son tabac dans la cabane, fumait seul loin des regards, se lavait ensuite soigneusement les mains, mâchait du chewing-gum, pour ne pas se faire repérer par la frangine.

À mon âge, si ce n'est pas malheureux d'en arriver là !

Malgré ses doigts noueux, il roula avec adresse sa cigarette, la mouilla sur le bord d'un coup de langue. Nina lui présenta alors son briquet en souriant. Il sursauta, ne l'ayant pas vue venir. Cette fille était plus vive que les truites du Pas de Cère ! Il la remercia d'un signe de la tête, peu enclin à lui être redevable. À sa surprise elle prit place sans façon à côté de lui, soupira d'aise et sortit un paquet de cigarettes de la poche de son jean.

Ah la garce, voilà-t-y pas qu'elle fume aussi !

Le silence s'installa entre eux. Une légère brume montait de la terre, créant une ambiance un peu languide, une sorte de tristesse douce qui se mariait bien à la rousseur des feuilles et aux dernières roses mousseuses.

Le plaisir de se taire ensemble, le bonheur de fumer, d'écouter vibrer la nature, de sentir ces odeurs de terre travailleuse et d'herbes mouillées les réconcilia presque. C'est tout naturellement que la jeune femme lui offrit une seconde cigarette, qu'il accepta sans broncher.

— On est bien ici, constata-t-elle de sa voix un peu grave.

— Pour sûr, c'est un beau jardin, il y a de quoi faire !

— C'est vous qui l'avez conçu ? Je veux dire, les différents espaces, roseraie, potager, parterres ?

— Penses-tu !

Anselme plissa les yeux pour mieux se plonger dans ses souvenirs, ne remarquant même pas au passage qu'il venait de tutoyer sa nouvelle apprentie. Comme beaucoup de personnes de son âge, se remémorer le passé était une de ses plus grandes sources de bonheur. Il comprit intuitivement qu'il avait près de lui une oreille attentive.

— En fait, rien n'a guère bougé depuis que je suis là, sauf la serre qu'on a reconstruite après la tempête de l'an 2000 et le verger qui a été un peu agrandi. Le père de Madame avait le sens de la propriété, il voulait un parc, un vrai. C'est lui qui a racheté les terrains alentour au fur et à mesure que ses parapluies connaissaient du succès. Il a dû y mettre pas mal d'argent mais le vieux savait ce qu'il voulait. C'était encore plus grand avant, le potager je veux dire. La pelouse n'était pas de mode à cette époque. On a été jusqu'à quatre bons gars à y travailler à temps plein, le père Gaston qui nous dirigeait à l'époque n'était pas commode. On n'avait pas intérêt à s'arrêter pour en griller une, tiens !

— Cinq jardiniers ! Mazette ! Et aujourd'hui vous êtes tout seul !

— Ouais, je sais bien qu'on est plus mécanisés qu'autrefois, mais quand même, il ne faut pas charrier ! Les patrons ne se rendent pas compte. Madame disait qu'une tondeuse me ferait gagner trois jours de boulot. Moi, je sais qu'il faut tout de même de la force physique pour la pousser ! Pareil pour la manufacture, les nouvelles machines n'ont servi au bout du compte qu'à réduire le personnel. Avant, presque toutes les femmes d'ici travaillaient pour Vitarelle. J'ai toujours connu ma mère en train d'assembler des parapluies.

— À son domicile ?

— C'était courant en ce temps-là, les femmes allaient chaque semaine à l'usine chercher les pointes de tissu découpées en triangle ainsi que les montures. Elles assemblaient chez elles les couvertures sur la carcasse et posaient les aiguillettes. On les payait à la pièce, pas grand-chose, d'autant plus qu'il fallait fournir le fil et l'électricité. C'est là que le père Vitarelle a été malin en ayant l'idée d'acheter des machines à coudre pour ses ouvrières. Évidemment, il se remboursait ensuite petit à petit sur les salaires. Les jeunes, vous vous croyez fortiches, mais au fond rien n'a changé. C'est toujours le patron qui s'y retrouve.

— Hélène Vitarelle a repris l'usine après son père ?

— Ben oui, il fallait bien, c'était l'unique héritière, son père était assez désespéré de ne pas avoir de garçon. « Je ferai mieux qu'un garçon » qu'elle lui a dit, et elle a tenu parole. Elle le suivait partout, réparait avec lui les machines, surveillait les ouvriers, contrôlait la confection, l'accompagnait pour visiter les gros clients. Une bien grande travailleuse, il faut le dire, qui a toujours voulu garder un œil sur tout, qui passait une partie de ses soirées et de ses week-ends à l'usine. Au détriment peut-être de son mariage et de sa vie de famille. Tu sais ce qui lui est arrivé, j'imagine ?

— Elle a été assassinée, répondit Nina d'une voix rauque.

Malgré sa curiosité, la jeune femme laissait depuis tout à l'heure Anselme dévider ses souvenirs, n'osant intervenir de peur de l'interrompre, trop surprise de cette aubaine qui lui était offerte d'en apprendre plus sur la défunte.

— Assassinée, oui. Qui aurait pensé une fin pareille ! Par son gendre, en plus !

— Son gendre ?

Nina ne pouvait que répéter d'une voix atone.

— Il avait volé de l'argent, pour une gourgandine qu'il entretenait. Madame a voulu le dénoncer, il a pris peur, l'a menacée, le coup est parti par accident.

Nina ne put s'empêcher de s'écrier :

— Un accident ? Vous êtes certain ?

Il la regarda d'un air trouble.

— C'est ce qu'on dit maintenant, il ne l'aurait pas fait exprès.

— Vous le connaissiez ?

— Lui ? Je pense bien, il vivait ici. Commercial pour Vitarelle, avant son mariage je veux dire. Après, bien sûr, il est devenu directeur. C'est qu'il avait réussi un bon coup en épousant la fille de la patronne, il se voyait déjà aux commandes, l'animal. C'était bien mal connaître les Vitarelle. Ils vivent tous ici d'ailleurs. Madame avait aménagé un appartement pour chacun de ses enfants. Elle les voulait tous à côté d'elle. Pas tellement le genre mère poule pourtant, mais pour mieux les surveiller. Quand le jeune Hugo faisait la bamboche avec ses copains, copines, elle a tout de suite su y mettre le holà. « Tu n'es pas un célibataire comme les autres » qu'elle disait, « tu es un Vitarelle et un Vitarelle c'est avant tout une marque. Une marque connue qu'on doit respecter. Si on parle de toi en mal, c'est la marque qui en pâtira, tu ne dois jamais l'oublier. Ce nom te donne une responsabilité. » J'y repense souvent depuis sa mort. Elle n'aurait pas aimé tous ces commérages des journaleux. Le nom de Vitarelle n'a pas été épargné. On dit que les parapluies se vendent moins bien, je ne sais pas si c'est vrai. Je connais un gars qui travaille à l'usine qui m'a raconté qu'il y avait une drôle d'ambiance là-bas, des rumeurs aussi pour savoir qui prendra la succession.

— Ils sont nombreux ?

— Les Vitarelle ? Je pense bien !

— Je voulais dire, nombreux à pouvoir prendre la succession ?

— Ah, pas tant que ça alors. Monsieur ne compte pas, il ne s'est jamais occupé de l'usine. Chercheur qu'il est, il paraît que ça existe comme métier. J'ai l'impression que Madame considérait ça plutôt comme un passe-temps gentillet, une sorte de jouet, après tout il vaut mieux regarder les oiseaux qu'aller à l'auberge, pas vrai ? M. Hugo aura son mot à dire mais il est encore jeune, à peine trente ans. Non, la chef à mon avis maintenant, c'est Sophie, l'aînée. Elle s'occupe des contrôles, est très impliquée dans l'entreprise. Pas autant qu'elle voudrait toutefois, à cause de son mari. Le pauvre est paralysé. Il faut qu'elle s'en occupe. Dans les débuts de leur mariage, ils habitaient Aurillac. Madame leur a aménagé un appartement au rez-de-chaussée, plus fonctionnel pour le fauteuil roulant. Sophie refusait quand même de venir. Elle voulait garder son intimité, mais comme ils disent, on ne résiste pas à la Bramade ! Elle aussi a fini par céder.

— La Bramade ?

Anselme prit un air un peu gêné pour expliquer.

— Bah oui, quoi ! C'est le petit nom qu'on donnait entre nous à Madame quand elle se mettait en colère. Elle criait aussi fort qu'un cerf en rut, c'est pour dire !

Sans s'attarder sur ce surnom peu amène, Nina demanda en s'efforçant de cacher son appréhension :

— Il y a bien une autre fille, je crois, qui pourrait continuer l'affaire ?

— Qui ? La Laure, la femme du Jacques ? Inutile de compter sur elle pour reprendre le flambeau ! On voit bien que tu ne la connais pas. Pour l'heure, elle est en maison de repos, preuve qu'elle ne peut vraiment rien supporter. Une maison de repos, tu parles ! Une accablée de naissance, oui. Faible, pas vraiment malade, jamais bien en forme non plus. Elle tient plutôt du père, elle aussi aurait pu être chercheuse. Chercheuse en repos. Elle voulait être photographe, ce n'était pas pour plaire à Madame. Elle a quand même fait les premiers reportages pour le lancement des collections. C'est comme ça qu'elle a connu le Jacques. Depuis, plus rien. Il faut dire que la maternité l'avait fatiguée, elle n'a jamais retravaillé. Pas assez de santé. Heureusement, ici elle peut compter sur le personnel de maison pour s'occuper du petit. Le pauvret, ce n'est pas très gai pour lui, surtout maintenant. Ce gamin, il adorait son père. Le Jacques n'était au fond pas pire que les autres, plutôt le moins arrogant de la famille. Un monsieur qui aimait bien plaisanter, avec les filles surtout. Celui-là, quel cavaleur ! Je l'ai aperçu plus d'une fois avec une dame dans sa voiture et il ne lui apprenait pas le code de la route, si tu vois ce que je veux dire !

Ces révélations eurent raison de Nina qui avala la fumée, se mit à tousser lamentablement. Anselme lui donna une tape du plat de la main dans le dos. Sous son regard interrogateur, elle réussit à reprendre son souffle. Elle sentait les larmes perler à ses paupières, les essuya rageusement, espérait que le jardinier les mettrait sur le compte de son étouffement.

— Bon, ce n'est pas le tout, dit-il en se relevant. On bavasse, on bavasse, mais le travail ne va pas se faire tout seul ! Tu vas prendre froid en plus.

— Il a été arrêté ?

— Qui ? Jacques ? Ben oui, les flics l'ont arrêté et au bout du compte il s'est tué. Ce qu'il avait de mieux à faire, si tu veux mon avis. Madame l'aurait souhaité, chez les Vitarelle, on ne va pas en prison, c'est déshonorant.

— Ce n'est pas déshonorant de tuer sa belle-mère ?

— Un accident je te dis, rien d'autre.

Il lui lança un regard appuyé, reprenant quelque peu ses distances.

— Comme tu travailles ici, tu as plus qu'intérêt à te mettre ça dans ta caboche, à dire partout la même chose. Tu entends ? Il n'y a pas eu de meurtre, seulement un accident.

Nina, trop bouleversée par ces propos, ne put retenir plus longtemps sa fougue. Un espoir insensé venait de germer dans son esprit.

— Vous y croyez, vous, à son innocence ? Vous pensez que c'est possible ? Qu'il n'a pas tiré exprès ? Que c'était un accident ?

Anselme, d'un ton acide, doucha son enthousiasme.

— Bien sûr que non. C'est moi qui ai trouvé le corps. Avec un trou pareil dans la tempe on ne pouvait pas la louper. Un tir trop près, trop précis pour que ce soit un accident. J'ai même cru d'abord que Madame s'était suicidée, c'est pour dire. Seulement il n'y avait pas d'arme à côté d'elle, et l'arme, c'est dans la cabane du Jacques qu'on l'a retrouvée ! Il n'avait pas le droit de faire ça. Aujourd'hui, sans Madame, plus rien n'est pareil. La maison ne vit plus, si tu vois ce que je veux dire.

— Vous l'aimiez bien, alors ?

— Je peux te le dire, j'avais même un petit béguin pour elle à vingt ans. C'est qu'elle était drôlement jolie, Madame. En prenant de l'âge, on devient plus sentimental ou plus dur. C'est le chemin qu'elle avait pris, la dureté. On est obligé d'être dur quand on dirige tant de monde. Alors, elle n'avait pas une réputation facile, les gens la craignaient, certains la détestaient même. Moi, elle me manque. Depuis qu'elle est partie, je me sens infirme, c'est là que j'ai compris que dans le fond je l'aimais. Elle savait être dure mais avait toujours un mot d'encouragement, comme tous les bons maîtres. Tu vois, depuis six mois, personne ne m'a dit que mes salades sont les meilleures du Carladès, que mes tomates ont un goût de sucre, que les allées sont impeccables ou que le massif de vivaces est harmonieux. Je travaille pour rien, tout le monde s'en fout !

Incapable de supporter la détresse des autres sans réagir, oubliant ses propres soucis, Nina lui toucha la main avec respect.

— Vous travaillez pour vous, Anselme, c'est déjà beaucoup. Vous pouvez être fier, ce jardin est merveilleux. Si les autres ne le font pas, la nature vous dit merci. Regardez comme c'est beau !

Elle englobait d'un geste la lumière blonde en harmonie avec les coings, les pommes, le sureau noir et les dernières framboises éparses autour des buissons verts.

Il n'avait pas besoin de regarder. Ce jardin, il était en lui, il faisait partie de son corps, de sa vie.

L'attitude bienveillante de la jeune femme, la simplicité de ses paroles suffirent à le réconforter. Troublé, un peu ému même, il ne sut que répondre, comprenant cependant qu'entre lui et son apprentie une trêve tacite venait de se conclure.

Au fond, cette petite est plutôt gentille !

5

En entrant dans la bibliothèque, Joséfa trouva, une fois de plus, le jeune garçon recroquevillé près de l'appui de fenêtre. Il était si transparent, si fragile, il y avait tant de silence en lui, de tristesse et de mélancolie qu'elle sentit son cœur se serrer. Cet enfant lui faisait penser à un animal malade qui se cache pour lécher ses plaies. Un animal sauvage, blessé, peureux, qui n'éprouvait qu'une envie, se blottir, hiberner, se couper du monde. Un animal qu'il lui serait sûrement très difficile d'apprivoiser.

Bien qu'elle eût maintenant une idée à peu près précise des différents membres de la maisonnée, ce petit restait pour elle un mystère. Il ne la regardait pas, lui avait à peine adressé un ou deux mots convenus.

Joséfa considérait habituellement que les enfants d'aujourd'hui étaient beaucoup trop sollicités par tout un tas d'activités scolaires, sportives, artistiques ou autres que les adultes s'ingéniaient à empiler sur leurs frêles épaules en leur imposant un rythme infernal. Sans cesse pressés, houspillés de toutes parts, stressés, fatigués, ils n'avaient plus guère le temps de jouer, encore moins celui de rêver. Elle trouvait ça vraiment regrettable, les rêveries faisaient partie de l'enfance. On ne pouvait cependant en dire autant de ce petit Frédéric qui, au contraire, s'enfonçait dans des méditations sans fin qu'elle pressentait douloureuses.

Dans la grande maison, personne ne semblait vraiment s'occuper de lui. Charles Vitarelle battait la campagne tôt le matin pour observer ses oiseaux, il passait ensuite généralement le reste de la journée calfeutré dans son bureau où il se contentait pour le déjeuner d'un plateau sommaire.

On ne voyait guère davantage Sophie. Sitôt levée, celle-ci partait pour Aurillac, restait le plus souvent à l'usine ou visitait la clientèle. Elle ne reparaissait vraiment que pour le dîner qu'elle aimait présider d'un air solennel. Ce repas était d'ailleurs le seul qui réunissait quotidiennement la famille. À vingt heures tapantes, selon un rituel immuable imposé du temps d'Hélène Vitarelle, que personne ici ne semblait vouloir remettre en cause, les convives s'installaient autour de la grande table, non sans une certaine ostentation, pour ne pas dire contrainte.

Il faut dire que le portrait de la défunte, installé en majesté au-dessus de la cheminée, ne contribuait guère à rendre l'atmosphère paisible. Un tableau aux dimensions écrasantes que Joséfa avait contemplé longuement le jour de son arrivée. Un portrait en pied, celui d'une femme de soixante ans environ, avec un visage jaune, anguleux, un air altier, majestueux. L'artiste ne s'était pas seulement attaché à en reproduire les traits caractéristiques, il avait su les interpréter. Qui l'avait vue une fois ne pouvait oublier cette figure singulière, aux yeux noirs insolents qui vous transperçaient l'âme, à la lèvre supérieure hautaine et moqueuse d'où on croyait entendre s'échapper des paroles tranchantes. Un air de reine incontestablement, aucune faiblesse, rien d'affectueux, de doux. De l'intelligence sûrement mais aussi de la vanité, de la supériorité, de la sécheresse. Un tableau qui correspondait en fait parfaitement avec les ragots entendus à l'office. Un tempérament hors norme qui restait pour quiconque avait travaillé à son service, « la patronne », celle dont on ne discutait pas les ordres.

Pourtant, cette femme-là avait été amoureuse. De son mari peut-être pas, de son gendre sûrement. Qu'une telle personnalité puisse braver pour son bonheur personnel la morale et les interdits, Joséfa commençait à le comprendre. Par contre, qu'elle ait pu avoir la faiblesse d'éprouver des sentiments tendres semblait, au vu de ce portrait, tout bonnement inconcevable.

Le Jacky devait être sacrément attirant !

Si Hélène Vitarelle n'était plus, sa présence semblait cependant toujours flotter parmi les convives. Le soir, tout en dirigeant le service, Joséfa entendait des fragments de conversation où celle que tout le personnel appelait aussi « la Bramade » figurait toujours en bonne place, surclassée uniquement par ce qui avait fondé toute son existence, le parapluie.

On y parlait à mots couverts d'affaires, de contrats, de clients. Michel, l'infirme, réclamait toujours plus de détails. Joséfa comprenait que c'était sa manière à lui d'exister, de donner son avis, de s'opposer à sa femme aussi en se faisant le chantre de l'innovation. Il n'avait que ce mot à la bouche. À l'en croire, il fallait innover dans les poignées, l'imperméabilisation, la fiabilité des coutures, la découpe laser, la customisation. Ce terme et bien d'autres échappaient à l'entendement de Joséfa pour qui le parapluie était un objet simple destiné avant tout à ne pas se mouiller les cheveux. Pour sa part, elle lui avait d'ailleurs toujours préféré une bonne vieille capuche qui lui laissait toute liberté de mouvement.

Le seul parapluie digne de ce nom à sa connaissance était le parapluie de berger, le vrai, appelé d'ailleurs parapluie d'Aurillac. Un modèle ancestral et artisanal qui devait son nom aux bergers qui l'avaient conçu et utilisé. Fabriqué avec des matériaux naturels, bois de hêtre, baleines en jonc, toile traitée contre la pluie et le soleil, sa poignée ronde permettait de le tenir dans la poche poitrine et de garder les mains libres pour travailler. Ne contenant que peu de parties métalliques, on pouvait l'utiliser en toute sécurité même sous l'orage. Or, à entendre les Vitarelle, le parapluie était devenu un objet de luxe, de savoir-vivre, d'élégance. Au fil des conversations, les modèles semblaient se multiplier à l'infini : parapluie droit, canne, mini, pliant, transparent, de golf, cloche, incassable... Ils avaient même évoqué un parapluie connecté, capable de donner la météo et d'être localisé en cas de perte. Ces histoires la médusaient, elle en oubliait presque sa mission, comprenant qu'on ne vivait ici que « de » et « pour » ce singulier objet. Curieuse de nature, Joséfa tendait l'oreille chaque soir pour en apprendre davantage, comprendre les ressorts, les obsessions et les attentes de cette déconcertante famille.

Le pauvre gamin semblait complètement écrasé par sa lignée. Il ne disait rien, mangeait peu, chipotait vaguement dans son assiette, regardait la place vide à côté de lui, celle de sa mère assurément.

Comme un oisillon en détresse, Frédéric se recroquevillait petit à petit dans sa solitude. Personne ne semblait vraiment se préoccuper de lui. Aucune tendresse ne filtrait à travers les conversations techniques des adultes. On sentait toujours chez le patriarche une pointe d'agacement, d'indifférence surtout. Si le parapluie le faisait vivre, il était moins enclin que les autres à s'emparer du sujet, affectait au contraire une sorte de flegme, de neutralité froide.

Sophie, quant à elle, aimait à se donner de l'importance. Son statut d'aînée lui était monté à la tête, elle voulait dorénavant se préoccuper de tout, n'accordait en fait un peu d'attention et d'indulgence qu'à son seul mari. Celui-ci, au contraire, ne supportait aucune compassion, savait manier en retour une sorte d'ironie mordante.

Manquait encore à ce tableau de famille le plus jeune fils, Hugo, parti présenter les dernières collections aux USA et au Japon. Son retour pour la fin de semaine promettait de nouvelles discussions acerbes. Sophie, qui parlait sans cesse d'une nécessaire réorganisation de l'entreprise, en piétinait d'impatience. Elle reprochait à son cadet de distiller les nouvelles au compte-gouttes, on sentait qu'elle aurait aimé le disqualifier, remettre en cause sa motivation et ses compétences, n'osait cependant pas encore franchir ce pas devant le muet désaccord paternel.

Joséfa apprit avec un vif étonnement que la maison Vitarelle présentait deux collections par an avec plus de trente nouveaux modèles chacune. Qu'on puisse concevoir autant de parapluies, qu'ils fassent l'objet en outre de salons, de défilés et de podiums la sidérait au plus haut point.

Le catalogue de la collection d'automne était justement resté sur le bureau de la bibliothèque où Sophie avait travaillé tardivement la veille. Après avoir épousseté d'une belle vigueur les gros ouvrages sur l'étagère, Joséfa le feuilleta attentivement pour identifier les différents modèles. Son œil vif et curieux enregistra les formes les plus étonnantes, pagode, cœur, étoile, les couleurs éclatantes, les motifs fantaisie ou très sophistiqués. Elle commençait à comprendre ce que le lancement d'une collection pouvait réellement signifier. Des heures de travail, de conception, de recherches pour se démarquer, plaire.

Elle réalisait qu'on pouvait effectivement innover beaucoup à partir d'un objet de base si simple. En tapotant avec son plumeau sur le meuble, elle sifflota entre ses dents. Ces parapluies lui semblaient tout de même bien trop luxueux pour affronter la pluie et le vent.

Dans l'encoignure de la fenêtre, Frédéric n'avait guère bougé. Les yeux las, l'enfant semblait suivre les circonvolutions des petits nuages pommelés que le vent capricieux poussait dans le ciel. Pas une seule fois, il n'avait tourné la tête vers la femme de ménage. Pourtant, Joséfa faisait tout son possible pour se faire remarquer : bruit, sifflement, exclamation, rire étouffé. Pire qu'une bourrasque ! Elle aspirait les tapisseries, secouait les livres, soulevait les tentures, flanquait les bibelots par terre avant de les épousseter.

Jamais, les vieux volumes de la bibliothèque n'avaient rencontré de plumeau aussi énergique. Joséfa se servait d'eux comme d'un vulgaire jeu de cartes, faisant courir leurs tranches jaunies entre son pouce et son index comme l'aurait fait un habile prestidigitateur. Frédéric voulait l'ignorer pour mieux se concentrer sur son chagrin. Il éprouvait une si poignante mélancolie qu'il en voulait à tous les êtres humains sans trop savoir pourquoi. En réalité, il se sentait coupable. Coupable d'avoir vingt fois souhaité la mort de sa grand-mère quand elle le bridait, coupable de ne pas avoir su retenir son père, sa mère, d'avoir laissé filer les moments heureux. Tant de remords, de tristesse, de rancœur, d'espérance sans but lui faisaient presque souhaiter de mourir. Essayer de vivre demandait trop d'efforts. Il sursauta en entendant la voix volontairement bourrue de Joséfa qui l'interpellait.

— Viens donc m'aider à rouler le tapis !

Il la regarda sans bouger, se demandant si c'était vraiment à lui qu'elle s'adressait. En quoi pouvait-il l'aider ? Cette bonne femme était bien assez forte pour se débrouiller toute seule. Sûrement encore une ruse d'adulte pour lui tirer les vers du nez, faire semblant de s'apitoyer sur son sort afin de recueillir quelques détails croustillants sur sa famille. Ils étaient tous pareils ! Sa maîtresse d'école, les parents de ses copains, la boulangère, son prof de tennis. Ils voulaient tous savoir, l'abreuvaient sans vergogne de questions déplacées et de conseils stupides.

« Ta maman va mieux ? Elle va bientôt revenir, j'espère ? Mon pauvre petit, comme tu dois te sentir seul ! Viens jouer avec Léo si tu as besoin de te changer les idées. Il faut oublier toute cette vilaine histoire. »

Justement, lui ne voulait rien oublier, personne ne pouvait le comprendre. Il décida de ne pas répondre, d'ignorer cette demande incongrue. En général, cette attitude lui réussissait bien. Les adultes renonçaient rapidement à le solliciter, le laissaient tranquille dans son coin. Il se tourna ostensiblement davantage vers la fenêtre, marquant ainsi sa désapprobation.

Devant cette figure hostile, Joséfa, un léger sourire aux lèvres, se rapprocha de l'enfant jusqu'à le toucher. Sous ses yeux intrigués, elle se mit à remuer les doigts dans une gestuelle un peu comique. Les sourcils froncés, l'index d'abord pointé sur lui puis sur sa bouche fermée et enfin sur son oreille, lui firent comprendre le sens de cet étrange message.

— Non, je ne suis pas sourd ! répondit-il malgré lui en haussant les épaules.

— Tu n'es pas muet non plus, à ce que j'entends !

Joséfa ajouta en secouant la tête :

— C'est presque dommage !

— Dommage ?

La question avait fusé sans qu'il ne s'en rende compte.

— Bah oui ! J'ai travaillé chez un petit garçon qui était sourd-muet. Tu ne peux pas t'imaginer ce qu'on a pu s'amuser avec le langage des signes ! Ça peut sembler ridicule mais c'est une super méthode pour communiquer, bien plus poétique, plus drôle que notre langage parlé. En fait, on peut se dire plein de choses sans faire de bruit, surtout sans que la majorité des gens ne comprenne quoi que ce soit. C'est bien pratique !

Elle semblait si sérieuse que Frédéric ne put s'empêcher de demander :

— Comme quoi par exemple ?

— On va faire un essai. Regarde bien. Devine donc ce que je te dis !

Tout en le montrant du doigt, elle écarta son pouce de la paume de sa main et fit semblant de prolonger son menton tout en ayant une mimique admirative.

— Tu veux dire que je suis sympa ?

— Plus que ça, mon gars, je te dis carrément que tu es un beau garçon !

Frédéric, peu sensible aux compliments, semblait déjà se refermer. Soucieuse de ne pas perdre son petit avantage, Joséfa ajouta aussitôt :

— J'aurais pu tout aussi bien faire ça.

Gonflant alors ses joues, elle fit une affreuse grimace puis passa rapidement la main deux fois devant sa figure.

— Je sais, je sais ! Là, tu dis que je suis moche !

— Exactement ! Tu apprends vite.

— C'est difficile ?

Tout en la questionnant, Frédéric se leva pour la suivre machinalement jusqu'au grand tapis.

— Pas plus que d'observer les nuages pendant des heures, répliqua Joséfa en se mettant à genoux tout en lui faisant signe de l'aider. Moi, je n'ai jamais pu les regarder plus de cinq minutes sans avoir mal aux yeux. Si tu as une technique, j'aimerais bien que tu me la donnes !

Frédéric lui jeta un regard soupçonneux mais elle ne semblait en aucune façon se moquer de lui.

— Je ne les fixe pas vraiment, avoua-t-il alors à voix basse, je pense à autre chose.

Joséfa eut l'intelligence de ne pas lui demander en quoi consistaient ses pensées secrètes. Après avoir roulé le tapis, elle trouva brusquement une idée lumineuse pour empêcher son aide improvisé de s'enfuir.

— Il faudrait classer tous ces livres de la bibliothèque, dit-elle d'un ton péremptoire.

— Ils sont déjà classés, non ?

— Peut-être. Je ne trouve pas que ce soit bien joli. Ce serait bien mieux de les regrouper par couleur, par hauteur. J'ai bien envie de faire un escalier sur cette étagère, du plus petit au plus grand. Tu sais, les livres sont comme les gens, ils ont besoin de bouger, de se parler. Ils s'ennuient si on les laisse toujours à la même place.

— Je ne crois pas que ça plaise beaucoup à grand-père.

— On peut toujours essayer sur une seule étagère. Si ça se trouve, personne ne le remarquera. Les livres, par contre, seront drôlement contents de prendre un peu de vacances. On les remettra dans quelques jours à leur place. Sauf s'ils décident le contraire, évidemment.

L'idée farfelue sembla plaire à Frédéric. Il parut toutefois conserver quelque inquiétude.

— La Bra... enfin, ma grand-mère n'aurait pas voulu. Je n'ai jamais eu le droit de ranger mes livres d'histoire et mes BD dans sa bibliothèque.

Malgré l'envie brûlante d'en apprendre davantage sur cette « Bramade » qu'elle appelait plutôt en son for intérieur « la vieille », Joséfa se refusa à interroger le petit. L'essentiel aujourd'hui était d'apprivoiser celui-ci.

— Pour commencer, on va faire notre camp de vacances sur l'étagère du bas, décréta-t-elle d'une voix assurée, en débarrassant celle-ci d'un tas de revues poussiéreuses qui ne lui paraissaient pas trop importantes. Ce sera comme une chambre d'hôte pour tous les livres qui ont besoin de se reposer. Je te laisse le soin de sélectionner nos premiers pensionnaires pendant que je range ces vieux magazines dans une caisse.

— Je peux choisir n'importe lesquels ?

— Prends en priorité ceux qui sont le plus fatigués ou qui s'ennuient le plus.

Devant le regard interrogatif du petit où pointait une légère excitation devant cette possibilité offerte de braver l'inconnu et l'interdit, Joséfa crut bon de lui fournir un exemple.

— À mon avis, ce petit recueil de poèmes en a assez d'être coincé entre ces deux gros ouvrages d'anthologie de la poésie française. Ce n'est pas marrant pour lui, les autres n'arrêtent pas de vouloir jouer les chefs et de le commander. Tu n'as qu'à le prendre !

Frédéric ne se fit pas prier deux fois. Tout en gardant son air sérieux, il s'attela avec un certain plaisir à cette tâche incongrue. Joséfa le guettait du coin de l'œil, amusée de le voir déplacer des romans pour les examiner avec conviction afin de décider de leur sort, n'hésitant pas à les remettre dans leur position d'origine quand ils ne semblaient pas remplir les critères fixés.

— Je n'ai pas touché aux livres sur les oiseaux, grand-père s'en apercevrait tout de suite, il nous gronderait.

— En ce qui te concerne, tu n'as rien à craindre. Je te rassure tout de suite. C'est moi qui ai eu cette idée. Je suis la seule responsable. Si quelqu'un ici n'est pas content de la création du centre de vacances pour volumes fatigués, qu'il vienne me le dire ! À moi et à moi seule ! Je saurai me défendre !

— Tu n'as pas peur ?

Joséfa fit un signe de négation avec le doigt tout en se frappant la poitrine.

— Pas peur du tout, répéta-t-elle en souriant. Tiens, essaie de le dire comme moi, toi aussi.

Le petit s'exécuta immédiatement sans se faire prier.

— Bravo ! Si tu veux, je t'apprendrai la langue des signes. On pourra ainsi communiquer ensemble sans que le reste de la maison n'y comprenne quoi que ce soit.

— Chouette, ce serait bien ! C'est vrai ?

— Je ne mens jamais, bonhomme, retiens bien ça. Bon, ce n'est pas le tout, je me suis mise en retard avec ces rangements, il me reste encore les pommes de terre à éplucher et une jarre de crème à préparer.

— Tu veux que je t'aide ?

— Tu sais faire ça ?

— Un peu, casser les œufs, doser le sucre, Marinette m'a montré.

— Et tu ne me le disais pas plus tôt !

Tout en la suivant, Frédéric, perdant un peu de sa réserve, entreprit de la questionner.

— Comment as-tu appris le langage des signes ?

Joséfa n'en connaissait en fait que quelques bribes. Ses gestes et mimiques étaient davantage dictés par le bon sens. Elle s'entendit néanmoins répondre avec assurance :

— Quand j'avais ton âge, une maladie m'a rendue muette. Il faut faire attention, tu sais, quand on ne parle pas pendant longtemps on perd la parole. C'est à ce moment-là que j'ai assimilé cette méthode. Pratique, pour sûr ! On exprime quand même plus de choses avec les mots. C'est beau un mot. Pareil que pour les livres, tiens ! Il y a des tas de mots qui ne sont pas utilisés et qui souffrent de solitude. En me levant, j'aime bien choisir des mots oubliés dans le dictionnaire et les promener un peu toute la journée. Ça leur fait plaisir. Tu connais le mot « vespéral » par exemple ?

— Non !

— Ça signifie « du soir ». Si je dis qu'on va préparer le repas vespéral, c'est quand même plus joli que le dîner ! C'est un mot que j'ai découvert il n'y a pas longtemps. Jamais entendu de ma vie jusque-là. Tu te rends compte comme c'est triste pour lui ? Le pauvre, si ça se trouve il n'a pas respiré depuis un siècle.

Frédéric regardait sa nouvelle compagne d'un air médusé. C'était la première fois qu'il rencontrait quelqu'un qui voulait offrir des vacances à des choses aussi insolites que des livres ou des mots. Bizarre peut-être, mais le raisonnement ne manquait pas de charme. Il sentait confusément que derrière le farfelu de l'histoire il y avait une sorte de poésie sympathique qui l'attirait malgré lui. Tout en pénétrant dans la cuisine, il se répétait ce mot nouveau, cherchant à l'insérer dans une phrase pour lui permettre de s'aérer. Il sourit tout à coup, satisfait de sa soudaine trouvaille.

Assister au repas vespéral me gonfle !

Il répéta plusieurs fois cette formule scandaleuse, osa même la prononcer de vive voix.

— Bien vu ! le félicita Joséfa d'un sourire conquis. Il nous reste maintenant à le préparer, ce fameux repas vespéral !

Tout en s'activant dans ses casseroles, elle soupira d'aise. La partie était loin d'être gagnée mais un petit pas venait indéniablement d'être franchi. La première approche restait toujours la plus difficile, il lui fallait maintenant gagner la confiance de l'enfant, la mériter surtout. Elle venait de lui affirmer qu'elle ne mentait jamais, or depuis son arrivée elle n'arrêtait pas d'aligner mensonges sur inventions. Pour la bonne cause évidemment. Cependant, cette pensée la mit bizarrement mal à l'aise. Elle ne voulait pas le décevoir, n'en avait pas le droit. Elle sentit monter en elle une envie irraisonnée de tendresse et de protection qu'elle repoussa sans indulgence. Nina aussi avait besoin d'elle, il ne fallait pas l'oublier !

Elle se promit cependant dans la foulée d'en apprendre davantage sur la langue des signes. Sur ce point, Nina pourrait peut-être l'aider. Parmi les nombreux emplois occupés par sa nièce, Joséfa se souvenait en effet que celle-ci avait évoqué un institut spécialisé pour déficients auditifs.

Et tant pis s'il lui fallait fournir un effort supplémentaire. Elle voulait être honnête envers Frédéric, sentait qu'il ne pourrait supporter de nouvelles déceptions.

6

Le taxi s'arrêta devant la villa Médard. Hugo en descendit avec soulagement en dépliant ses longues jambes. Il attendit que le chauffeur sorte ses bagages du coffre sans faire un geste pour l'aider, le récompensa toutefois d'un généreux pourboire. De par sa naissance, son éducation, ses études, son milieu et ses réussites, l'homme avait le dédain des humbles.

Pour cette raison, il passait à l'usine pour un insupportable M. Je-Sais-Tout-Mieux-Que-Tout-Le-Monde. Un sobriquet qui en disait bien autant que celui attribué à sa mère. On le considérait comme un cadre brillant et impatient, souvent éloigné des préoccupations ouvrières, enfermé dans ses certitudes et un accablant orgueil professionnel. Plus vif d'esprit que Sophie, Hugo avait la repartie inattendue, souvent cinglante. Isolé par son intelligence autant que par la haute estime qu'il avait de lui-même, il n'était guère aimé du personnel. Il assumait d'ailleurs fort bien ce statut avec une franchise à la fois maladroite et hautaine. Peu lui importait le jugement des autres. Il voulait toujours que ça aille vite, recherchait sans cesse des idées nouvelles. C'était un bosseur, un rapide. Il savait saisir les occasions, représenter les intérêts de l'entreprise avec fermeté et panache. Celui-là n'était pas un Vitarelle pour rien. Le petit dernier avait de la classe. Sa mère avait façonné l'aimable enfant qu'il était en un jeune homme conquérant, sourcilleux et distant. Depuis toujours son préféré, elle voyait en lui le fils, l'héritier. Il le savait, comme il savait aussi que Sophie, en tant qu'aînée, voulait maintenant être la seule à tenir ce rôle. Cette bagarre, il l'attendait, ne doutait pas un instant qu'il en sortirait vainqueur.

Sans même un salut pour le chauffeur, il s'empara de ses valises, poussa la lourde grille en fer forgé où des parapluies finement ciselés par un artisan talentueux semblaient lui rappeler le but même de toute son existence. Il s'engageait d'un pas vif sur l'allée gravillonnée quand un ballon vint le frapper en pleine poitrine. D'étonnement, il en fit tomber son sac de voyage. Il pensa immédiatement à Frédéric, rejeta aussi vite cette idée, n'ayant jamais vu son neveu jouer au ballon. L'imaginer en train de traîner dans le parc par une journée aussi humide semblait encore plus improbable. Tout en frottant d'un air contrarié son Burberry maculé de terre, le jeune homme aperçut deux espèces de lutins roux déboucher devant lui en hurlant des cris de guerre. Les gamins s'arrêtèrent net en le découvrant, figés non par la peur mais plutôt par une impertinente curiosité. Ils lui parurent sales, dépenaillés, tellement semblables dans leur allure et leur visage qu'ils en étaient troublants, comiques même, si toutefois il avait eu envie d'en rire. C'était loin d'être son état d'esprit, cette intrusion brutale lui sembla au contraire inqualifiable. De sa voix nette, légèrement métallique, teintée d'une pointe d'accent occitan, il s'écria, furieux :

— Qu'est-ce que vous faites ici ? C'est une propriété privée !

Pour toute réponse, l'un des petits lui fit un pied de nez tandis que l'autre se mit à hurler en trépignant.

— Maman, viens vite, y a un méchant bonhomme qui a pris notre ballon !

Excédé par ces piaillements, Hugo saisit le bras du gamin le plus proche pour le secouer sans ménagement.

— Ce n'est pas un terrain de jeux, ici...

Il n'avait pas terminé sa phrase qu'une espèce de furie se jetait sur lui, arrachait l'enfant de sa poigne en l'abreuvant d'injures.

— Laissez Emy tranquille, je vous interdis de toucher à mes enfants ! Espèce de cinglé, de pédophile, sortez d'ici ou je préviens la police !

Les sales gosses se serraient maintenant contre leur mère en pleurant sournoisement tout en le gratifiant d'affreuses grimaces. La femme qui lui faisait face avait les mêmes cheveux flamboyants, des taches de rousseur enfantines sur les ailes du nez et des yeux étincelants de colère. Elle le toisait de sa petite taille avec un air si méprisant qu'Hugo, qui n'était pas d'un naturel patient, ne put en supporter davantage.

— Taisez-vous ! Cette situation est ridicule, c'est moi qui vais appeler la police. C'est une propriété privée au cas où vous ne l'auriez pas remarqué. Vous êtes chez moi ici. C'est à vous de vous expliquer !

Nina se mordit les lèvres de contrariété. Pour rien au monde elle n'aurait avoué ses torts à cet inconnu, elle commençait cependant à réaliser qu'elle venait de commettre une bévue. Essayant tant bien que mal de calmer les enfants qui s'accrochaient à elle, elle le gratifia d'un regard peu amène.

Malgré sa prestance, l'homme qui lui faisait face ne l'impressionnait guère. Elle ne connaissait que trop ce genre-là. De haute taille, le teint bronzé, l'œil impérieux, la barbe naissante, il avait cet aplomb qui caractérise si bien ceux qui font partie de l'élite et parcourent le monde en montrant en toute occasion une suffisance de classe. Elle le détesta d'emblée et dut refréner les mots moqueurs qui lui venaient à l'esprit. La petite souillure sur son luxueux imperméable était sûrement la cause de son irritation. Cette auréole sombre semblait narguer son irascible propriétaire, le ramener au rang de simple mortel. C'était trop drôle !

— J'attends vos explications !

Hugo s'impatientait. Pour une raison qui lui échappait, cette fille ne réagissait pas comme elle l'aurait dû. Sa façon moqueuse et hardie de le dévisager était insupportable. Il la trouva laide, sans distinction, désagréable et si mal habillée avec son jean troué et son anorak hors d'âge qu'elle en était presque vulgaire.

Sans se démonter, Nina, qui avait calmé les jumeaux, entreprit de le renseigner. Il fut surpris par sa voix chaude, profonde, légèrement sensuelle et s'en irrita. Ce qu'elle lui racontait lui sembla rocambolesque. La petite maison de gardien n'avait pas été ouverte depuis des années, il lui parut impossible qu'une famille puisse de nouveau y loger. Que son père l'eût permis était encore plus incroyable. Que cette petite bonne femme soit la nouvelle apprentie jardinière d'Anselme dépassait tout bonnement ses facultés d'imagination. Bien décidé à tirer cette affaire au clair, il s'entendit répondre d'un ton sec.

— Je me renseignerai. De toute façon, cette partie de la propriété n'a jamais été un terrain de jeux. Il faudra tenir vos enfants à l'écart et les dresser un peu mieux.

— Évidemment, chacun à sa place et les parapluies seront bien gardés, dit-elle en faisant demi-tour, tirant tant bien que mal un mioche dans chaque main.

Elle avait modifié le dicton à sa guise, il ne comprit pas immédiatement le sens de sa remarque. Nouvelle employée ou pas, cette fille déroutante n'avait présenté aucune excuse, elle l'avait traité de pédophile, tout de même ! Pire, il était sûr qu'elle s'était moquée de lui. Sa mère n'aurait jamais supporté une telle attitude. Son père avait toujours été trop faible. Il se promit de lui en parler, de faire tout son possible pour chasser cette bande d'intrus. À coup sûr, le mari ne devait pas valoir mieux !

Il reprit ses bagages pour se diriger d'un air maussade vers la maison. Cette altercation l'ennuyait bien au-delà de ce qu'elle aurait dû être. Elle venait de lui gâcher le plaisir du retour. Le plus surprenant de l'histoire, c'est que cette fille, il aurait juré l'avoir déjà vue quelque part. Impossible de raviver ses souvenirs. Pourtant, il en était sûr, ne pouvait pas se tromper, des cheveux de cette couleur ne s'oubliaient pas.

Dans l'immédiat, il n'eut guère le loisir d'aborder cette question avec le reste de la famille. En le saluant avec sa réserve habituelle, son père lui apprit que Sophie avait organisé dans la bibliothèque une réunion au sommet pour débattre de l'avenir de l'entreprise.

— Tu connais ta sœur et son sens de la rigueur. Elle n'aura de cesse tant que tout ne sera pas en ordre avec un nom précis en face de chaque fonction. La refonte de l'organigramme, elle n'a plus que ces termes à la bouche. J'ai eu du mal à la contenir, tu sais ! Elle aurait volontiers pris seule les décisions qui, selon elle, s'imposent.

— De ça, je n'en doute pas un instant ! répondit Hugo avec un sourire carnassier qui montrait qu'il était prêt au combat. J'ai en effet mon mot à dire, je te remercie. Et Laure dans tout cela ?

Sans s'en rendre compte, son intonation s'était radoucie en prononçant le prénom de son autre sœur. Malgré son orgueil et son manque général de sensibilité, il éprouvait pour elle une sorte de tendre compassion mêlée d'inquiétude. Laure, effacée, maladive, soumise, ne lui avait jamais fait d'ombre, ne risquait pas non plus de réclamer un poste de direction à l'usine. Son seul tort avait été de se marier avec Jacques Naucelle, unique responsable des terribles évènements qui venaient d'entacher si durement la dynastie Vitarelle. Un mariage voué dès le début à l'échec. À part sa fortune et sa position, une fille comme elle n'avait rien pour attirer un tel aventurier. Hugo avait tout de suite cerné la personnalité de son beau-frère. Un ambitieux aux mœurs libres, sans principes ni éducation, capable de jouer en marge des règles, de se lancer dans des spéculations hasardeuses pour son seul plaisir. Un séducteur, évidemment, que tout homme foncièrement honnête détestait d'emblée. Hugo méprisait au plus haut point cette façon insolente d'exploiter la femme pour faire son chemin. Jacques savait y faire, le genre de matamore capable de séduire la Vierge s'il l'eût rencontrée ! Lors de son séjour au Japon, Hugo avait croisé au moins deux conquêtes de Jacques qui semblaient complètement éplorées par sa disparition. Encore deux nouvelles infidélités faites à sa pauvre sœur. Le salaud avait bien fait de se suicider. Plus il en apprenait sur son compte, plus Hugo, écœuré, sentait qu'il aurait très bien pu faire vengeance lui-même. Car le beau Jacques ne s'était pas contenté de bafouer Laure, il avait séduit leur mère ! Que celle-ci, si digne, si fière, si imbue d'elle-même, se soit laissé circonvenir aussi facilement le plongeait encore dans un abîme d'incrédulité. Il en gardait une espèce de désillusion, une rancœur sourde qui accroissaient encore sa distance avec les autres.

La santé de Laure fut évoquée dès le début de la réunion par Sophie qui, sur ce sujet, ne laissait entrevoir aucun état d'âme. Avec des mots justes mais durs elle décrivit l'état de prostration de sa cadette, son addiction aux médicaments psychotropes, la nécessité d'une psychothérapie lourde. Son verdict résonna comme un coup de feu.

— On ne pourra pas compter sur elle avant bien longtemps. J'ai réfléchi à cette situation, la meilleure solution serait de demander une mise sous tutelle.

— Pour Laure ? (Charles, ébahi, regarda sa fille aînée avec une sorte de recul.) C'est absurde, nous n'avons pas besoin d'une décision de justice pour prendre soin de Frédéric, ça va de soi, voyons !

— Je ne pensais pas à Frédéric mais à l'entreprise, précisa Sophie, agacée par ce manque de compréhension manifeste qui l'obligeait à se dévoiler davantage.

— Je ne vois pas où est le problème, elle ne s'est jamais intéressée à l'entreprise.

Hugo avait pris un ton innocent, il savait très bien, lui, où sa sœur voulait en venir. Si le sort de Laure ne l'avait pas autant préoccupé, la situation l'aurait presque amusé. Sophie était machiavélique mais voulait toujours se donner le beau rôle. C'était son tort, ce serait sa perte. En négociation, il fallait toujours frapper là où ça faisait mal sans se préoccuper de l'image qu'on donnait. Sa mère se fichait pas mal de sa réputation, elle gagnait toujours, point final.

Mise au pied du mur, Sophie se lança dans de nécessaires explications.

— Puisque maman n'a pas fait de testament, nous autres, ses enfants, héritons chacun de trente pour cent des actions de l'entreprise. Laure étant, disons pour le moins, inexistante, nous ne pouvons pas compter sur une majorité claire tant qu'un tuteur ne sera pas désigné.

— Je suppose que tu veux dire « tutrice ». Tu te verrais sûrement bien à la tête des soixante pour cent !

— Ne sois pas ridicule, Hugo, tu sais très bien que l'usine a besoin avant tout de décisions légitimes qui ne supporteront aucune remise en question.

— À vous deux, vous avez la majorité, intervint Charles, ça suffit pour l'instant, non ?

— Seulement si nous sommes d'accord, releva Hugo avec calme. Or ma chère sœur semble craindre que notre entente actuelle puisse se fissurer. J'ai raison, n'est-ce pas ?

— Écoute-moi bien, je ne cherche pas la guerre mais pendant ton absence, j'ai dû prendre un certain nombre de décisions sans avoir ton avis, il faut redéfinir nos responsabilités, établir un organigramme hiérarchique.

— Attends, attends. De quelles décisions veux-tu parler ? Le décalage horaire ne t'empêchait ni de m'appeler ni de m'envoyer des e-mails.

Sophie le fixa d'un regard qu'elle aurait voulu navré, mais où perçait au contraire toute sa jubilation.

— Deux décisions, en fait. Je n'ai pas reconduit le marché publicitaire avec l'hippodrome de Nailly, ils étaient bien trop gourmands. D'autre part, j'ai licencié Sidonie, ta styliste préférée.

— Avec mon accord ! précisa Charles en tapant sur la table avec son étui à lunettes. Cette fille racontait dans tout Vic et Aurillac des ignominies sur notre compte. Hélène a toujours mis la confiance et la fidélité comme conditions indispensables au recrutement du personnel. On lui devait bien ça ! Paix à sa mémoire.

Contrairement à leur mère, qui portait si bien son surnom en les abreuvant sans cesse de cris intempestifs, il était bien rare que leur père se mette en colère. Aussi, les enfants Vitarelle réagissaient toujours à ses sorties en gardant un silence poli, presque respectueux. Ce fut encore le cas. Hugo comprenait les arguments avancés mais contenait difficilement ses critiques. Sophie avait tout bonnement profité de son absence pour manipuler son père et asseoir son pouvoir. De façon stupide d'ailleurs, comme il fallait s'y attendre. Tous les fabricants de parapluies dignes de ce nom se disputaient les marchés publicitaires, en perdre un était d'autant plus lamentable. Il aurait fallu négocier, on peut toujours tout négocier. Lors d'un meeting en plein air d'un candidat à la présidentielle, leur mère, qui suivait fébrilement la météo depuis des semaines, avait fourni gratuitement des parapluies où le slogan du prétendant s'étalait en grosses lettres. Il avait plu, une averse diluvienne, l'opération avait été une réussite totale, une publicité magnifique. D'autant plus que le candidat avait ensuite eu le bon goût de se faire élire. Une fois de plus, la Bramade avait misé sur le bon cheval. Vitarelle s'était fait un nom ce jour-là. Sophie n'était pas assez subtile, pas assez joueuse surtout pour comprendre ces coups de maître. Elle aurait beau essayer, elle n'aurait jamais le quart du génie de leur mère. Sa sœur avait voulu le défier avec une décision inepte qui se retournait contre elle. Il n'approuvait pas davantage le renvoi de Sidonie, même s'il détestait les commérages. D'un ton sec, il se contenta de relever :

— On aura du mal à retrouver quelqu'un d'aussi doué. C'était vraiment une artiste. Ça risque en outre de nous coûter un procès aux prud'hommes, non ?

Il s'était tourné spontanément vers Michel, qui s'occupait depuis toujours des questions juridiques. Celui-ci répondit d'une phrase laconique qui reflétait malgré tout un léger contentement de soi-même.

— Transaction à l'amiable.

— Elle a accepté ?

— Il fallait bien, on aurait pu la poursuivre pour diffamation. D'autant plus que l'affaire se tasse d'elle-même. Papa a fait en sorte que la thèse de l'accident s'impose. C'est mieux pour Frédéric.

— Bien sûr, on sait cependant tous que c'est faux. Jacques était bel et bien un assassin.

— Et un voleur ! Je ne sais pas ce qu'il faisait de son argent mais il en a détourné suffisamment pour qu'on puisse déduire avec justesse ces sommes des dividendes qui reviendront à Laure.

— Sophie, ma fille, comme tu y vas ! Nous ne sommes pas en train de distribuer des dividendes, encore moins d'acheter les actions de ta sœur ou de la mettre sous tutelle. J'aimerais que ce soit clair pour tout le monde ! Une fois pour toutes ! Tant qu'elle ne sortira pas de cette maison de repos, vous êtes condamnés tous deux à vous entendre. Quand elle retrouvera la santé, elle sera libre alors de céder à qui elle voudra ses parts ou de les garder, ou encore de s'impliquer dans l'entreprise. D'ici là, je refuse qu'on reparle de tutelle. Si vous êtes incapables de vous accorder, n'oubliez pas que j'ai dix pour cent de l'affaire, je peux à moi seul vous départager.

— Trente et dix ne font pas une majorité, papa, commença Sophie qui s'arrêta en se mordant la langue.

Elle qui voulait éclaircir les choses, n'avait réussi qu'à les figer. Cette situation inconfortable allait encore s'éterniser. Quand son père admettrait-il que Laure n'était pas dans une maison de repos mais dans un hôpital psychiatrique ? Elle aligna machinalement les dossiers sur la table d'un geste nerveux. Hugo la regardait d'un air satisfait, parfaitement insupportable. Lui aussi, pourtant, voulait le pouvoir. Ils étaient faits de la même eau. Comme elle, il le voulait pour lui seul. Le partager était tout bonnement impossible. Leur mère ne l'aurait pas supporté.

Michel, du fond de son fauteuil, la toisait d'un regard impérieux qu'elle ne comprenait qu'à demi. Bien sûr, elle devait se calmer, changer de sujet. Inutile pour ce soir d'irriter davantage le patriarche. Espérant qu'il retrouve très vite son flegme ordinaire, elle s'empressa de reprendre la liste de l'ordre du jour.

— En admettant que nous devions décider ensemble dans un premier temps, vous conviendrez tout de même avec moi que le personnel comme les clients doivent s'y retrouver rapidement.

Hugo attendait la suite avec un air ironique tandis que Charles acquiesçait d'un signe de tête nonchalant. Il se retranchait déjà dans ses pensées. Pour lui l'essentiel était dit, le reste n'était que discussions de boutiquiers. Ça ne l'intéressait pas. Ça ne l'avait jamais intéressé.

— Avant, reprit Sophie, c'était facile. Même si nous la secondions plus ou moins dans certains domaines, maman s'occupait de tout. Elle allait sur les salons, travaillait avec des dessinateurs free-lance sur les idées, dessins, tendances. Je pense que cette époque est révolue, il faut nous partager les tâches. Comme tu es célibataire et aimes voyager, il me semble naturel que tu prennes désormais en charge la partie salons et présentation des collections. Sur la fin, maman se déplaçait moins. C'est surtout Jacques qui nous représentait. On s'en mordra sûrement les doigts. Dieu seul sait les dégâts qu'il a pu faire !

Hugo ne lui permit pas de poursuivre dans ce sens. Il l'arrêta d'un geste.

— Tu te proposes donc de superviser les créations, la fabrication, la vente, de contrôler l'usine quoi !

— Ça te dérange ? C'est ce que je fais depuis six mois !

— Je vais te dire franchement le fond de ma pensée. Tu as le nez dans le guidon. Tu es incapable de te projeter, or nous avons besoin d'anticiper les marchés, de créer les besoins. C'est de la stratégie, ma sœur, et ça je crois que tu en es incapable.

— Tandis que toi, évidemment, sorti d'une école de commerce, tu es l'homme providentiel !

— Sortir d'une école de commerce, comme tu dis, ne suffit pas. Maman n'y a jamais mis les pieds et elle était éminemment plus stratège que nous tous réunis. Il y a tout cet aspect « écoute du marché » qui t'échappe. Notre mère était aussi l'oreille de l'entreprise pour dialoguer avec les stylistes, les nôtres et ceux des deux maisons de haute couture dont nous détenons les licences de production et de commercialisation depuis plus de dix ans. Je suis persuadé qu'il faut développer l'esprit couture qui anime la maison, il est impératif de se rapprocher d'autres grands couturiers, de prospecter pour obtenir d'autres licences. Tu sais ce que maman disait toujours : « Je veux que l'on puisse voir l'esprit de notre marque. Le parapluie Vitarelle doit être une âme et une présence, ce n'est pas un objet utilitaire mais un accessoire de mode. Tout le monde doit travailler dans ce sens. » Ça, c'est de la stratégie, tu as tout dans cette phrase : la finalité guide le reste. Tu ne dois pas la perdre de vue et te sortir de la routine de l'entreprise.

— Je vois surtout que tu es doué pour les phrases creuses, beaux discours, galimatias de toute sorte ! Je ne comprends pas où tu veux en venir.

— Simplement au fait que nous devons avoir un œil sur tout, tous les deux. Tu dois participer aux salons, c'est une mine de renseignements, comme je dois suivre l'atelier de fabrication et le travail des stylistes. C'est un ensemble ! Tu ne peux pas découper les fonctions comme tu te proposes de le faire, ou alors tu prends le rôle de directeur et moi celui de dirigeant.

Les joues de Sophie se marbrèrent de rouge tandis qu'elle serrait si fort ses doigts que les jointures semblaient sur le point de craquer. Elle comprenait très bien où son frère voulait en venir. Sous cette offre en apparence avantageuse de partage du pouvoir, il la mettait au défi de dénicher des contrats et de parcourir le monde. Il ne cherchait qu'à la rabaisser, savait qu'elle était piètre négociatrice, voulait démontrer qu'elle n'avait pas la carrure de l'entrepreneur, qu'elle devait se cantonner au rôle de simple manager. Le piège était habile. Pas moyen pour l'instant de le contourner. Son père ne comprendrait pas qu'elle refuse la proposition d'Hugo, elle était coincée.

Michel exhala un profond soupir. Avec sa fausse bonhomie, il ne semblait voir dans cette suggestion qu'une manière élégante de régler le problème épineux de la succession d'Hélène.

Lui-même savait qu'il n'aurait qu'un rôle mineur à jouer, ne comptait pas pour autant être laissé sur la touche.

— Hugo a raison, ma chérie. Une direction collégiale est la meilleure solution. Si on veut parler stratégie, ce qui m'inquiète, moi, aujourd'hui avec la crise c'est que les marchés français et européens saturent. Or notre production est diffusée essentiellement dans les maroquineries, les grands magasins de luxe ou les boutiques d'accessoires. Si on veut élargir une clientèle susceptible d'acheter du parapluie haut de gamme, il faut à mon sens développer nos exportations, qui représentent déjà quarante-cinq pour cent de notre chiffre d'affaires. Nous vendons essentiellement en Russie et au Japon, un peu aux États-Unis et en Australie.

— Je suis d'accord avec toi, Michel, mon séjour au Japon m'a conforté dans l'idée qu'il y a encore du potentiel pour nous si on sait s'y prendre. N'oublions pas que c'est le premier marché mondial avec cent vingt millions de pièces vendues par an, autant que d'habitants, c'est dire ! Ce pays a fait du parapluie un art de vivre, mais attention, il est très exigeant en termes de qualité.

— Qu'est-ce que tu entends précisément par « savoir s'y prendre » ?

Un sourire satisfait étira les lèvres minces d'Hugo. En prenant part à la discussion, Sophie abdiquait. Il savait sa victoire provisoire. S'en réjouissait cependant. La première manche était toujours la plus importante. Il eut le bon goût de ne pas en profiter, s'appliqua à fournir les explications demandées.

— Il faut miser sur le renouvellement constant de nos collections, moderniser nos formes pagodes, ajouter des dentelles, jouer sur les couleurs, les rayures. Ça, on sait faire mais il faut aussi développer, comme certains de nos concurrents, des ombrelles adaptées à la petite taille des habitants et aux rues encombrées des villes nippones.

Content du tour que prenait la discussion, Charles, croyant que l'antagonisme entre ses enfants avait définitivement disparu, crut bon d'apporter aussi son point de vue.

— C'est peut-être bien de diversifier les produits, mais votre mère comptait aussi beaucoup sur la modernisation de la production. N'oubliez pas que vous avez un métier de main-d'œuvre, il est impossible de rivaliser avec la concurrence chinoise.

Hugo approuva :

— De ce point de vue, avec des systèmes d'arrêtage sur les baleines, la coupe au laser ou encore l'impression numérique, on a aujourd'hui une qualité extraordinaire jusque-là irréalisable. Il n'y a aucune urgence à poursuivre les investissements. Mais on est bien d'accord. Nos seules armes véritables sur ce terrain sont les nouveautés et la qualité.

— Et encore, votre mère redoutait toujours la contrefaçon. Vous vous souvenez sûrement de sa colère quand on nous a signalé qu'un de nos dessins se trouvait sur un parapluie russe fabriqué en Chine.

Michel soupira, fataliste.

— Nous déposons pourtant tous nos modèles. Ça nous coûte assez cher, ça ne suffit malheureusement pas toujours à éviter les copies.

La conversation prit ensuite un tour plus technique, moins polémique. Sophie semblait avoir pour l'instant renoncé à ses velléités de clarifier l'organigramme. Elle venait de perdre sur toute la ligne : pas de tutelle pour Laure, pas de partage clair des tâches qui lui aurait octroyé la direction de l'usine. Elle pestait intérieurement contre son frère mais aussi contre son mari qui ne l'avait pas soutenue. Elle lança à celui-ci un regard de reproche qui s'adoucit spontanément en remarquant la pâleur et la lassitude qui marquaient son beau visage. La réunion l'avait visiblement épuisé. Elle s'empressa d'y mettre fin. Il était temps d'ailleurs de se préparer pour le traditionnel souper de vingt heures.

Dans son appartement, tout en nouant sa cravate, Hugo méditait les dernières paroles glissées par Michel.

— Tu verras, il y a du changement. La nouvelle cuisinière est pour le moins originale !

Tandis que sa sœur avait ajouté d'un air légèrement contrarié :

— Une nouvelle lubie de papa ! Il faudra qu'on en reparle.

Se peut-il que la rouquine soit aussi cuisinière ?

7

Dans le pavillon de garde, Nina accueillit sa tante avec un sourire satisfait. Sa fibre artistique s'était déchaînée toute la journée pour tenter d'améliorer un peu leur modeste cadre de vie. Elle avait bien conscience que Joséfa, sans pour autant se plaindre, regrettait le confort de sa maison, faisait en réalité un sacrifice énorme en acceptant de l'accompagner dans cette aventure plus que déraisonnable. Le logement se composait d'une pièce principale où trônait un poêle à bois, une cuisinière rustique, un évier en pierre, une table de ferme avec des chaises paillées usées, un placard qui tenait lieu de buffet et un lit clos fermé par des rideaux de cretonne où sa tante s'engouffrait tant bien que mal chaque soir. Seule fantaisie du lieu, sur le dessus du cantou, cheminée typiquement auvergnate en basalte, s'alignait une série de pots en porcelaine avec des dessins fleuris et des mots joliment calligraphiés : *sel*, *farine*, *riz*, *sucre*, qui excitaient invariablement la curiosité insatiable des jumeaux. Nina partageait avec eux la pièce attenante transformée en chambre. Elle avait repeint les murs en blanc, accroché des rideaux jaunes aux fenêtres, étalé un tapis sur le linoléum écaillé. La nouvelle nappe en toile cirée, avec ses reproductions de légumes de toutes les couleurs, attirait immédiatement les regards en ajoutant à l'ensemble une note pimpante.

Comme la soirée était un peu humide, la jeune femme avait allumé un feu de bois dans le cantou pour créer une ambiance chaleureuse. Malheureusement, çà et là, une bassine destinée à recueillir l'eau de pluie qui suintait du plafond rappelait le mauvais état général du bâtiment.

La maison était calme, les enfants dormaient de ce sommeil plein d'innocence propre à leur âge. Joséfa revenait en général tardivement, après son service du soir qui aujourd'hui s'était éternisé encore davantage.

— Tu n'as pas dîné ?

— Non, je t'attendais.

— J'ai rapporté de la daube, on va la faire réchauffer. Figure-toi qu'ils ont tous bien aimé. Charles m'a dit que ça lui rappelait la cuisine de sa mère. Un beau compliment venant de sa part !

— Charles ! Tu l'appelles Charles ?

Nina montrait un étonnement amusé auquel Joséfa répondit par un sourire énigmatique en haussant les épaules. Elle avait pris place sur une chaise pour délacer ses grosses chaussures et agitait ses pieds avec soulagement sans se soucier en apparence de la question posée. Pourtant, le fructueux dialogue qui l'avait opposée l'après-midi même avec son employeur lui restait en mémoire.

— Joséfa, vous n'auriez pas vu mes lunettes ?

Charles Vitarelle avait la fâcheuse habitude de poser ses montures n'importe où, il n'hésitait pas ensuite à déranger le personnel pour qu'on les lui retrouve. Au lieu de répondre, Joséfa s'était contentée de souligner d'un ton posé qu'elle s'appelait Mme Casarès.

— Votre prénom, pourtant, c'est bien Joséfa ?

L'ornithologue, pour une fois, avait daigné lever la tête de ses précieux livres, cherchant à comprendre où son interlocutrice voulait en venir. Ce qu'il vit l'étonna. Trompé jusqu'ici par la corpulence et l'allure pataude de la femme de charge, il n'avait pas remarqué combien son regard sombre vibrait d'intelligence, de fierté et même d'une pointe d'arrogance. Calmement, celle-ci lui avait expliqué son point de vue. Un point de vue particulier, qu'il pouvait cependant admettre, le ton ferme indiquait qu'elle était sûre de sa position, ne reviendrait pas dessus.

— Si vous m'appelez par mon prénom tandis que, moi, je vous donne du Monsieur, nous serons toujours en décalage. Vous installerez de la sorte une certaine hiérarchie entre nous. Notez bien que je ne remets pas en cause votre autorité ou votre place d'employeur. Il n'y a rien d'irrespectueux dans ma remarque. Simplement, nous sommes tous les deux des humains, nous avons les mêmes droits.

Vitarelle n'était pas chercheur pour rien. Il apprécia la justesse de la remarque, philosopha un moment sur les notions de sympathie et de confiance que traduisait l'emploi du prénom, finit par reconnaître qu'on pouvait toutefois y attribuer aussi une certaine idée de prépotence quand il n'était utilisé que d'un seul côté. Pour clore cette discussion, qui l'avait en fin de compte amusé, il lui sembla naturel de proposer que chacun utilise à l'avenir le prénom de l'autre en gardant toutefois le vouvoiement mutuel. Cette solution convenait très bien à Joséfa qui n'aurait pas davantage permis un tutoiement unilatéral.

Elle commençait maintenant à mieux cerner la personnalité de son employeur. Délaissé par sa femme, le maître des lieux s'était réfugié dans une solitude qui l'avait conduit à un égoïsme profond. Plus il se rapprochait des oiseaux, plus il s'éloignait des hommes, n'accordant plus guère d'intérêt qu'à lui-même. Pour autant, dans cette famille de carnassiers, un sursaut d'humanité le poussait encore de temps en temps à prendre la défense des plus faibles, sa fille cadette ou son petit-fils, Frédéric. Pour cette unique raison, Joséfa lui accorda un léger crédit, considérant que l'homme ne pouvait pas être complètement cynique. Il y avait chez lui comme une souffrance secrète qu'elle se proposait d'éclaircir.

Tout en réchauffant les plats et en dressant la table, Nina, d'humeur joyeuse, montra à sa tante les changements opérés.

— Tu as fait du bon travail, tu as du goût, c'est sûr !

— Anselme, en personne, l'a reconnu ce matin ! Je crois qu'il m'a à la bonne, en fin de compte. Je connais peut-être les membres de la maison moins bien que toi mais grâce à ses bavardages, je commence à cerner à peu près tout le monde. Au fond, il aimait bien la vieille. Il n'arrivait même pas à l'appeler la Bramade. Pour dire ! Il la respectait trop. J'ai du mal à me faire une opinion sur elle. Elle en imposait, on la craignait. Elle devait être surtout très seule.

— Elle n'est pas à plaindre, crois-moi ! Je ne suis plus loin de penser que celui qui l'a tuée ne mérite qu'à moitié le nom d'assassin.

Joséfa avait pris son visage sombre, les yeux durs. Nina comprit que ces paroles sibyllines ne fusaient pas sans raison de ses lèvres, elle pesait ses mots, aussi graves fussent-ils.

— Figure-toi que cette femme… cette *peau de vache*, oui ! Je ne peux plus l'appeler autrement ! Cette femme a délibérément caché, ou plutôt jeté, le doudou de Frédéric. Faire ça à son petit-fils, c'est incroyable ! Uniquement pour le punir et le punir de quoi ? D'avoir ramené un chat à la maison ! Par peur d'allergies, elle interdisait tout animal domestique. À la limite, on peut le comprendre, mais tu te rends compte de sa cruauté ? Le petit avait sept ans, il dormait avec une espèce de panda en peluche depuis sa naissance, c'était son compagnon, son confident, comme peuvent en avoir tous les gosses de cet âge. Pour une peccadille de la sorte, elle lui a confisqué son jouet le plus cher. Confisqué à vie, « pour qu'il comprenne ». Pas une journée, non ! Ça n'aurait pas suffi à calmer l'ego de « Madame ». Confisqué définitivement malgré les pleurs de l'enfant, les supplications de la mère et l'indifférence probable de tous les autres. Une femme capable de faire ça n'a pas de cœur. Je comprends qu'on ait voulu la supprimer. À mon avis, plus d'un le souhaitaient !

— Qui t'a raconté cette horrible histoire ?

— Le petit, il cherche toujours ce foutu doudou, n'a jamais voulu que sa mère lui en achète un autre. Il est trop sensible, ce gosse, tu imagines son chagrin et son désespoir ! La Bramade avait fourgué la peluche dans le tiroir de son bureau. Bureau qui appartient aujourd'hui à Sophie. Frédéric a mis six mois pour oser lui demander de lui rendre son bien. Tu penses qu'il n'y était plus, depuis le temps, il fallait s'en douter. N'empêche que le gosse, en trois ans, n'avait pas oublié son doudou. Nouvelle déception pour lui, nouveau chagrin. La vieille a dû jeter ce pauvre panda sans un seul regret, sans même penser à la peine qu'elle pouvait faire à son petit-fils ! C'est complètement inhumain, indigne, ça me révolte. C'est si facile de brimer les faibles !

— C'est dingue, quelle cruauté !

Tout en disant cela, Nina pensait surtout qu'il était incroyable que Jacky ait pu tomber à un moment quelconque sous le charme d'une telle mégère. Frédéric était son fils, tout de même ! Apparemment, il ne l'avait même pas défendu. Pourquoi n'avait-il pas réagi devant une telle monstruosité ? N'importe quel père digne de ce nom se serait révolté contre la disproportion de la faute et de la punition. Était-il vraiment amoureux de sa belle-mère au point de ne pas voir ses défauts ? Tout ce qu'elle apprenait sur Hélène Vitarelle donnait lieu à de nouvelles conjectures. Son portrait semblait chaque jour de plus en plus accablant. Il collait encore moins avec la personnalité de Jacky ou plus exactement avec l'image qu'elle s'en était faite. Nina commençait à réviser son jugement sur le père de ses enfants. Les moments d'amour fou, de plaisanteries, de tendresse s'estompaient au profit des journées sans nouvelles, des silences, des mensonges, des faux-semblants. Elle réalisait qu'elle s'était fait duper durant des années par un personnage somme toute peu recommandable. Pour autant, elle ne croyait toujours pas en sa culpabilité. Jacky n'était pas un tueur. Lui le pacifiste, comment aurait-il pu ôter la vie de sang-froid, préméditer un tel acte ? Ça ne tenait pas debout, même avec une victime aussi odieuse que la Bramade ! Nina se prit à sourire, cette bourgeoise qui détestait les animaux domestiques devait se retourner dans sa tombe en voyant le chat, celui de Joséfa, se pavaner dans son parc, se rouler dans ses fleurs et suivre sa maîtresse dans l'office où il dormait dorénavant comme un empereur dans son panier en osier.

Tout en remuant la daube qui ronronnait sur le feu en emplissant la pièce de ses effluves aromatisés, Nina exprima le fond de sa pensée.

— Plus ça va, plus j'ai l'impression, comme toi, que tout le monde ici avait un motif pour supprimer Hélène Vitarelle. À commencer par Laure. Son absence me semble suspecte. Elle aurait pu vouloir se venger de sa mère et de son mari avant d'aller se réfugier ensuite dans cette clinique pour égarer tout soupçon.

— Était-elle seulement au courant de leur liaison ?

Joséfa prit un air dubitatif. Autant la conquête du pouvoir qui se jouait entre les deux autres enfants Vitarelle était flagrante, autant elle ne parvenait pas à se faire une opinion sur la mère de Frédéric. Les ragots récoltés parmi le personnel la décrivaient comme une drôle de fille sans densité ni relief, une personne falote, hypocondriaque, qui tirait une certaine vanité de ses faiblesses, adorait se faire plaindre. Une parfaite égoïste, en somme. Tellement effacée en apparence qu'elle ne laissait rien transparaître de ses idées ou de ses sentiments. Impossible d'affirmer qu'elle connaissait la liaison contre nature de sa mère avec son mari. Liaison habilement cachée en outre s'il fallait en croire tous les commérages de l'office.

— Anselme m'a montré aujourd'hui l'endroit où c'est arrivé, près du petit pont qui enjambe la Cère au fond du parc. Ça m'a fait une drôle d'impression, je ne sais pas trop dire pourquoi. Lui aussi, d'après ce qu'il me raconte. À la façon dont elle était allongée près de la pile, avec tout ce sang à la tête, il a d'abord cru qu'elle s'était donné la mort. Maintenant ils parlent tous d'accident pour faire taire les rumeurs. Tout le monde sait pourtant qu'elle a été assassinée. Ces Vitarelle ont une si haute opinion d'eux-mêmes qu'ils croient pouvoir empêcher les gens de causer. D'un côté ça m'arrange, c'est mieux pour les petits d'avoir un père coupable d'homicide involontaire que d'avoir un père assassin. N'empêche qu'on déforme la vérité. Jacky ne l'a pas plus tuée par accident que volontairement, il me l'a juré, il n'y est pour rien.

— Comment peux-tu le croire encore après toutes ses cachotteries ? C'est insensé ! Ce n'est sûrement pas en se fondant sur les paroles de ton fameux Jacky qu'on pourra prouver quoi que ce soit.

— Bien sûr, tu n'es pas obligée de me faire confiance. Pourtant, il ne mentait pas ce soir-là. Il venait de m'avouer des choses terribles, son mariage, sa liaison avec Hélène, le vol. Pourquoi aurait-il menti sur ce point et pas sur les autres ? Il n'avait plus rien à perdre. Il savait surtout qu'il m'avait perdue.

— Toujours est-il qu'on ne peut pas se fier à ce qu'il a dit. Évidemment, Laure avait une bonne raison d'éliminer sa mère tout en se vengeant de son mari. La jalousie est un mobile puissant, je te l'accorde, toutefois ce qu'on dit d'elle la fait paraître si terne que je me demande si elle avait assez de cran et d'intelligence pour mettre au point une telle machination.

— Rien de plus facile que de cacher l'arme du crime dans la cabane de Jacky pour le faire accuser.

— Si tu vas par là, c'est valable aussi pour les autres. Chacun d'eux était au courant aussi bien du détournement de fonds que de la dispute d'Hélène avec son gendre. L'occasion rêvée en quelque sorte de porter les soupçons sur lui.

Cependant, tu ne m'enlèveras pas de l'idée que c'est quand même bien ton Jacques qui a donné ce rendez-vous malencontreux dans le parc. Qu'espérait-il ? Qui d'autre était au courant ? Et surtout, pourquoi dans le parc ?

— Pour cette dernière question au moins, la réponse me paraît simple. Il voulait fuir les oreilles indiscrètes.

— Hum. Je ne sais pas trop, qu'en dit Anselme ?

— Anselme ?

Nina regarda sa tante d'un air étonné.

— Si on peut se fier à quelqu'un, c'est bien à lui. Le parc c'est son domaine. Crois-moi, si Jacques et la vieille avaient l'habitude de s'y retrouver, il doit le savoir. Comme il doit connaître tous les secrets inavouables de cette maison. Ce bonhomme est un vrai jardinier. Quand on a comme lui la terre dans le sang, on se doit tous les jours de faire son tour de jardin pour voir imperceptiblement ce qui a changé depuis la veille. Du potager au verger, en passant par le jardin d'agrément, on sent que cette terre a été pétrie avec amour et tendresse par ses mains bienveillantes. C'est à mon sens ce qu'il y a de meilleur ici. Un jardin ne ment pas. On y apprend la vie, la magie de la nature, la patience, l'émotion, l'humilité, la beauté. C'est un art éphémère, une métamorphose permanente qui est faite de couleurs, de parfums, d'odeurs, de bruits. Faire un tour de jardin c'est découvrir mille petites choses si l'on prend la peine de bien ouvrir les yeux. Je le vois bien, Anselme, tous les matins à la fraîche, il arpente de pied ferme chaque parcelle pour guetter le moindre signe de changement. Il sait que les plantes ne supportent pas l'absence, elles ont besoin de notre présence quotidienne, tout comme un animal. On peut les voir pousser, fleurir, se lier d'amitié, se concurrencer, se jalouser même, mais pour ça il faut s'occuper d'elles. Anselme a le savoir respectueux des sages, tu as de la chance de travailler avec lui, tu peux apprendre beaucoup, indépendamment de ce qui nous a amenées ici.

Les deux femmes avaient terminé leur repas. Elles parlaient sans effort, le feu rougeoyant facilitait le jeu des confidences, les amenait presque, comme Joséfa, à philosopher sur l'art du jardin, sur le sens de la vie. Nina n'était pas loin de penser que sa tante avait raison. Travailler la terre lui amenait des sensations inconnues. Elle avait pour une fois l'impression d'accomplir une tâche noble, pleine de sensibilité et de respect. Peu lui importait son dos brisé et ses membres lourds, elle se sentait libre, étrangement lucide aussi sur ses erreurs passées, cet emballement stupide qu'elle avait eu pour Jacky qui le méritait si peu.

Joséfa s'était emparée du dictionnaire. Armée de ses lunettes rondes, elle feuilletait les pages d'un doigt appliqué jusqu'à ce que son attention se fixe sur un mot inusité aux consonances harmonieuses ou baroques.

— Dantesque ! s'écria-t-elle avec un sourire presque enfantin, c'est bien « dantesque », qu'est-ce que tu en penses ?

Nina pensait surtout que sa tante passait bien trop de temps avec ce gamin. Elle en parlait sans cesse depuis le début de la soirée alors qu'elle n'avait même pas demandé comment s'était déroulée la première journée d'Emy et Jules dans leur nouvelle école maternelle. Elle ne put s'empêcher de lui dire avec un peu d'irritation :

— C'est encore pour Frédéric, je parie !

Joséfa remonta avec tant d'énergie les branches des lunettes sur ses cheveux qu'elles se fixèrent de guingois au-dessus de sa tête dans une position proche du comique.

— Ce n'est pas un reproche, j'espère ?

Son regard se faisait sévère. Elle savait être inflexible quand il le fallait pour défendre ses positions. Nina se mordit les joues pour s'empêcher de sourire, sûre d'entendre un sermon bien senti. Il ne se fit pas attendre.

— Évidemment que c'est pour Frédéric. Si je m'intéresse à lui, on ne peut pas en dire autant de toi ! Je ne sais pas si tu as réfléchi, mais ce gamin, comme tu dis, est en somme le demi-frère de tes enfants. Si tu crois à une quelconque influence des gènes, ça devrait tout de même te faire quelque chose ! Que veux-tu ? Ce petit me porte peine. Il est seul, malheureux, torturé. Tes jumeaux n'ont jamais connu réellement leur père, il ne leur manque pas. En outre, ils t'ont, toi, tu es le centre de leur univers, tu les défends comme une lionne, tu les aimes. Ils le savent, le sentent. Se sentir aimé est la plus grande force de la vie. Tu n'as pas le droit d'être jalouse de l'attention que je porte à Frédéric. J'aimerais lui donner bien plus, le faire sourire, le sortir de sa gangue, de son enfermement. Je comptais d'ailleurs sur ton aide, je me rends compte que j'avais tort.

— Bien sûr que non ! Je te présente mes excuses. C'est de l'égoïsme, de la bêtise, je n'avais tout simplement pas vu les choses comme ça. Je suis prête à t'aider, tu le sais bien.

Nina était bonne fille au fond, Joséfa n'avait jamais douté de la convaincre. Profitant de son avantage, elle suggéra d'un ton adouci :

— Puisque les jumeaux sont maintenant inscrits à l'école, ce serait bien que tu les confies à Frédéric pour les trajets. Tu comprends, ça lui donnerait une responsabilité, il verrait qu'on a confiance en lui, qu'on compte sur lui. C'est important à son âge !

Nina semblait dubitative.

— Tu es sûre ? Il n'a que dix ans. Il faut reconnaître aussi que les petits ne sont pas très obéissants.

— Il a six ans de plus. Pour eux, c'est un grand, voire un vieux ! Il saura se faire obéir. Franchement, ce n'est pas le bout du monde. Il suffit de descendre la rue et de traverser le parc municipal pour arriver à l'école.

— Bon, je lui en parlerai demain. On fera un premier trajet ensemble pour voir comment les petits se comportent. Au fait, tu sais qu'aujourd'hui ils se sont accrochés avec le dernier arrivé ?

— Hugo ? Le beau ténébreux ?

— Beau ! s'exclama Nina en rejetant sa chevelure rousse en arrière dans un geste inconscient de défi. Arrogant, plutôt ! Je crois bien que c'est le pire des Vitarelle.

Joséfa lui lança un regard circonspect. Nina semblait avoir enfourché un nouveau cheval de bataille.

— Un monsieur soigné et arrogant, je te l'accorde. Note bien qu'il a tout de même rapporté du Japon à son neveu une toupie en bois de plusieurs couleurs. Pas grand-chose, évidemment, mais c'est la première fois que je vois quelqu'un dans cette maison avoir une pensée pour le petit. Alors je réserve mon jugement. Cela dit, il s'est empoigné avec sa sœur une bonne partie de la journée. Elle, qui se voyait déjà à la tête des parapluies, a peut-être du souci à se faire !

Nina eut un rire méprisant à la pensée des deux Vitarelle se disputant bec et ongles pour prendre la direction de l'entreprise. Décidément, cette famille n'était guère plaisante.

— Tiens, dit-elle en sortant un gros ouvrage du placard. En parlant de parapluies, regarde donc ce que m'a déniché la libraire aujourd'hui. Elle sait que je loge chez les Vitarelle et comme j'avais feuilleté l'autre jour un bouquin sur l'art topiaire, elle a pensé que ça pouvait m'intéresser. Ils sont vraiment sympas les commerçants, ici. Je crois que j'aime de plus en plus cette ville. On s'y sent bien. Tu devrais m'accompagner au prochain marché ! Anselme m'a montré sa maison près de la chapelle du Calvaire, on a une vue formidable sur le bourg.

Nina semblait ce soir avoir retrouvé sa fougue habituelle, elle s'enthousiasmait ou s'indignait à nouveau pour les choses et les gens. D'un côté c'était plutôt bon signe, elle revivait enfin, sortait de sa léthargie. D'un autre bien sûr, on pouvait craindre le retour des idées farfelues et de nouveaux ennuis. Choisissant pour l'instant d'ignorer cet aspect des choses, Joséfa, optimiste, préféra l'interroger sur ses intentions jardinières.

— Tu veux tailler les buis du parc en forme de parapluie ?

— J'ai bien envie d'essayer ! Qu'est-ce que tu veux, à force de voir partout ces foutus pépins, ça me donne des idées. Le jardin aurait un sacré style, non ? Je vais me faire la main sur ceux du parterre du bas, ce sont de grands buis solides comme des chênes qui n'ont pas vu une cisaille depuis au moins dix ans, je ne risque pas grand-chose.

— Et Anselme, qu'est-ce qu'il en dit ?

Nina partit d'un grand éclat de rire.

— Anselme ? Il pense que j'en suis capable !

— Tu as raison alors, il t'a vraiment à la bonne !

Plus tard, Nina alla rejoindre les petits dans la chambre attenante tandis que Joséfa remettait tranquillement une bûche dans le foyer avant de s'engouffrer dans le lit clos en se servant du banc-coffre comme d'un marchepied. Comme le voulait la tradition, le lit était placé en hauteur pour éviter l'humidité du sol. Joséfa n'appréciait guère ce mobilier d'un autre âge, conçu, selon elle, pour des gringalets ou des peureux. Pour ce qui la concernait, il lui fallait de l'espace et surtout de l'air. Elle écarta au maximum les rideaux de cretonne avant de s'emmitoufler dans la couverture. Dans le poêle, les flammes ondulaient d'une brindille à l'autre en un crépitement chaleureux tandis que les gouttes d'eau flaquaient dans les bassines avec une régularité de métronome.

Joséfa ferma les yeux, la journée avait été rude. Elle se donnait beaucoup de travail entre la cuisine, l'intendance de cette grande maisonnée, l'apprivoisement de Frédéric, elle aimait bien ce terme, et sa surveillance intensive de tout ce petit monde. Pour l'instant, l'enquête n'avait guère progressé. Seule la personnalité de la Bramade s'imposait avec force dans son esprit. Orgueilleuse, dure, intelligente, belle aussi probablement dans sa jeunesse. Comme il devait être difficile de vieillir pour une femme de ce genre !

Joséfa se retourna, agacée par la puissance d'Hélène Vitarelle qui, quoi qu'elle fasse, s'imposait toujours à elle.

Je m'y prends mal, c'est aux autres que je dois m'attacher.

Ils pouvaient tous être coupables, ou innocents ! Tout dépendait de la façon dont on interprétait le suicide de Jacky.

Ah, celui-là, si je pouvais le sortir de sa tombe pour le faire parler !

Tout en s'étirant tant bien que mal, elle dressa mentalement la liste de toutes ses actions à venir. Inspecter les affaires de chacun, bavarder avec eux, visiter la cabane de Jacques, jeter un œil à l'endroit du crime, rencontrer les journalistes locaux, bavarder avec les commerçants, voir absolument l'usine, interroger le personnel, essayer de rencontrer Laure.

C'est ce moment que choisit le chat pour sauter dans le lit et se pelotonner contre elle.

— Alors, Lechat, murmura-t-elle en caressant sa fourrure mouillée et en grattant son menton. Il te plaît ton nouveau logis ?

L'animal se mit à ronronner de contentement, faisant scintiller dans la nuit ses yeux d'or à peine barrés d'un trait noir.

— Je suis bien sûre au fond que tu es comme moi, ajouta Joséfa d'une voix ensommeillée. Toi aussi, tu as hâte de retrouver notre Planèze. C'est bien trop dantesque ici.

8

Les jumelles autour du cou, Charles avançait avec précaution dans les gorges en glissant sans bruit sur les herbes. Malgré les raideurs dues à son âge, il se faufilait encore aisément sous la pente abrupte entre les troncs d'arbres et les rochers moussus. Ici, la configuration particulière des lieux en limitait toujours l'ensoleillement, maintenant une ambiance humide et fraîche propice au développement d'une végétation luxuriante. Les eaux froides et bien oxygénées de la Cère contribuaient en outre à créer un biotope favorable à des espèces d'oiseaux aussi exigeantes que le martin-pêcheur ou le cincle plongeur.

Autrefois inaccessibles et souvent craintes, ces gorges, par leur richesse et leur aspect sauvage, captivaient aujourd'hui les naturalistes les plus pointilleux. C'était un endroit étrange qui dégageait une sensation de mystère et de mélancolie. Depuis qu'il fréquentait ce lieu, la fascination de Charles pour la gent ailée n'avait fait que grandir, l'amenant à multiplier les heures passées à observer les oiseaux. La patience faisait désormais corps avec lui. Pendant ses excursions, il laissait flotter ses pensées souvent amères mais gardait tous ses sens en éveil. Attentif au moindre cri, il traquait l'espèce rare à l'œil nu ou aux jumelles en balayant sans cesse le paysage. Les piquets, les arbres morts, les berges, les anfractuosités de la roche formaient autant de points de repère où pouvaient se réfugier les migrateurs. Les oiseaux n'étaient guère prévisibles et il lui fallait parfois beaucoup de temps avant de les apercevoir. L'automne qui commençait restait sa saison préférée, celle des migrations. Des millions d'oiseaux survolaient alors le Cantal, certains s'y arrêtaient pour s'y reposer. Les falaises des gorges offraient le refuge idéal pour l'hirondelle des rochers, espèce migratrice qui arrivait en Auvergne fin février et repartait en octobre pour le sud de la France. Elles abritaient aussi des chauves-souris en danger critique d'extinction, comme le petit rhinolophe qui hibernait dans les grottes grâce à une température constante. Charles participait avec acharnement à la défense de cette espèce et observait chaque semaine scrupuleusement l'état de la colonie.

Retenant tout à coup son souffle, il vit un cincle plongeur perché sur un rocher au milieu de l'eau. Cet oiseau de la taille d'un merle se parait d'un plumage doux et épais qui lui procurait une bonne isolation dans l'eau. Il effectuait de brèves courbettes un peu comiques dans le but probable de localiser une proie. Plongeant brusquement la tête la première, il pataugea au fond de la rivière, retournant les pierres et les graviers pour faire sortir les petits invertébrés de leur cachette. Tel un magicien, sans se douter qu'on épiait le moindre de ses gestes, il se laissa ensuite flotter dans le sens du courant sur une courte distance, avec les ailes partiellement ouvertes, exposant sa poitrine blanche de rocher en rocher et défiant la course folle du courant. Charles poussa un soupir de contentement, une joie sourde l'envahissait ainsi qu'un stupide sentiment d'orgueil. Il venait d'assister à un spectacle rare et le savait. On disait en effet de cet oiseau étonnant qu'il était l'âme du torrent de montagne, capable de marcher et de voler sur l'eau. Tout en s'envolant, comme pour le gratifier d'une dernière récompense, le cincle émit une sorte de gazouillis très doux, long et fluide. Entendre ce chant mélodieux avec en fond sonore le bruit de la course du torrent était quelque chose de magnifique qui le récompensait amplement de toutes ses heures d'observation et d'inconfort. Il en avait vu assez pour aujourd'hui. La balade était terminée, il ne fallait jamais exiger trop de la nature, elle donnait ce qu'elle voulait à qui savait le prendre, la sagesse acquise au fil de ses expéditions lui ordonnait de s'en contenter.

Charles ressortait toujours fourbu mais apaisé de ces randonnées matinales et solitaires. Depuis la mort d'Hélène, il éprouvait encore davantage le besoin de marcher, de ne plus penser à rien d'autre qu'aux oiseaux. Malgré tous ses tourments, il arrivait presque parfois à ressentir une certaine sérénité, une vaine joie de vivre. Sa femme ne lui manquait guère, tout en restant toujours étonnamment présente dans son esprit. Elle continuait dans son subconscient de lui dicter sa conduite, d'émettre à son égard des réflexions blessantes, ironiques ou mesquines. En commandant la veille sur Internet des jumelles de vision nocturne de dernière génération, un modèle coûteux à la technologie avancée, il n'avait pu s'empêcher d'entendre encore la voix sèche d'Hélène lui rappeler que les parapluies n'étaient pas destinés à nourrir ses propres lubies. Combien de fois n'avait-elle pas susurré cette phrase, de façon tantôt mielleuse ou tantôt mordante, pour lui faire sentir qu'il dépendait entièrement d'elle.

Pourtant, dans sa jeunesse, Hélène l'avait captivé comme une boisson capiteuse. Si belle, si forte, si « comme il faut ». Lui, l'intellectuel, le timoré, le faible, il s'était laissé prendre dans ses rets comme un vulgaire passereau. Étourdi d'avoir été choisi par cette fille remarquable que toute la bourgeoisie bien-pensante d'Aurillac convoitait. Plus tard, quand la passion s'était estompée, quand le caractère de son épouse lui était apparu sans fard surtout, il avait osé lui poser la question qui le tracassait en fait depuis le premier regard qu'elle avait porté sur lui.

— Pourquoi moi ?

Elle avait ri alors, de ce rire haut perché insoutenable qui le rapetissait toujours insidieusement.

— Pour les terrains, voyons !

Les terrains, bien sûr, ceux qu'il avait hérités de sa famille, ceux qui formeraient plus tard la vaste zone industrielle de la ville, ceux où allait s'implanter tout naturellement la nouvelle usine Vitarelle, plus grande, plus fonctionnelle, proche des voies de communication. Hélène savait que pour se développer, l'entreprise ne pouvait rester cantonnée dans les rues étroites d'Aurillac. Elle ne pouvait se permettre de laisser passer une telle occasion, elle coupait par là même la route à ses concurrents en se réservant le plus bel emplacement. Lui n'avait rien vu venir, confirmant en somme par sa naïveté le jugement lapidaire de sa femme : « aucun sens du commerce ». À ses yeux de néophyte, ces terrains broussailleux, plus ou moins humides, ne représentaient aucune valeur marchande, cette fortune n'en était pas une. Pourtant, il dut se rendre bien vite à l'évidence. Ces quelques arpents de terre ingrate constituaient en fait l'unique but de son mariage. Grâce à eux, sa royale femme lui avait d'ailleurs octroyé dix pour cent du capital. Dix pour cent de parapluies, autant dire une poignée de baleines ! Elle s'était vraiment bien fichue de lui !

Tous les autres aussi d'ailleurs. Pour le milieu des affaires comme pour les habitants du Carladès, seule Hélène possédait la puissance et la renommée. Il passait au mieux à leurs yeux pour un pauvre prince consort embourgeoisé, au pire pour un médiocre sans talent. À l'usine, il n'existait même pas. La blague la plus courue parmi les ouvriers concernait le gros pépin de la patronne. Une façon graveleuse de montrer qu'elle s'était surtout mariée avec les parapluies. Comparaison pour lui peu flatteuse mais tellement vraie. Pour son épouse, seul l'avenir de l'entreprise comptait.

Les parapluies, elle n'avait que ce mot à la bouche. Il n'y en avait que pour eux. Cela tournait presque à l'obsession, jusqu'à baptiser leur villa « Médard » en référence au saint patron capable de faire pleuvoir pendant quarante jours. Plus elle passait du temps à l'usine, plus il s'enfermait dans un monde secret, farouche et plein de ressentiment. Sa femme, il l'avait aimée puis détestée, haïe. Il attendait sa chute, le jour où une grève, une crise, un accident de production, un effet de mode, la concurrence chinoise ou un client défaillant lui ferait mordre la poussière. Il en avait rêvé pour la voir défaite, humiliée, brisée. Elle résistait, résistait toujours à tous les coups du sort, savait rebondir, saisir les occasions, régler les conflits, conquérir de nouveaux marchés, jongler sur les péripéties quotidiennes, anticiper les besoins.

Il ne pouvait s'empêcher de l'admirer, autant elle que l'énergie incroyable qu'elle déployait. Si bien que le temps avait fait son œuvre, l'indifférence petit à petit avait remplacé sa haine. Il l'observait de loin en loin, sa Bramade, avec ses yeux si fiers qui respiraient l'ennui le plus profond quand ils se posaient sur lui. Avec cet orgueil animal qui la faisait paraître plus grande que les autres, quelle que soit l'assistance, et toujours cette volonté d'acier qui aimait faire plier, dompter, asservir. Il avait vécu avec elle, l'avait supportée, se sentant tour à tour humilié, trahi, oublié, seul. Jusqu'au jour où un changement imperceptible lui était apparu. Cela tenait à un rien. Un brin d'indulgence, une coquetterie insolite, une inflexion de la voix, un souci inhabituel d'élégance, une langueur du regard qui lui convenait si mal à elle, toujours si stricte et si abrupte. Le temps passé à étudier les oiseaux l'avait transformé en un observateur perspicace, scrupuleux et attentif. Il pouvait dorénavant épier avec toute la discrétion voulue. Plongé en apparence dans ses livres, il se livra alors à de froides investigations qui lui permirent de saisir au plus près la vérité. Et quelle vérité ! La Bramade était amoureuse ! À plus de soixante ans, sa femme était tombée sous le charme d'un bellâtre. Elle succombait enfin à l'amour, s'adonnait aux plaisirs du libertinage. Qu'elle fasse fi de la morale et du qu'en-dira-t-on n'était guère étonnant vu son caractère habitué à briser toute contrainte ou sujétion. Qu'elle fasse aveuglément confiance à Jacques était davantage un mystère.

Ce gendre que Charles n'avait jamais tenu en haute estime lui sembla tout à coup terriblement audacieux. Quel pouvoir de séduction ce garçon détenait-il donc pour désorienter ainsi sa terrifiante belle-mère ? Que cherchait-il, lui, dans cette conquête ? Sûrement pas l'amour, alors quoi ? L'argent, le pouvoir, la revanche ?

Un jeu subtil s'établissait jour après jour entre les protagonistes, fait de galanteries, de tendresses fugitives et de regards biaisés. Les autres, curieusement, ne paraissaient rien voir du manège sophistiqué qui se déroulait sous leurs yeux. Hugo, toujours pressé, vénérait de toute façon trop sa mère pour déceler dans son attitude la plus petite équivoque. Laure semblait encore plus endormie, indolente, que d'ordinaire. Elle souffrait depuis longtemps les tourments d'une passion insatisfaite qui l'engourdissait dans sa propre mollesse. Si elle jetait un regard fiévreux à son mari, c'était hélas plus celui de la femme délaissée qui quémande que celui de la femme bafouée qui accuse. Aucune énergie, aucune révolte, rien à attendre de ce côté-là. Quant à Sophie, celle-ci manquait bien trop d'imagination pour pouvoir soupçonner ne serait-ce que le début d'une liaison aussi ahurissante. Son mari faisait davantage preuve de sagacité. Si quelqu'un était susceptible de pressentir une intrigue, c'était bien lui. Depuis sa paralysie, l'étude de la nature humaine semblait d'ailleurs être la seule occupation digne d'intérêt de Michel. Son œil vif, brillant d'intelligence et de curiosité, disséquait ses semblables avec une réelle gourmandise. Que retenait-il vraiment de toutes ces observations qu'il gardait si jalousement ? Était-il si perspicace au fond qu'il voulait bien le laisser penser ? Toujours est-il qu'au moment du drame, il avait fait montre de la même hébétude incompréhensive que tout le reste de la famille.

Charles, lui, savait, sans avoir pour autant l'envie d'intervenir. Il attendait l'hallali, cela ne pouvait que mal finir. Jacques était bien trop dilettante et coureur de jupons pour qu'Hélène puisse supporter ses frasques bien longtemps. La raison fatalement allait lui revenir. Sa chère Bramade si autoritaire aurait toutefois perdu un peu de son lustre dans l'affaire. Il l'escomptait. Assister à la déchéance de sa femme serait pour lui une sorte de revanche. Toute cette période finalement l'amusait plutôt. Il était si désabusé, résigné en fait depuis si longtemps à son existence médiocre. Quand on s'est trompé de vie, trompé d'amour, il ne reste plus grand-chose à espérer. Cette romance inattendue bougeait enfin sa routine. Il se tenait sur le qui-vive, prêt à intervenir, ne voulant toutefois pas faire bouger les lignes. Tout comme ce matin lorsqu'il avait observé le cingle sans ciller. Il savait se faire discret, se croyait très fort. N'était en réalité qu'un pauvre imbécile car rien ne s'était passé comme prévu. Sa femme jusqu'au bout était restée flamboyante, aussi imprévisible qu'une bécasse des bois, l'oiseau, à son avis, le plus malin et le plus rusé au monde. Qui aurait pensé qu'Hélène finirait ainsi, abattue par Jacques ? Cette mort incompréhensible, inattendue, n'avait soulevé en lui aucun chagrin, seulement de l'étonnement, de la sidération et une sorte de peur diffuse.

Comment Hélène, si avisée, avait-elle pu se laisser surprendre ? Contrairement à ce que tout le monde croyait, c'est Jacques qui était un jouet entre ses mains et non le contraire. Elle pouvait tout faire pour lui, lui donner un poste à responsabilité, augmenter son salaire, lui ouvrir les portes de la bonne société. En retour, elle exigeait un semblant d'amour et de soumission. Jacques était pris à son propre piège, le séducteur se retrouvait coincé, obligé de séduire cette femme vieillissante s'il voulait conserver ses avantages. Le jeu de dupes ne pouvait pas durer bien longtemps. Son gendre cherchait probablement un moyen d'y mettre fin mais pourquoi aurait-il tué Hélène, la poule aux œufs d'or ? Il avait détourné de l'argent. Tout le monde, la police en premier, s'était focalisé là-dessus pour expliquer son crime. Ce n'était que des fariboles. Charles était persuadé qu'Hélène était prête à pardonner cette escroquerie à son amant. Il la soupçonnait même de lui avoir simplifié la tâche pour mieux le prendre la main dans le sac. Une manière à elle de le mettre davantage sous sa coupe. Elle savait si bien manipuler son monde. Jacques s'était versé un pourcentage sur les contrats. Une manœuvre grossière, stupide, bien digne de lui en fait. Le manège durait depuis six mois, ils avaient tous cru qu'Hélène venait de le découvrir. Sauf Charles, sa femme ne passait pas une semaine sans éplucher en long et en large tous les comptes de l'entreprise. Elle savait, bien sûr, avait laissé faire, avait même probablement facilité la chose. Parce qu'elle devait sentir que Jacques lui échappait, retournait à d'autres amours. Alors elle avait lancé son accusation lors du repas dominical, sûre de son fait. Plus souveraine que jamais. L'autre nigaud en était devenu blême, n'avait même pas nié. Il ne s'attendait pas à une telle attaque.

Elle le menaçait de poursuites pénales avec un sourire suave.

— Que vous soyez mon gendre ne change rien à l'affaire !

Elle aurait pu aussi bien dire « que vous soyez mon amant ». Ses yeux brillaient d'une lueur étrange, elle triomphait, plus Bramade que jamais. Devant la confusion qui s'ensuivit, glapissements de Sophie, questions pressantes d'Hugo, pleurs de Laure, Hélène, magistrale, avait mis fin au repas.

— On en reparlera demain, preuves à l'appui. Je vous convoque tous à dix heures dans mon bureau. On prendra ensemble la décision qui s'impose.

Jacques avait perdu de sa superbe. Le teint cireux, sans émettre une seule protestation, il était ressorti en titubant. D'après l'enquête, c'est à ce moment-là qu'il aurait décidé de la tuer. Il ne voulait pas de ce rendez-vous en présence des autres. Il voulait la voir seul à seule, pour l'amadouer, plaider sa cause. Il comptait probablement encore sur son charme pour la faire revenir sur sa décision. Mais ça, Hélène devait le savoir. Elle comptait même dessus. Elle le connaissait suffisamment pour comprendre qu'il allait lui demander une entrevue.

Qu'espérait-elle donc ? Qu'est-ce qui avait mal tourné ?

Car Jacques, comme prévu, avait bien sollicité cette rencontre, à minuit près du petit pont du parc. Il ne l'avait jamais nié. Un lieu et une heure qui devaient leur être habituels, que tout le monde ici pouvait connaître. La Bramade dormait peu, faisait depuis longtemps chambre à part, partait même parfois à l'usine en pleine nuit. Jacques jurait qu'elle était déjà morte, qu'il n'avait jamais été armé. Pourquoi alors prendre la fuite ? Son attitude l'accusait. Plus encore l'argent et le pistolet retrouvés ensuite dans sa cabane. La dernière fois qu'il avait vu son gendre, encadré par deux gendarmes, Charles l'avait trouvé atterré. Un pauvre type. Qu'il se soit suicidé était au fond la meilleure chose qu'il ait pu faire dans sa vie. Malgré tout, Charles ne pouvait s'empêcher de penser que, sans ce suicide, l'enquête aurait peut-être pris un autre cours. Cette pensée ne le quittait pas. Tout le monde en voulait tellement à Hélène. Elle était si autoritaire, si sûre d'elle, sa volonté ne connaissait aucun obstacle, elle avait toujours raison, parvenait toujours à ses fins, n'était-ce pas en soi une raison suffisante pour la supprimer ? Il avait lancé la thèse de l'accident pour mettre fin aux rumeurs. Il se sentait au moins redevable de cela envers sa femme. Ne pas entacher sa mémoire et sa personnalité avec cette histoire de liaison immorale. Personne n'avait besoin de savoir. Pour autant, entre eux, les non-dits, les suppositions, les critiques flottaient maintenant comme autant de miasmes contaminés, source d'infatigables conjectures.

Finalement, que Jacques serve de bouc émissaire n'était que justice. Il fallait seulement espérer que les choses se tassent, que la police ne relance pas l'affaire, que la Bramade dorme enfin en paix. Bien que profondément matérialiste, Charles en doutait. Hélène, où qu'elle soit, était tout à fait capable de lui jouer encore un tour à sa façon.

Charles suffoquait maintenant en sortant de la combe du Pas de Cère. La faute à tous ces souvenirs poisseux qui venaient malgré lui de remonter à la surface. Il se fit la réflexion que depuis sa rencontre avec Hélène, il n'avait en fait jamais respiré correctement, ou plus exactement il n'avait respiré que des poussières pernicieuses.

Maintenant c'est fini. Elle est morte.

Cette considération de bon sens ne l'apaisa pas pour autant. Une angoisse ténue le tenait sans raison objective dans des inquiétudes douloureuses. Comme pour le conforter dans ce sentiment, il se cogna brutalement à Hugo en pénétrant dans la propriété par la petite porte du fond, celle qui donnait sur les terrains municipaux en contrebas.

— Tu es bien matinal ! laissa-t-il échapper avec un certain agacement.

Ses pensées l'accaparaient trop, il avait encore besoin d'être seul, n'éprouvait aucune envie de faire la conversation.

— Je n'avais plus de cigarettes, j'ai fait un tour jusqu'au tabac.

Tout en s'expliquant d'un air détaché, son fils remonta avec lui la grande allée.

Qu'est-ce que c'est que cette nouvelle lubie ? Depuis quand Hugo passe-t-il dans le jardin pour se rendre au bourg, lui qui ne met jamais les pieds dans le parc et prend toujours sa voiture pour le moindre déplacement ?

— Je voulais te voir, justement. Tu dois savoir où sont les clés du cabanon de la Cère. J'ai envie d'y faire un tour.

— La cabane de Jacques ?

Hugo eut un rire bref.

— Jacques se l'était peut-être appropriée mais elle appartient aux Vitarelle, non ? On y a fait quelques bonnes parties quand on était gosses. Toi-même, si je ne me trompe, elle t'a servi un temps pour observer tes moineaux.

« Tes moineaux » ! Quel dédain dans cette formule ! Hugo ressemblait bien à sa mère. En réduisant ainsi sciemment sa passion à l'espèce la plus commune, l'héritier affichait envers les activités paternelles un orgueilleux mépris. Charles en fut douloureusement blessé.

Étonnant comme un simple mot pouvait encore l'humilier. Hugo montrait inconsciemment son côté « sale gosse et gâté », Charles aspirait trop au respect pour ne pas réagir.

Ça ne va pas recommencer ! Je ne me laisserai pas faire !

Sans développer cette pensée fulgurante qui s'imposait à lui avec force, Charles répliqua d'un ton sec.

— Tu n'as rien à faire là-bas !

— Ça, c'est à moi d'en décider, cher papa !

C'était le moment de montrer son autorité, de faire taire la rébellion, de s'affirmer. Au lieu de quoi, n'ayant comme d'habitude pas le courage de s'opposer, il chercha à louvoyer, répondit d'un ton las.

— J'ignore où sont ces clés. On a dû les perdre après la perquisition.

— Pas grave, la porte ne doit pas être bien solide.

— Qu'est-ce que tu as en tête ?

Hugo se doutait-il de quelque chose ? Que manigançait-il ? Il lui trouvait aujourd'hui un air différent sans savoir dire lequel. C'était agaçant. Moins flegmatique, plus enjoué peut-être... Pour autant le jeune homme prit bien soin de ne lui fournir aucune réponse précise. Il détourna au contraire la conversation pour l'interroger sur les nouvelles domestiques. Il voulait tout savoir d'elles. Qui les avait recommandées, d'où venaient-elles, de quelles expériences pouvaient-elles se prévaloir ? Pour une raison inconnue de Charles, le fait qu'il n'y ait aucun homme dans l'histoire semblait décupler la curiosité de son rejeton.

— J'ai croisé deux enfants, ils doivent bien avoir un père ?

Étonné de voir que pour une fois Hugo portait un intérêt à autre chose qu'à l'usine ou sa petite personne, Charles répondit en haussant les épaules :

— Tout ce que je sais, c'est que seules ces femmes habitent le pavillon. Elles ne m'ont jamais parlé d'un mari quelconque. Si ça te tracasse tant, tu n'as qu'à leur demander toi-même !

Hugo allait répondre lorsque les deux hommes s'arrêtèrent net. Devant eux, dans le potager, entre les carrés de terre brune nouvellement labourée, Nina taillait les buis avec une cisaille à lames courtes. Elle sifflotait un air à sa façon tout en sculptant dans la masse verte à petits coups rapides. La jeune femme virevoltait autour des arbustes, sectionnait les tiges les plus raides, reculait pour mieux se rendre compte du travail, revenait à la charge. Ce n'était pas tiré au cordeau, loin de là, l'ensemble évoquait plutôt un nuage, une vague ondulante, une étrange spirale. Elle portait encore son horrible anorak et sa chevelure rousse accrochait la brume matinale qui gouttait en perles rondes autour de son visage. À chaque mouvement, elle exécutait presque un pas de danse, on aurait dit un lutin facétieux, elle en avait en cet instant même la grâce et l'innocence. Un bruit de brindille écrasée lui fit lever la tête et rompit le charme. Elle s'était relevée, les ciseaux à la main, la tête haute, le menton pointu. Elle ressemblait maintenant à un enfant boudeur ou pris en faute.

— Je vous en prie, continuez, intervint Charles. Vous savez cependant que vous n'êtes pas censée travailler le dimanche ?

— Je ne travaille pas, je m'exerce.

Elle avait une voix un peu voilée, terriblement sensuelle. Hugo s'en voulut de se sentir aussi déconcerté. Laissant son père discuter avec l'aide-jardinière, il restait à l'écart, se contentant de la détailler, de fouiller sa mémoire pour retrouver un fugace souvenir. Il en était maintenant de plus en plus certain, il avait vu cette fille étrange quelque part. Vu seulement, car il n'aurait pas oublié une intonation aussi troublante.

— Il faudra demander à Anselme ce qu'il pense de son aide, suggéra Charles en reprenant plus tard l'allée principale. Cette petite me semble pleine de bonne volonté. Le moins que l'on puisse dire de ces femmes, c'est qu'elles sortent vraiment de l'ordinaire. Et toi qu'en dis-tu ? J'aurais été gêné que tu l'interroges, je te remercie de ne pas l'avoir fait.

— Ce n'était ni le lieu ni le moment. Contrairement à toi, je n'ai qu'une confiance limitée. Je ne perds pas l'idée de me renseigner.

— Si ça te chante ! Après tout, si tu as du temps à perdre !

Hugo regarda son père avec agacement. Il sentait l'ironie percer sous ses paroles somme toute banales et s'en irritait. Le patriarche avait encore fière allure. Malgré son âge, on se rendait compte qu'il avait été un très bel homme. Ses cheveux sombres striés de gris étaient rejetés en arrière, dégageant un front haut qui lui donnait un air de réelle distinction. Libéré de l'influence de leur mère, il semblait avoir retrouvé une certaine indépendance d'esprit et un sens critique qui jusqu'ici lui faisait plutôt défaut. « Libéré » était justement le terme qui convenait. Hugo n'était pas dupe. Ses parents avaient toujours formé un couple déséquilibré. Son père paraissait si falot par rapport à sa mère ! Avait-il souhaité la mort de sa femme ? L'avait-il encouragée en coulisse d'une façon ou d'une autre ? C'était atroce de penser ça. Pourtant, Hugo, depuis le drame, ne pouvait s'empêcher de le faire souvent.

9

Joséfa poussa la porte de la maison de la presse. C'était jour de marché à Vic, les habitués se pressaient autour du kiosque à journaux, ou plus exactement autour du présentoir de *La Montagne*, en disséquant les dernières nouvelles. Les moindres avis d'obsèques, de commémoration, d'accident de la route ou de prévisions météorologiques servaient toujours de prétextes à d'interminables considérations philosophiques que le libraire prenait plaisir à entretenir et relancer. Un tel engouement pour les évènements les plus saillants de la vie locale dépassait en général l'entendement et l'imaginaire du Parisien ou touriste égaré. Il fallait vraiment être d'ici pour comprendre. Joséfa se fraya un passage jusqu'à l'étal des livres, rétablissant d'un geste énergique le porte-cartes postales qu'elle venait de bousculer. Elle adorait regarder les livres, les toucher, les feuilleter, les caresser du plat de la main pour les apprivoiser. Cathy, la libraire, lui fit signe de la rejoindre dans la réserve.

— J'ai déniché quelque chose qui devrait vous plaire, annonça-t-elle avec un grand sourire en brandissant un ouvrage bariolé.

— *Petit Dictionnaire des mots inusités,* ça existe donc ! Vous êtes magnifique ! Je suis contente pour eux.

Joséfa ne précisa pas qui était derrière cet « eux » énigmatique, les termes désuets, sûrement. La commerçante, qui commençait à connaître cette cliente pour le moins originale, ne s'en formalisa pas. Elle lui tendit une carte de visite.

— J'ai parlé à Serge, le journaliste, comme vous me l'aviez demandé. Il veut bien vous recevoir. Il doit interviewer un groupe folklorique ce matin mais sera de retour chez lui vers onze heures. Vous qui vous intéressez à l'histoire locale ne serez pas déçue. La plus grande difficulté avec lui, quand il a enfourché son dada, c'est encore de le faire taire !

Sans se presser, Joséfa flâna sur la place en contrebas, couverte de tentes et d'éventaires où des marchands exposaient avec bonhomie des denrées plus appétissantes les unes que les autres, pains, fromages, charcutailles, légumes de saison. Des produits typiquement auvergnats qui contribuaient à donner au bourg un air de vrai pays de cocagne où tout semblait tranquille, agréable, honnête et simple. Elle arrima ses courses sur les sacoches de sa mobylette avant de traverser à pied l'esplanade de l'hôtel de ville pour grimper par une vieille ruelle jusqu'à la place de Monaco. Là, un bel édifice en pierre de lave avec une tourelle incorporée dans la façade et une ravissante fenêtre à meneaux surmontée d'un blason rappelait que la cité était autrefois sous domination de la principauté monégasque. Le journaliste logeait tout près, dans une maison à la porte si étroite que Joséfa se cogna presque à l'imposte. Le grand gaillard chaleureux et un peu hâbleur qui l'accueillit était un érudit intarissable. Il se fit fort de lui rappeler les particularités historiques du lieu.

— Nous sommes dans l'ancienne ambassade du Carladès, ne l'oublions pas ! On a eu des personnalités célèbres ici, surtout avec la cure thermale. Marguerite de Valois, Anne d'Autriche venaient s'y soigner. Tenez, même Louis XIV, coincé par sa goutte, se faisait expédier des caisses d'eau de la source à la cour. C'est qu'elle était unique, cette eau, gazeuse, ferrugineuse, bicarbonatée et sodique. Les bains n'auraient jamais dû fermer !

Joséfa, que l'histoire ancienne n'intéressait guère, essaya d'orienter la conversation vers des faits plus concrets.

— Il y a encore beaucoup de notables dans le bourg ?

— Vous ne croyez pas si bien dire ! Notaires, avocats. Vic a toujours été une ville de justice. Avant la Révolution, une cour d'appel siégeait ici et près de mille procès s'y déroulaient annuellement. Dans ce temps-là, les exécutions capitales se faisaient au rocher du Pendu, ça ne traînait pas comme aujourd'hui.

— On ne peut pourtant pas dire que la dernière affaire criminelle ait beaucoup traîné.

— Je suppose que vous voulez parler de l'assassinat d'Hélène Vitarelle ? C'est donc ça qui vous intéresse alors. Je me disais aussi que vous n'aviez pas trop une tête d'archiviste.

Sans relever le propos, Joséfa avoua :

— En fait, j'ai lu tous vos articles. Vous avez couvert l'information dès le début n'est-ce pas ?

— Bien sûr ! Rien de plus normal, remarquez, vu que je suis le correspondant local. Un meurtre ici, ce n'est déjà pas banal, alors pensez, le meurtre d'Hélène Vitarelle ! Un sacré scoop qui allait faire le tour des rédactions.

— Une personnalité importante ?

— Je veux bien ! Une femme qui a fait beaucoup pour la commune. Donations aux écoles, réfection des tennis, subvention au musée. Surtout, un caractère hors du commun. Qu'elle se fasse tirer comme un lapin m'a stupéfié. J'aurais été mille fois moins étonné d'apprendre qu'elle avait déjoué un piège et arrêté son agresseur. Ce n'était vraiment pas le genre à se faire abattre, si vous voyez ce que je veux dire, surtout par Jacques !

— Vous le connaissiez aussi ?

— On jouait au tennis ensemble. Pas bégueule, un mec sympa quoi qu'on puisse en penser maintenant. Il avait un charme bien à lui qui plaisait aux filles, c'est sûr, mais pas seulement. En fait, il savait y faire avec tout le monde.

— Un homme à femmes ?

— Bah oui. On peut appeler ça comme ça ! Des conquêtes il en avait, il les collectionnait, il en parlait, il s'en vantait aussi, mais tout de même, ça ne retire rien à mon jugement. C'était un chic type.

— Ce qui m'a frappée en fait, c'est que vous êtes l'un des rares journalistes à n'avoir pas cédé à la tentation de la rumeur de sa liaison avec la victime. D'après ce que vous venez de me dire, ça aurait pourtant été facile, non ?

— Je n'ai pas pu, tout simplement. J'aurais eu l'impression de les salir, elle surtout. De toute façon ça n'aurait pas apporté grand-chose à l'affaire. Dès le lendemain de son arrestation, Jacques s'était pendu, il n'y avait plus rien à dire.

— Pourtant, dans votre dernier article, vous laissiez planer le doute. « Se pendre n'est pas forcément un aveu de culpabilité. » C'est bien vous qui avez écrit cela ? Cette phrase, elle était inscrite noir sur blanc dans votre blog où vous insérez vos articles quotidiennement, seulement quand l'article lui-même est paru dans l'édition du lendemain, elle avait été supprimée, pourquoi ?

Brusquement désarçonné par cette attaque imprévue, le journaliste se prit à considérer d'un œil nouveau son interlocutrice. Sa question importune le fit sortir de ses gonds.

— Mais vous êtes une fouilleuse de merde, ma parole !

Sans se départir de son calme, Joséfa répondit avec une franchise déconcertante.

— Rassurez-vous, je n'en fais pas mon métier. Voyez-vous, deux choses me turlupinent dans cette histoire. Pourquoi avez-vous retiré cette phrase et pourquoi l'aviez-vous écrite ?

— Vous êtes qui, en fait ? Vous prenez la défense de Jacques ? Vous êtes de sa famille ? Sa mère ?

Le silence prudent observé entre chaque interrogation par son vis-à-vis incita le journaliste à poursuivre ses hypothèses. Il finit par se persuader qu'il avait bien en face de lui une mère éprouvée par l'inculpation et le suicide de son fils. Joséfa, que ces extrapolations saugrenues arrangeaient, laissa faire, se gardant bien de dire un seul mot qui aurait pu nuire à sa précaire position. Saisi malgré lui d'une certaine pitié pour cette femme qui cherchait sûrement à défendre la mémoire de son fils, Serge reprit d'une voix plus douce.

— Jacques, en général, aimait bien parler de ses bonnes fortunes. Je peux vous dire cependant qu'il n'a jamais évoqué devant moi cette liaison. Nous n'étions pas non plus très intimes mais il m'avait déjà raconté d'autres aventures autrement périlleuses. Hélène Vitarelle était trop grande dame pour que je reprenne à mon compte les ragots même si nos informateurs du côté de la police ont fait état d'écrits qui ne laissaient aucun doute sur la chose. Si l'affaire s'était poursuivie, je ne vous affirme pas non plus qu'on n'aurait pas abordé à un moment ou à un autre ce côté croustillant. Toujours est-il qu'au début, la rédaction a préféré s'en tenir au détournement de fonds. Et on a bien fait parce que aujourd'hui, les petits malins qui ont publié leur une sur les amants diaboliques, ils n'ont plus aucun contrat publicitaire avec les Vitarelle. Juste revanche !

— Je comprends. C'est pour la même raison que vous avez finalement retiré la phrase de votre article.

— Faux ! Je vous arrête. Il ne s'agissait plus de colporter une rumeur sur une liaison somme toute sordide mais bien de défendre la présomption d'innocence. Pour moi, c'était autrement plus important et j'y tenais.

— Cette phrase vous l'aviez bien écrite, oui ou non ?

— Je viens de vous le dire !

— Pourquoi ? Malgré toutes ces preuves, vous pensiez que Jacques était innocent ?

— Écoutez, je ne voudrais pas vous donner de faux espoirs. Pour tout le monde, son suicide est un aveu. Je ne peux m'empêcher toutefois d'avoir quelques doutes. Quand ils l'ont arrêté, j'étais avec des confrères massés autour de la porte du commissariat. Jacques tournait la tête pour éviter les flashs des photographes. Il m'a reconnu, il semblait fatigué, très énervé aussi. Il m'a crié : « Serge, n'écris pas de connerie dans ton torchon, je ne l'ai pas tuée ! Tu entends, je ne l'ai pas tuée ! » C'est pour ça que j'ai rédigé cette phrase, en repensant à ses paroles.

— Pourtant, au final, vous l'avez supprimée !

— Pas moi, la rédaction !

— On peut censurer vos articles aussi facilement ?

— En principe, non. Là, on m'a fait comprendre que c'était préférable. Les pressions venaient de haut.

— Quelles pressions ?

— Je ne sais pas, moi !

Devant le regard inquisiteur de Joséfa, il capitula.

— Les Vitarelle, sûrement, ou le préfet, ils chassaient ensemble très souvent. Écoutez, je comprends votre démarche mais je ne peux guère vous en apprendre davantage. Vous pourriez peut-être vous mettre en relation avec son avocat. Après tout, c'est lui qui a vu votre fils en dernier, il pourra probablement vous en dire davantage.

S'il pensait se débarrasser aussi facilement de sa visiteuse, le journaliste en fut pour ses frais. Au contraire, Joséfa rebondissait déjà sur ses dernières paroles.

— Alors ils chassaient, les Vitarelle ?

— Une grande famille de chasseurs. Hélène surtout qui toute petite pratiquait déjà ce sport avec son père et s'y adonnait avec passion. Malgré son engagement à l'usine, elle n'a jamais manqué une battue aux sangliers. Ce sont tous des fines gâchettes. Enfin, quand je dis tous, c'est d'Hélène et de ses enfants que je parle. Charles aime mieux les oiseaux que les armes et Michel, par la force des choses, n'y a jamais participé.

— Tandis que Jacques ?

— Jacques ? Ah non ! À ma connaissance, il n'a jamais touché un fusil. Les jours de chasse, il les passait à la cabane. Une chasse plus feutrée, si vous voyez ce que je veux dire.

— J'en ai entendu parler. C'est quoi exactement cette cabane ?

— Rien de bien méchant. Des parties fines, des rigolades, du bon vin. Votre Jacques, il aimait la vie, il aimait les femmes, c'est ça qui l'a perdu, au fond.

— Sa femme, justement, vous en pensez quoi ?

— Ah non, ma petite dame. Là, je vous arrête. Ce n'est plus de l'information, c'est du commérage que vous me demandez. Je ne vous en dirai pas plus. J'en ai sûrement déjà trop dit. Vous feriez mieux de partir. Les Vitarelle sont puissants, ils ne vous laisseront pas déterrer cette affaire. Aujourd'hui on ne parle déjà plus de meurtre mais d'accident. Jacques aurait été maladroit, c'est tout. Cette thèse, dans le fond, elle devrait aussi vous convenir.

— Jacques n'a jamais eu de revolver !

Joséfa, qui sentait qu'on la poussait vers la sortie, avait lancé sans réfléchir ce dernier argument pour relancer la conversation. Le résultat dépassa de loin toutes ses espérances.

— C'est ce qu'a dit aussi son épouse. Il faut croire qu'elle avait tort puisqu'on a retrouvé l'arme du crime, ou pardon, l'arme de l'accident dans la cabane. Arrêtez donc de vous torturer avec ça. C'est du passé. Il faut penser à vous maintenant.

Pour être certain de se débarrasser de cette insatiable curieuse, il l'accompagna jusqu'à la place en lui faisant remarquer au passage les belles demeures des anciens juges. Tout en reprenant sa mobylette, Joséfa, insensible à l'architecture, ne pouvait s'empêcher de trier dans tous les sens les éléments de cette entrevue. C'est Nina qui avait remarqué la différence entre l'article du blog et celui du journal. C'est d'ailleurs ce qui avait déclenché son envie de voir Serge. Au fond, un homme de bon cœur qui n'avait pu s'empêcher d'émettre des doutes. Un homme de ressources aussi, qui lui avait ouvert bien de nouvelles conjectures.

Elle repensa à cette conversation tout au long du trajet et encore en déballant ses courses à l'office. Les interrogations se bousculaient dans sa tête.

Ainsi, la Bramade aimait la chasse. Il ne manquait plus que ça ! Je n'ai pourtant vu aucune arme dans cette maison. Où ont-ils rangé les fusils ? Hugo, Sophie et Laure sont bons tireurs. Et après ? Faut-il nécessairement être bon tireur pour tuer quelqu'un à bout portant avec un revolver ? Non ! Sûrement pas. D'où le Jacky tenait-il son revolver ? C'est ça qu'il faut que je trouve !

Roseline, qui venait chaque matin aider pour faire le gros du ménage, était une fille de Vic, un peu simplette, pas très vive et guère courageuse. Dès son arrivée, Joséfa l'avait cuisinée sans en tirer pour autant autre chose que les ragots ordinaires. Forte de ces nouveaux renseignements, elle essaya une fois de plus de la faire parler. C'était une traînarde dans tous les sens du terme qui ne saisissait jamais l'objet de la question du premier coup.

— J'ai appris que la patronne aimait chasser.

— Elle aurait bien voulu me chasser ! Ça oui ! « T'es trop poussive ma fille », qu'elle me disait, mais la Marinette, elle avait besoin de moi.

— Non, je voulais dire chasser avec un fusil.

— Ah ça, oui. Elle aimait bien. Vous auriez vu ! Elle s'habillait comme un soldat pour pas que les bestioles la voient.

— En treillis ?

— Oui ! Les bêtes n'avaient aucune chance avec elle. Une méchante femme ! Un jour, un pigeon s'est heurté à la vitre, *plaf !*, tout étourdi. Marinette s'en est occupée, il se remettait bien, le pauvre. La Bramade est arrivée, elle l'a ramassé dans le carton, l'a caressé d'une main et étouffé de l'autre. *Clac !* Comme ça, d'un coup, en nous regardant et en riant. Monsieur était tout retourné. Nous aussi ! Et devant le petit, encore !

— Frédéric ?

— Non Hugo, il était encore un petitou à l'époque. Le pauvret, elle l'a puni parce qu'il pleurait. Elle ne voulait pas qu'il ait de pitié car « la pitié ça rend faible ». Elle disait toujours ça Madame, et moi quand j'étais fatiguée elle me disait : « Ce n'est pas le travail qui te tue, c'est ta bêtise. » Elle me l'a tellement répété que je me le dis encore des fois le soir quand je suis rompue.

— Elle punissait son fils, répéta Joséfa, sidérée par de telles méthodes.

— Bah oui, à cause de sa pitié. C'est pas bon, la pitié. Hugo, c'était pourtant un gentil gamin, un peu comme Frédéric en plus bavard. Il a bien changé à ce jour. Il ne répond même pas à mon salut quand on se croise !

Joséfa balaya ces considérations d'un revers de main. Les jeux malsains de la Bramade commençaient sérieusement à la dégoûter. Elle se focalisa sur les fusils pour ne pas entendre parler d'autres exactions.

— Madame était très stricte, elle les rangeait toujours dans l'armurerie.

— L'armurerie ? Je ne savais pas qu'il y en avait une. Elle se trouve où ?

— Bah, dans l'armurerie.

Joséfa pensa que si la bêtise humaine tuait, Roseline devrait être morte depuis longtemps. Elle dut faire preuve d'une patience héroïque pour comprendre à travers les explications alambiquées de son aide qu'on appelait ainsi l'armoire forte qui trônait dans ce qui était devenu le bureau de Sophie. Un meuble impressionnant en acier qu'elle avait pris jusqu'ici pour un gros coffre-fort. Elle comprenait mieux maintenant pourquoi la porte blindée était doublement verrouillée par une serrure électronique et un volant d'ouverture. Autant dire ceinture et bretelles, le genre de truc impossible à ouvrir. Elle pouvait dire adieu à son idée première d'en explorer l'intérieur.

De toute façon, ça ne lui servirait pas à grand-chose. Il lui fallait avant tout déterminer l'origine de ce foutu revolver. Où et quand Jacques l'avait-il acheté ? Ce dernier l'avait d'ailleurs peut-être tout simplement déniché dans la fameuse armurerie. Plus subtil encore, quelqu'un lui en avait peut-être fait cadeau ? Un cadeau empoisonné, destiné à le mouiller le moment venu. Le pauvre Jacky lui apparaissait de plus en plus comme un pantin vaniteux facile à manipuler. Cette histoire d'arme la tracassait. Que la falote Laure soit une adepte habile de la gâchette la surprenait, rentrait mal dans le schéma sûrement trop simpliste qu'elle s'était forgé.

Comment as-tu élevé tes gosses ? À quel point les as-tu marqués ?

Dans la salle à manger, déserte à cette heure, Joséfa, plantée devant le portrait de la Bramade, l'interrogeait en silence, se heurtant sans ciller au terrible regard hautain.

Comment peut-on avoir une si haute opinion de soi-même ?

— Tu l'as bien cherché, vieille peau !

Ce n'était guère révérencieux. Joséfa en avait bien conscience. Une aversion irraisonnée envers la morte montait en elle chaque jour davantage. Une répugnance instinctive contre le mal. Car cette femme était le mal. Elle avait toujours cherché à blesser, humilier, dominer.

As-tu seulement aimé autre chose que tes parapluies, aimé vraiment ne serait-ce qu'un seul instant, sans calcul ni égoïsme ?

Joséfa en était persuadée, la Bramade était malfaisante. Elle s'amusait des faiblesses des autres, savait mieux que quiconque les déceler pour en jouer. Dans ses mains puissantes la moindre flammèche pouvait devenir incendie, le plus petit relâchement annonçait la ruine, une pauvre égratignure ne guérissait jamais. En les poussant tous à l'exaspération, elle avait quelque part programmé sa fin. À trop aiguillonner les faibles, on nourrit la vengeance.

Ruminer davantage ne servait à rien. Joséfa se mit à jouer les chefs d'orchestre entre casseroles et marmites pour préparer le repas de midi. Encombrée de son plateau, elle entra dans la bibliothèque sans frapper.

Le maître des lieux, la tête plongée dans ses planches d'ornithologie, semblait comme d'habitude dans un état lunaire. Joséfa eut presque pitié de cet homme austère qui passait à l'office pour un pisse-froid, un timbré ou un original. On ne le craignait pas, on ne l'aimait guère, on excusait ses rares lubies, lui reconnaissant toutefois une certaine vertu, courage ou lâcheté d'ailleurs, pour avoir supporté Madame si longtemps. Son statut de chercheur n'arrangeait rien. Plus il passait du temps à examiner à la loupe les détails les plus infimes en les grossissant à l'infini, moins il était capable de saisir l'ensemble des choses grandeur nature qui s'étalaient autour de lui.

Elle posa de façon ostensible le plateau sur un coin du bureau.

— Votre repas, Charles.

— Merci, Joséfa, dit-il distraitement sans relever le nez de ses notes.

— Vous me feriez honneur à le manger maintenant pendant que c'est chaud. Ce serait dommage de gâcher tout mon travail.

Cette fois, il la regarda attentivement. Derrière ses lunettes cerclées d'or, ses yeux eurent même un éclair de malice.

— Qu'est-ce que vous m'avez donc concocté ? Le midi, j'ai l'habitude de manger froid.

— Des ris de veau braisés. Je suis allée au marché ce matin, crut-elle bon de préciser en ôtant d'un geste plus énergique que gracieux la cloche qui recouvrait l'assiette. Ce n'est pas bon de manger froid. Ce n'est pas bon non plus de manger seul. Quand Frédéric est là, le mercredi ou pendant les congés scolaires, ce serait bien de déjeuner avec lui.

Charles ne releva pas ce qui pouvait passer pour de l'impertinence. Il commençait à se faire une idée assez juste de la femme de charge. Guidé par un appétissant fumet, il préféra se plier à son invite et repoussa ses livres.

— Vous me gâtez trop ! La meilleure cuisinière que je connaisse. Si, si, je ne plaisante pas. C'est vraiment délicieux.

Comme elle s'apprêtait à repartir, le sourire satisfait de Joséfa se figea en l'entendant demander :

— Au fait, dites-moi, que comptez-vous faire exactement de tous ces livres en vacances ?

Elle se retourna vers lui, l'air à peine embarrassé.

— Vous avez remarqué alors ?

— Ce serait difficile de passer à côté, d'autant plus que c'est un peu mon métier d'observer. Frédéric m'a tout expliqué.

L'explication, en fait, restait assez confuse. Il devinait pourtant derrière tout ce chambardement l'intention louable de distraire son petit-fils.

— Je peux remettre les revues à leur place, je les ai conservées.

— Non, c'est très bien ainsi. Frédéric m'a convaincu. Je lui ai octroyé toute la rangée du bas pour servir de camp de vacances. Ça suffira j'espère ?

— Largement. Ça va nous occuper un moment. Je vous remercie.

— Non, non, c'est une idée originale. Intéressante même. J'y ai réfléchi. Le classement des livres ne répond en fait à aucune logique satisfaisante. Alphabétique c'est stupide, par thème c'est banal, par taille c'est incohérent. Par affinité comme vous le proposez, ou plutôt, excusez-moi, par besoin de repos, c'est au moins atypique. Je me demande toutefois si l'ordre idéal n'est pas celui dans lequel on a lu les livres. Chronologique, en quelque sorte. Les contes, les livres d'enfant, les BD, les romans d'aventure, d'amour, les ouvrages scolaires, théoriques, les best-sellers, les essais philosophiques... Nos goûts changent. À la fin de notre existence, on s'arrêterait tout en haut de la dernière rangée.

On pourrait revivre notre vie de lecteur en revenant tout en bas, se revoir petit, adolescent, amoureux, studieux, mature, résigné, sage. Ce serait bien aussi, non ?

— Très tentant. À nos âges, c'est peut-être difficile à mettre en œuvre. On a sûrement trop de lectures derrière nous. J'ai bien envie d'essayer votre classement dans la chambre de Frédéric. Ça me permettra de faire du rangement. Le petit aime bien relire ses premières histoires. Il a même du mal à s'en détacher. Ce sera l'occasion de lui montrer que les récits plus étoffés correspondent mieux à son âge. Qu'est-ce que vous en pensez ?

— Vous n'avez pas eu besoin de mon autorisation jusqu'ici. Faites donc de même !

Il n'y avait aucune ironie dans son regard. Plutôt une certaine amitié, voire de l'admiration. Joséfa hésita un instant, la bienveillance inattendue de son interlocuteur l'incitant à émettre une proposition qu'elle savait par ailleurs délicate.

— Ce que j'aimerais, Charles, c'est emmener le petit voir sa mère. Il en a vraiment besoin. C'est un enfant, avec beaucoup d'imagination. Même si sa maman est en mauvaise santé, ce ne sera sûrement pas pire que ce qu'il croit.

— Ce que vous me demandez là est impossible. Elle n'est pas... je veux dire...

La voix de Charles semblait brusquement très lasse. Joséfa se retira sans dire un mot, mais il avait eu le temps de lire de la réprobation sur son visage. Il poussa un soupir, s'appuya plus lourdement sur son fauteuil, il se sentait brusquement fatigué. Il remplit machinalement son verre mais n'eut pas le courage de le boire.

10

— Décidément, je ne ferai rien de bon aujourd'hui !

Hugo repoussa d'un air contrarié les documents épars qui encombraient sa table de travail. Subissant le contrecoup du décalage horaire, il avait renoncé à se rendre au petit matin à l'usine, repoussant cette visite afin de récupérer ce qu'il appelait son « potentiel ». Pour autant, il comptait bien avancer dans ses dossiers. Faisant suite à son voyage, il lui restait un certain nombre d'affaires à régler, de coups de fil à donner, de contrats à étudier, de chiffres à vérifier. La routine. Le travail ne lui faisait pas peur. « Ça ne tue pas », aurait dit sa mère. Hugo avait toujours été élevé dans le but de réussir, de faire mieux que les autres. On lui avait insufflé dans les veines à sa naissance un sens aigu des responsabilités et une ambition démesurée. Paresser, rêvasser ne faisait jamais partie de son emploi du temps. Aussi s'inquiétait-il un peu de cette inaptitude soudaine à réfléchir et de ce manque de concentration qui l'entraînait à se noyer dans les méandres du parc qui s'étendait de l'autre côté de la fenêtre devant ses yeux. C'était une délicieuse journée d'octobre, chaude et ensoleillée, qui semblait se moquer de l'été en jetant partout un flamboiement de couleurs.

Il décida brusquement de prendre un sandwich pour déjeuner à l'extérieur. Il récupéra au passage la clé de la cabane, ou plutôt son double qu'il avait retrouvé sans difficulté dans la contre-porte de l'armurerie où sa mère rangeait tout ce qui était précieux, important ou secret. Que ce soit la lourde clé de la cave ou la toute petite du piano, elles étaient toutes étiquetées avec ce soin maniaque qui caractérisait l'ancienne maîtresse des lieux.

Papa n'a pas dû chercher bien longtemps ! En fait, je suis à peu près sûr qu'il a pris ce prétexte stupide pour me dissuader d'y aller. C'est mal me connaître ! Je me demande ce que le paternel a vraiment derrière la tête.

Hugo lui-même ne savait pas très bien ce qui bouillonnait dans la sienne. Cette envie subite de bouger, de sortir, lui correspondait si peu. Si on lui avait dit que la jolie rousse qui œuvrait au jardin en était la cause, il en eût été le premier surpris. Pourtant, l'image de celle-ci le poursuivait. Il s'était persuadé de l'avoir vue quelque part, en voulait à sa mémoire d'être aussi défaillante, sentait confusément l'importance d'éclaircir rapidement ce problème.

Il se rendit à la cuisine où Roseline l'accueillit d'un timide : « Bonjour Monsieur, il fait beau aujourd'hui », auquel il ne répondit pas, occupé à se procurer au plus vite de quoi déjeuner. Joséfa le regarda du coin de l'œil d'un air réprobateur. Ignorer le personnel lui semblait toujours une marque de mépris insupportable.

Pour qui se prend-il, ce godelureau ?

Du côté d'Hugo, ce n'était pourtant pas vraiment du mépris, plutôt une superbe indifférence. Roseline ne l'intéressait pas, il ne la voyait même pas. Tout simplement. Toujours pressé, le jeune homme poursuivait son objectif en ignorant superbement tout ce qui pouvait entraver sa marche. Quand il le voulait, il se mettait sans contrainte à la portée des gens. Il était resté ainsi une semaine entière avec tous les designers de la firme pour élaborer un nouveau concept de poignée permettant de manipuler aisément un smartphone tout en tenant un parapluie ouvert. Indispensable dans le monde connecté actuel. Cette poignée miracle, ergonomique, presque ronde, qui s'enfilait autour du poignet pour laisser la main libre, ils l'avaient conçue dans un merveilleux travail d'équipe qu'il avait su rendre possible. Sans perdre ensuite de temps en congratulations, il était déjà reparti sur un autre projet, ne remarquant même pas le sentiment complexe, mélange d'enthousiasme et d'amertume, qu'il laissait derrière lui. Il était comme ça, Hugo, efficace, terriblement efficace mais froid, incapable, en apparence du moins, de ressentir des émotions et de les exprimer.

— Ce serait possible d'avoir un sandwich ?

Il formula sa demande en s'adressant davantage à Joséfa qui lui semblait la plus apte à répondre rapidement à sa requête. Il fut surpris de la voir se planter devant lui, les mains sur les hanches, l'air un peu bravache.

— Bonjour Monsieur, il fait beau aujourd'hui.

Il n'aurait pas relevé ce propos banal sans la subtile ironie du ton qui l'accompagnait. Intrigué, Hugo se tourna vers elle avec une sorte d'incompréhension dans le regard puis la vérité se fit jour dans son esprit. Une légère rougeur perça sous son hâle. Il ressentit curieusement un stupide embarras qui le ramenait des années en arrière quand une institutrice qu'il avait vénérée l'avait traité de petit garçon mal élevé. Cette comparaison insensée le déstabilisait. Cette femme ne ressemblait pourtant pas à sa maîtresse d'école d'alors, mince, délicate, à la mise si soignée. Toutefois ce regard impérieux, qui n'admettait aucune rebuffade, ce regard à la fois juste et bon était bien le même. Il rougit davantage. Il avait eu tort. Ne pouvait s'en sortir qu'en faisant marche arrière, formuler des excuses, reconnaître sa faute. Pourtant, son orgueil et son amour-propre le poussaient à braver cette bonne femme qui en fait n'était rien. Il y eut un moment de silence, glacé comme une tombe, où les sentiments les plus contradictoires se mélangèrent dans sa tête, puis il s'entendit brusquement répondre d'un ton qu'il aurait souhaité plus flegmatique :

— Bonjour mesdames, il fait en effet un temps magnifique.

Joséfa esquissa un mince sourire.

Après tout, le godelureau n'est que mal élevé. On pourra peut-être en faire quelque chose !

Sans montrer pour autant sa satisfaction, d'un air digne, toujours un peu réprobateur, elle lui prépara l'en-cas demandé. Hugo inspectait d'un regard étonné la cuisine. C'était toujours la même et pourtant cette pièce lui semblait aujourd'hui totalement différente. Il lui fallut un certain temps pour comprendre que cela venait d'une multitude de détails que sa mère n'aurait jamais admis. Le chat tout d'abord, qui se prélassait près du fourneau dans le panier en osier destiné normalement aux bûches. Le gros bouquet de dahlias sur la table, l'alignement de potirons dodus sur la desserte, la batterie de casseroles accrochées, maintenant au mur, la pile de livres, d'enfant pour la plupart, qui grimpaient allègrement à l'assaut du buffet, et enfin une étrange collection de cailloux, dont certains peints avec maladresse, qui occupait toute une partie du plan de travail.

Un coup à faire frémir sa Bramade de mère dans sa tombe. Il lui semblait entendre ses objections : aucun animal dans cette maison, les fleurs sont pour les pièces de réception, les potirons se rangent dans la cave, les casseroles dans le buffet et les livres dans la bibliothèque.

Quant aux cailloux, c'était si incongru qu'il ne put s'empêcher d'en demander l'usage.

— Ce sont des pierres à histoires. Chacune correspond à un mot particulier. Quand on en aura suffisamment, on les mettra dans un sac. On pourra alors chaque jour piocher une pierre et inventer une histoire avec le mot qu'elle contient. On vient juste de commencer, il faut aussi laisser aux cailloux le temps de se reposer. Frédéric en a déjà peint plusieurs. Tenez, par exemple, « dantesque ».

Elle lui montra avec fierté un bout de lauze sur laquelle son neveu avait dessiné un bateau fendu en deux.

— Je ne vois pas trop le rapport.

— Mais si, voyons, le radeau de la Méduse. Les pauvres passagers ont dérivé pendant treize jours dans des conditions épouvantables, pour peindre ces horreurs Géricault s'est inspiré de la *Divine Comédie* de Dante. Frédéric pourra vous l'expliquer mieux que moi.

Hugo avait sûrement beaucoup de défauts, mais il savait reconnaître le talent et encore plus la créativité quand il les rencontrait, trop rarement d'ailleurs à son goût. Il ressortit assez époustouflé de cette visite à l'office. Ce que racontait cette drôle de femme pouvait sembler farfelu, elle avait tout de même une sacrée imagination. Il se promit d'interroger son neveu. Il devait reconnaître que la cuisine avait aujourd'hui une tout autre allure. On y respirait une certaine insouciance, une joie de vivre en fait, mais il ne trouvait pas le mot exact pour décrire ce qu'il ressentait confusément. Cela provenait aussi de tous ces dessins d'enfant accrochés par une pince à linge sur le fil utilisé normalement pour le séchage des torchons. Inutile de dire que les magnifiques torchons marqués du monogramme de sa mère avaient disparu du paysage, ne tenaient plus maintenant aucun rôle essentiel dans cette pièce qui ressemblait au choix à un fantastique bazar ou à un joyeux capharnaüm.

En sortant sur la terrasse, il fut frappé par la tiédeur de l'air, les odeurs enivrantes des derniers phlox, la lumière languide qui enveloppait le jardin. La vue portait jusqu'au vieux bourg niché dans son berceau de tendre verdure.

On est bien ici.

Ce n'était pas seulement l'harmonie des maisons anciennes étagées sur la montagne qui formait un nid protecteur à la ville thermale, ni l'église découpée dans le ciel clair, ni même le bruissement léger de la Cère en contrebas qui amenaient cette remarque spontanée sur ses lèvres, mais plutôt l'ensemble fait de fraîcheur, de lignes pures et de sérénité qui s'en dégageait.

C'était bien la première fois que cette idée traversait son esprit, il la mit sur le compte de ce voyage trop long à l'étranger qu'il venait d'accomplir.

Je suis fatigué, m'aérer me fera du bien !

Il jeta un ultime coup d'œil un peu coupable à la dernière croisée. Celle où Michel se tenait à longueur de jour dès que Sophie lui laissait le champ libre. Il aurait pu aller lui faire un brin de causette pour le sortir de sa solitude. Son beau-frère ne jouait jamais les martyrs, il aimait toutefois laisser croire qu'une intense activité cérébrale le rendait supérieur aux autres. Une foutaise de plus que Sophie prenait pour argent comptant. Elle voulait valoriser son mari, le poussait toujours en avant comme un singe savant, ne réussissait en fait qu'à les mettre tous dans l'embarras, lui le premier. Un drôle de type, la plupart du temps renfermé comme une huître, il pouvait cependant sortir brusquement de sa coquille sans qu'on ne sache bien pourquoi. Il avait usé la veille même de ce procédé en s'adressant d'un ton aigre à Hugo :

— Courir le monde ne te donne pas le droit de juger les autres, bien au contraire. Tout en ne bougeant pas de ma fenêtre, j'en sais plus que n'importe qui sur chacun de vous ici.

Cette mise en garde sans raison avait jeté un froid. À cause de l'infirmité de Michel, Hugo avait toujours du mal à le remettre à sa place, comme il l'aurait fait immédiatement envers quelqu'un d'autre. C'était un peu le cas du reste de la famille. Comme d'habitude, seule sa mère n'avait aucun état d'âme. Elle clouait toujours son gendre d'une phrase mielleuse, pire qu'une insulte : « Mon pauvre ami, votre handicap physique vous excuse, n'en abusez pas trop cependant. »

Hugo s'engagea résolument dans le parc, oubliant déjà la silhouette immobile derrière les rideaux qui ne perdait pourtant pas un seul de ses mouvements. Son idée première était de se rendre à la cabane de la Cère, qu'il refusait dans son subconscient d'appeler « la cabane de Jacques » car ce dernier leur avait attiré suffisamment d'ennuis pour qu'il daigne lui octroyer quelque crédit, ne serait-ce que l'attribution de cette pauvre cahute. Au lieu de descendre la grande allée, ses pas le trahirent et le portèrent à faire un détour par la maison du gardien, vide à cette heure. Sa déception fut de courte durée car il entendit du côté de la serre un rire éclatant de jeunesse qui ne pouvait appartenir qu'à cette fille.

Elle discutait avec Anselme tout en grignotant des grains de raisin qu'elle happait d'une mine gourmande. Délaissant son horrible anorak, elle portait aujourd'hui un pull vert mousseux qui faisait ressortir ses taches de rousseur, accentuant encore cet air insolent qu'il lui avait attribué dès leur première rencontre. Il la trouva presque jolie, tellement vivante en tout cas qu'il eut envie d'en savoir plus sur elle, de s'immiscer dans leur conversation, de se joindre à leur complicité.

Le vieux jardinier s'était naturellement levé pour le saluer, quant à Nina, elle le suivait du regard, sans même daigner faire un signe de tête. L'ironie de la situation prêtait à sourire.

La tante qui me donne des leçons de politesse ferait bien d'en faire autant avec sa nièce !

— Je vais vous chercher une chaise, Monsieur.

— Laissez donc, Anselme, c'est très bien comme ça.

Hugo prit place sans façon sur le banc à côté d'eux pour déballer tranquillement son sandwich en soliloquant sur cette merveilleuse journée d'automne.

Nina se poussa légèrement, un agacement sourd montait en elle devant le sans-gêne du jeune homme.

Pourquoi vient-il nous déranger dans notre pause ? Il ne manque pas d'air de s'imposer de la sorte ! Et puis, quelle suffisance ! Appeler Anselme par son prénom malgré son âge alors que lui-même trouve normal qu'on lui donne du monsieur ! Joséfa a bien raison, l'égalité commence par le respect.

Alerté par son mutisme et ses yeux brillants de colère, Hugo décida de passer à l'attaque, trouvant là l'occasion rêvée d'en apprendre davantage sur cette fille qui l'intriguait. Elle semblait avoir un caractère de cochon, était sûrement aussi farfelue que la tante, autrement plus attirante toutefois. Elle lui rappelait quelqu'un, mais qui ? Il n'avait jamais connu de rousse, de ça au moins il pouvait être certain. Ni d'ailleurs de fille aussi grincheuse et volcanique, celle-ci ressemblant à un feu follet, prête à surréagir à chacune de ses paroles. Une emmerdeuse probablement, cela ne faisait aucun doute. Une emmerdeuse diablement sensuelle, il fallait en convenir. Cela faisait longtemps, depuis son adolescence en fait, qu'il ne croyait plus aux relations fondées uniquement sur le désir. C'est pourtant ce qui se passait. Ça l'ennuyait un peu. Se tournant délibérément vers elle, il demanda :

— Qu'est-ce que vous avez fait de vos monstres ?

— À l'école.

Cette réponse laconique, lâchée presque à regret, le fit sourire. Il savait comment la forcer à s'intéresser à lui.

— Pauvre maîtresse ! Je la plains !

Pas du tout vexée, Nina l'informa d'un ton doucereux :

— Ils vous appellent « le bonhomme fripé ».

— Tiens donc !

— Ça vous ennuie ?

— Nullement ! Au contraire, je suppose que j'ai échappé de justesse à « pédophile » ?

Elle le regarda, amusée, son sourire lui donnait un air de lutin malicieux.

— C'est vrai, ils auraient été capables de le dire !

— Vous ne vous êtes toujours pas excusée !

— Vous n'allez pas en faire un drame !

— Non, mais vous auriez pu regretter ces paroles excessives.

— Des menaces ?

— C'est vous qui prenez la mouche maintenant, il en faut peu à ce qu'il me semble.

— Disons que je n'ai pas forcément bon caractère. Je veux bien le reconnaître.

— Quand même !

— Vous étiez totalement ridicule avec votre imperméable ! Avouez-le ! D'ailleurs un imper pour un marchand de parapluies, c'est assez cocasse, non ?

— Je ne vois pas ce qu'il y a de drôle, marmonna-t-il, un peu froissé malgré lui, se sentant tout à coup trop mûr, trop raisonnable, trop réfléchi devant une telle impétuosité.

— Vous devriez aller voir les parapluies que Nina a commencé à tailler dans les vieux buis, ça devrait vous plaire, à la bonne heure !

L'interruption d'Anselme lui servit de prétexte pour se retrouver seul avec la jeune femme, qui semblait à la fois satisfaite de son travail et un peu inquiète de ses réactions.

Une dizaine de buis étaient taillés, les premiers plutôt en forme de dôme, le dernier, maintenu discrètement par une espèce de grillage, faisait immanquablement penser à un parapluie. C'était plutôt réussi. Il en restait au moins une vingtaine pour atteindre le petit pont. Elle avait encore le temps de parfaire son œuvre. Il comprit qu'elle n'attendait pas de lui un faux-semblant de compliment mais un jugement impartial.

— Vous avez l'œil pour les proportions, c'est important.

— Normal, c'est un peu ma formation aussi ! Histoire de l'art, précisa-t-elle en réponse à une levée de sourcils suffisamment explicite.

Elle s'en voulut aussitôt d'avoir dévoilé ses batteries. La question suivante ne se fit pas attendre.

— Pourquoi jardinière, alors ?

— Parce qu'il faut bien travailler. Les boulots de galère, ça suffit. Ici je suis bien, je peux m'occuper des petits.

— Ce qui explique les dessins ?

Il désignait le carnet qui sortait de la poche de son jean, carnet qu'il avait remarqué à chacune de leurs rencontres et qui l'avait tout de suite intrigué.

— Pendant ma pause uniquement, ne vous inquiétez pas !

Il retint un sourire.

Toujours sur la défensive, toujours prête à mordre, quel caractère !

— Je peux regarder ?

— Après tout, pourquoi pas ? Je vous préviens, ajouta-t-elle avec les yeux pétillants d'ironie, ce sera peut-être dur pour votre amour-propre, il ne faudra pas m'en vouloir !

Hugo lui lança un coup d'œil circonspect avant de s'emparer du carnet, qu'il feuilleta attentivement.

— Oh, mais je reconnais les monstres, même s'ils me paraissent bien plus calmes que dans la réalité. Votre tante sans aucun doute avec son chat, Anselme et ses doigts noueux, Frédéric aussi. Vous avez su rendre son air mélancolique. Vous avez un joli coup de crayon !

— Malheureusement, je ne réussis que les portraits des gens que j'aime bien. Pour les autres, je me contente de faire des caricatures.

Il en était justement arrivé à son propre croquis. Une espèce de pantin, un brin stylisé, avec un parapluie planté dans le derrière. On ne pouvait s'y tromper. On reconnaissait sa barbe naissante, son nez aquilin, même s'il paraissait sur le dessin démesurément allongé, et surtout son fameux imperméable. Il eut un moment de doute. Devait-il rire, se fâcher, renvoyer l'insolente, la fuir en tout cas au plus vite ? Son instinct le réclamait, la voix de sa mère aussi. Son attirance fut la plus forte. Depuis ce matin, tout allait différemment, il ne raisonnait pas normalement, n'agissait pas avec ses réflexes ordinaires. En fait, c'était un peu comme s'il faisait l'école buissonnière, une pause qui s'offrait à lui comme un cadeau dans sa vie de travail, une porte ouverte sur les interdits et les tentations.

— Vous avez un sacré culot, tout de même, et un beau talent que vous pourriez employer autrement, c'est du gâchis ! J'ai peut-être une idée pour vous.

— Je vous arrête tout de suite, je n'ai aucune envie de travailler dans votre usine de pébrocs !

— Pourquoi ?

— Parce que vous seriez mon patron et que ça, c'est tout bonnement impossible.

Ils se regardèrent avec tant d'intensité que Nina recula d'un pas.

— Je suis d'accord, ce ne serait pas possible.

Aucun d'eux ne semblait remettre en cause ce qu'elle venait de dire. Pourtant, derrière cette réflexion spontanée, se cachait bien plus qu'un souci d'indépendance, un véritable aveu d'attirance qui les aurait stupéfiés s'ils en avaient pris conscience dans l'instant.

— On peut trouver une solution. Vous travailleriez en free-lance, si vous préférez. Alors, écoutez-moi avant de monter sur vos grands chevaux. On doit faire l'inauguration en mars prochain de notre nouvelle unité de production. La réception aura lieu dans le hall de l'entreprise qui est d'un sinistre pas possible. Ma mère avait décidé de l'aménager, non seulement pour cette occasion mais aussi de façon plus pérenne.

— Je ne suis pas décoratrice !

— Vous avez du goût, vous savez dessiner, vous avez surtout un œil extérieur et critique.

Votre dessin, aussi irrévérencieux soit-il, me donne une idée formidable. Je vois quelque chose de moderne, de gai, d'humoristique, avec toujours le parapluie comme point central. Il doit bien y avoir, dans l'histoire de l'art justement, des caricatures, des dessins, des tableaux sur ce thème. Je ne sais pas pourquoi je n'y ai pas pensé avant. On doit pouvoir se procurer des reproductions et les aménager un peu comme dans un musée du parapluie. Vous voyez ce que je veux dire ?

— Je vois, ce ne sont pas les peintures avec les ombrelles qui manquent. À travers toutes les époques d'ailleurs. Vous devez connaître au moins le magnifique tableau de Renoir avec ses parapluies bleus qui ressemblent fort à votre parapluie d'Aurillac ?

— Évidemment, je l'ai même vu à la National Gallery de Londres !

— Quelle chance !

Nina, les yeux brillants, en oubliait jusqu'à l'identité de son interlocuteur. Elle avait beau se plaire dans ce jardin, sa passion pour l'art lui manquait en fait cruellement. Reléguée au second plan de son existence par toutes ses difficultés et malheurs, elle reprenait immédiatement le dessus pour éclater comme une fleur merveilleuse dans son esprit. Entendre parler de ses peintres préférés, envisager des recherches sur un domaine précis, trouver des reproductions, aménager une sorte d'exposition, tout cela faisait partie de ses compétences, de ses espoirs les plus fous. Elle en était capable, elle le savait. Nina, petit à petit, se sentait revivre, une impression qu'elle n'avait pas connue depuis plusieurs années.

— Vous ne plaisantez pas ? Vous me laisseriez aménager ce hall rien qu'en ayant vu mes dessins ?

Il eut envie de répondre la vérité toute simple, toute crue : « Je vous connais, je vous fais confiance. » Mais cette vérité-là, il ne pouvait pas la lui dire, elle ne l'aurait pas comprise. Alors il préféra jouer à l'homme d'affaires, sûr de lui, un peu cynique et plein d'expérience. Ce qu'il savait très bien faire, et pour cause.

— Pour cette occasion, ma mère avait passé un contrat avec notre agence de pub habituelle. Ma sœur l'a annulé pendant mon absence, beaucoup trop cher selon elle. Je n'ai pas râlé car de toute façon leur étude ne me convenait pas. Je sentais confusément qu'il fallait autre chose. Avec vous, je ne prends aucun risque. Vous visitez les locaux, vous élaborez un projet. Je vous paie les heures nécessaires pour finaliser votre proposition. Disons, une trentaine d'heures pour débuter. On ajustera s'il le faut. Après, soit votre idée plaît, on la retient, on élabore un budget, et on travaille encore ensemble pour la mettre en œuvre. Soit elle déplaît, on en restera là. Vous garderez bien entendu vos honoraires. Vous ne perdez pas grand-chose dans l'affaire.

— Vous me tentez, j'ai bien envie d'accepter, mais pas d'honoraires, je préfère les chèques emploi-service. C'est ce que votre père utilise déjà pour le jardinage. Très pratique pour les emplois non qualifiés.

Hugo ne releva pas le propos, il sentit une certaine amertume dans sa voix qui le mit curieusement au supplice. Il lui attrapa le bras spontanément, se rapprochant dangereusement d'elle. Dangereusement pour eux deux. Il ne savait pas ce qui lui avait pris de lui proposer cela tout à coup. Il savait toutefois qu'il avait eu raison. Cette fille avait du talent, de l'imagination, de la force, de la vie tout simplement.

Depuis combien de temps n'ai-je pas rencontré une fille pareille, sans maquillage ni apprêt ? Une fille aussi insolente, moqueuse et charmeuse ?

Sans s'en rendre compte, il la retenait d'un air possessif qui mettait Nina ridiculement mal à l'aise. Elle sentait son odeur, un subtil parfum de chèvrefeuille dont il devait s'asperger après s'être rasé. Elle réprima un frisson, se dégagea brutalement.

— Marché conclu alors, lança-t-elle en reprenant prestement le chemin de la serre, il est temps que je retourne au travail.

Sa voix un peu voilée, ses joues rouges montraient son embarras. Elle s'en voulait de cette presque étreinte, ne la regrettait pourtant pas. Hugo la regarda partir avec une espèce d'étonnement, de désir. Il eût été ridicule de se faire des reproches mais il avait bel et bien eu envie de la coucher sur le sol pour lui arracher son pull. Ça ne lui était jamais arrivé. Il en restait abasourdi, comme étranger à lui-même.

Ce fut la sonnerie de son smartphone qui le rappela opportunément à la réalité. En sortant celui-ci de sa poche, il fit tomber la clé de la cabane. Tout en parlant avec son interlocuteur, il la prit entre ses doigts, reportant sur-le-champ son idée d'expédition.

Assez d'aventures pour aujourd'hui, il est temps que je me reprenne !

11

Depuis la perte de son activité physique, Michel accordait une place prépondérante aux activités de l'esprit. Toute son énergie semblait s'être repliée dans cette vie purement cérébrale qu'il menait dorénavant. La pensée et l'imagination lui tenaient lieu de dérivatifs. En fait, il n'aimait rien moins qu'étudier les autres, épier leurs secrets, mettre à jour leurs compromissions, leurs bassesses, comprendre le moindre dessous des cartes. En un mot, déceler la vraie nature des gens. Il était devenu un redoutable observateur à force de chercher à comprendre les raisons qui poussent les individus à commettre tel acte ou à agir de telle façon. Il se trompait rarement. Sa femme avait longtemps été le sujet de prédilection de ses observations. Un vrai cas d'école qui n'extériorisait aucune émotion, aimait l'ordre jusqu'à la maniaquerie, tentait de se rassurer constamment par des rangements méticuleux et des tas d'obsessions tatillonnes. Soumise depuis toujours à sa mère, elle cherchait maintenant à l'imiter, n'en avait cependant ni l'ingénieuse intelligence ni même la perfide cruauté. Sa lutte pour le pouvoir était perdue d'avance, sauf bien sûr s'il décidait de l'aider.

Sa femme, il l'avait aimée. Aimée beaucoup. Mais c'était autrefois, c'est-à-dire avant son accident. Sophie, quant à elle, l'aimait encore. De cela, il ne pouvait douter. Toutefois, elle l'aimait comme on aime son enfant, son jouet, sa propriété. Lui-même était devenu trop aigri, trop cynique pour laisser encore une place à l'amour dans son cœur. Pire, il se sentait prisonnier de sa sollicitude, éprouvait un furieux besoin d'être délaissé, de respirer, de vivre enfin !

Dérision ! Quelles aventures pouvait-il vivre cloué sur ce fauteuil ? Il en avait assez de tous ces jours où rien d'important ne se produisait, de toutes ces nuits passées à ressasser ses malheurs. Sa vie, il la tuait en espionnant les autres derrière la fenêtre de leur appartement. Dieu comme il détestait cette baraque ! Ils n'auraient jamais dû céder à sa belle-mère. Un couple se construit dans l'intimité. Ils auraient alors eu peut-être une chance de s'en sortir. Tandis qu'ici, au milieu d'eux tous, sous la direction d'Hélène, qui prenait d'autorité leur destin en main, leur mariage était d'avance voué à l'échec. Elle voulait tous ses enfants sous sa coupe, avait manipulé leurs existences dès le début. Sophie croyait dur comme fer qu'elle se trouvait aux portes du pouvoir sans se rendre compte qu'elle n'avait en fait jamais eu la direction de quoi que ce soit. Hélène leur avait donné des os à ronger : pour lui, la partie juridique, pour sa fille aînée le rôle ingrat de contrôleur. Contrôleur de la production, de la qualité, du personnel. La fonction idéale pour se faire détester de tout le monde. Contrôleur en fait de tout et de rien car belle-maman supervisait toujours le moindre détail. La disparition de celle-ci aurait dû faire bouger les choses. Or Sophie restait entravée dans ses considérations morales. Elle voulait le pouvoir comme un gosse veut son jouet, ne voyant même pas qu'elle s'épuiserait à la tâche pour un bénéfice illusoire. Il fallait vendre, vendre au plus vite, s'exiler, partir loin d'ici ! Sophie n'était qu'une imbécile !

L'objet de ses pensées apparut brusquement devant lui. Elle portait ce matin une robe de lainage bleu qui adoucissait ses traits. Elle se pencha vers lui pour l'embrasser. Il tourna ostensiblement la tête, voulant lui montrer par là son ressentiment. Il était temps de changer de tactique, de lui mettre la pression.

— Au revoir mon chéri, je pars à l'usine. Je t'ai laissé ces nouveaux antalgiques sur la table de chevet. Je t'appellerai dans la matinée à propos du contrat Kruger, j'aimerais bien y insérer une clause d'exclusivité pour assurer nos approvisionnements. Vois ce que tu peux faire.

— Je ne pense pas faire grand-chose aujourd'hui. J'ai passé une trop mauvaise nuit.

Comme il s'y attendait, le visage de Sophie se crispa immédiatement. Elle s'agenouilla près de lui.

— Et moi qui t'embête avec cette histoire de contrat ! Veux-tu que j'appelle le Dr Charbonnel ? Ce serait plus prudent qu'il vienne te voir, non ? Je vais te préparer une bouillotte avant de partir, ça te soulage toujours.

Cette compassion excessive amena une réplique mordante sur ses lèvres :

— Tu as manqué ta vocation. Tu aurais été meilleure en infirmière qu'en chef d'entreprise.

— Je ne le crois pas. Tu sais bien qu'il n'y a que toi que je désire soigner.

Malgré la simplicité du propos, on décelait une réelle tendresse dans sa voix.

— Si tu m'aimes vraiment, tu devrais réfléchir à notre conversation d'hier soir.

— Cesse de te tracasser avec ces histoires. Tu as bien vu la position de papa, tant que Laure sera indisponible, nous ne pourrons rien faire. Je n'aurais jamais dû te parler de cette proposition qui ne tient d'ailleurs pas la route. Tu t'agites, ce n'est pas bon pour toi.

— À ton tour, cesse de me couver, veux-tu ! Arrête de croire que l'affaire est enterrée. J'ai peut-être perdu l'usage de mes jambes, mes facultés mentales sont, elles, toujours intactes. Elles sont d'ailleurs plus aiguisées que les tiennes. Tu ferais mieux de m'écouter.

— Voyons Michel, ce n'est pas le moment, je vais me mettre en retard. On en reparlera ce soir si tu y tiens. Tu ne veux vraiment pas que j'appelle le docteur ?

Pour le plaisir de l'ennuyer, il la retint sans raison encore un instant, s'amusant à faire tomber la couverture ou à renverser maladroitement la théière. Ne supportant aucun désordre, il savait qu'il était rigoureusement impossible pour Sophie de partir sans faire du rangement.

En entendant ses talons claquer dans le couloir puis sur le palier du hall, il eut un sourire satisfait. Il avait réussi à la mettre en retard, à la sortir de son impassibilité, elle qui tirait vanité de son pas d'ambassadeur, toujours posé et un brin arrogant. Il rapprocha son fauteuil de la croisée. Sa longue journée commençait.

Le soleil se levait à peine au-dessus de la cime des arbres, une pâle lumière blonde remplaçait par vagues les gris-bleus froids de la nuit. Depuis son poste d'observation, Michel suivit des yeux la silhouette élégante de sa femme qui s'évanouissait dans la brume. Il devina, plus qu'il n'entendit, le roulement de sa voiture sur le gravier de l'allée. Sophie, piètre conductrice, conduisait toujours très doucement. Contrairement à Hugo qui n'hésitait pas à démarrer sur les chapeaux de roue, quitte à réveiller toute la maisonnée. Le frère avait d'ailleurs précédé de peu sa sœur ce matin. Vu leurs divergences, ces deux-là ne risquaient pas de pratiquer le covoiturage ! Leur seul point commun était de partir à l'aube. Les Vitarelle étaient tous des lève-tôt. Sophie, quant à elle, se faisait un point d'honneur d'être toujours dans son bureau avant l'arrivée du personnel. Une habitude, héritée de sa mère, que Michel tenait pour contre-productive. Ce n'est pas en jouant les gardes-chiourmes qu'elle aurait le statut de chef d'entreprise. Hugo, avec son idée de hall d'exposition vantée la veille au soir, en avait autrement l'envergure. Si Sophie continuait de la sorte, son cadet allait lui souffler la direction de la boîte.

Adieu alors à tous ses projets d'avenir, de reconstruction, de nouvelle vie. Il grimaça de contrariété. Tout aurait pu être si simple ! Pendant l'absence de son frère, Sophie avait en effet été approchée par un groupe concurrent pour une proposition de rachat. Un rachat qui signifiait délocalisation de la plus grande partie de la production. Au mieux, seraient conservées sur place les activités de design et de recherche. C'est la notoriété de la marque qui les intéressait bien sûr, rien d'autre. Michel, plus subtil que sa femme, l'avait tout de suite compris. Cette opération pouvait leur rapporter gros, très gros même. Évidemment, convaincre Sophie était une tout autre affaire. Celle-ci en était encore à faire du sentimentalisme béat, parlant d'obligation morale vis-à-vis de sa mère, de respect de l'héritage familial, de rôle majeur dans la vie locale ou de la nécessité de préserver les emplois. Lui n'avait aucun état d'âme, aucune de ces considérations ne l'atteignait. Malgré les difficultés, il ne désespérait pas de faire changer d'avis son épouse. Il savait comment s'y prendre avec elle. Vendre était une décision exceptionnelle qui nécessiterait les deux tiers des voix. Il fallait soit accaparer la part de Laure, soit la convaincre du bien-fondé de l'opération. Quant à Hugo, la question ne se posait même pas. Il ne donnerait jamais son accord, s'opposerait farouchement à toute cession. Charles, lui, ne comptait pas. Dix pour cent, ça ne compte pas. Charles, de toute façon, n'avait jamais compté.

Le plus croustillant de l'affaire, c'est que ce salaud de Jacques en était l'instigateur. C'est lui qui avait grenouillé en coulisse, réussi à ferrer l'adversaire, à nouer des contacts, à montrer l'intérêt d'une telle opération. Diversification, possibilités, synergie. Michel voyait bien les arguments que ce fieffé menteur avait dû utiliser. Menteur, malin, joueur. Qu'est-ce qui l'avait poussé à mettre sur pied ce projet de cession ? Il savait très bien qu'Hélène n'accepterait jamais un tel marché. Envisageait-il déjà sa mort, préparait-il sa succession ? Une chose était sûre, le beau Jacques ne supportait pas mieux que lui le fait de vivre ici. Tout donner pour les parapluies n'était pas non plus son genre. Il avait vu dans cette opération l'occassion de gagner beaucoup d'argent. Une occasion inespérée peut-être de se tirer du guêpier dans lequel il s'était fourré en séduisant sa belle-mère.

Qu'avait-il eu en tête ? Lui tirer le maximum d'argent ? L'amener à se délester de l'entreprise par amour pour lui ? Complètement utopique ! Quiconque connaissait la Bramade savait qu'elle ne vendrait jamais son joyau. Il n'était pas loin de penser que Jacques, tout malin qu'il fût, s'était fait avoir par la vieille. Au final, c'est quand même elle qui avait morflé. Une forme de justice malgré tout. Cette mort remettait aujourd'hui tous ses propres rêves de liberté en selle.

Il passa la matinée dans le bureau de Sophie, antérieurement celui d'Hélène, à la recherche de tous les documents susceptibles de parfaire l'estimation précise de l'ensemble des biens des Vitarelle. La villa, le parc, les terrains de la zone industrielle d'Aurillac, l'entreprise. Il voulait en faire l'inventaire pour connaître jusqu'aux plus petits détails de tous ces montages financiers.

Hélène était une sacrée emmerdeuse, elle a laissé l'usufruit de la villa à Charles. Ça ne va pas en faciliter la revente !

Comme il s'y attendait, la partie basse du parc qui descendait jusqu'à la Cère était constructible, rendant possible une belle opération immobilière. Il se livra alors à de jouissantes spéculations qui le confortèrent dans sa position. Des sommes astronomiques commençaient à empoisonner son jugement. Il fallait vraiment sauter sur cette offre, vendre. Ce serait un sacré pied de nez à la vieille.

Elle ne pense quand même pas pouvoir gouverner nos vies même après sa mort ! Nous obliger à poursuivre son « œuvre » pour la gloire des parapluies Vitarelle !

La partie, cependant, était loin d'être gagnée. Sans parler de Laure, complètement hors jeu, Hugo ne vivait que pour cette foutue entreprise. En devenir la patronne était aussi le rêve le plus fou de Sophie. Il ne fallait pas se leurrer. Ces deux-là n'auraient jamais envisagé un seul instant un avenir ailleurs que dans le parapluie. Lui-même jusqu'ici s'était plus ou moins résigné à travailler jusqu'à la fin de sa vie pour cette boîte, à chercher les innovations susceptibles de la faire prospérer. Seul Jacques, en fait, était un génie. Il avait vu la possibilité de se défaire de leurs chaînes. En offrant sur un plateau l'entreprise à un concurrent, il transformait l'objet de leur asservissement en source de liberté. Un beau coup de poker ! Il avait perdu. Son idée pourtant restait bonne, plus facile que jamais à réaliser puisque la vieille était morte. C'était à lui de jouer maintenant. Première chose, convaincre sa femme. La sortir de son asservissement stupide à sa mère. Nul besoin de chercher bien loin la preuve que celle-ci imprimait toujours ici sa volonté. Près de huit mois après sa mort, cette pièce restait toujours la sienne. Sophie n'avait rien voulu changer du décor complètement désuet de ce bureau. Voulu ou osé ? Peu importe ! Le résultat était le même.

Ne rien toucher en souvenir de maman. Sotte soumission d'un esprit faible ! Mièvrerie et compagnie ! Ma femme a été dressée comme un chien servile, incapable de mordre ! Qu'a-t-elle besoin de ce vieux bureau à cylindre où on ne peut même pas poser un ordinateur ou de cette lampe de chevet ringarde qui n'éclaire rien ?

Irrité par tant de puérilité, il bouscula le meuble si fort que la lampe se fracassa sur le sol, entraînant dans sa chute documents, dossiers, crayons, stylos, presse-papiers. En voulant les ramasser, il fit pivoter trop vite son fauteuil roulant qui s'emmêla dans le fil électrique. Tiré d'un côté, déstabilisé d'un autre, le secrétaire en placage d'acajou partit à la renverse, bascula à son tour, heurtant douloureusement Michel au coude. Un tel tintamarre avait dû s'entendre dans toute la maison. Déjà la nouvelle femme de charge entrait dans le bureau en prenant un air exagérément apeuré.

— Oh, Monsieur, qu'est-ce qui se passe ?

Les petites étagères et plusieurs tiroirs en arrière-plan du secrétaire avaient volé en éclats, révélant un double-fond habilement dissimulé par un jeu de lamelles coulissantes. Des lettres, une liasse de papiers et une vieille peluche apparurent ainsi au grand jour.

— Mon Dieu, c'est le panda, la peluche du petit Frédéric. On l'a cherché partout, vous savez.

Michel, encore sous le coup de la chute brutale du meuble, regarda Joséfa d'un air ahuri.

Qu'est-ce qu'elle raconte celle-là ? Bon Dieu, la vieille avait caché des papiers au fond de son bureau. C'est inouï et ça tombe sur moi !

Réalisant après coup l'opportunité de la trouvaille, il jetait des coups d'œil fiévreux aux documents éparpillés sur le tapis. Il sentit une terrible poussée d'adrénaline lui traverser le corps. Si la Bramade avait pris le soin de dissimuler des documents dans ce tiroir secret, c'est qu'ils devaient avoir une certaine importance.

— Laissez, Monsieur, je vais tout ramasser.

Pour quelqu'un d'aussi vif qu'elle, Joséfa mit un temps incroyable à rétablir le secrétaire sur pied, à regrouper les différents documents, à récupérer les débris de la lampe et à aspirer le tapis. Dans son fauteuil, Michel feuilletait avec avidité les papiers qu'elle lui avait remis, ne cherchant à cacher ni son impatience ni son intense exaltation. Il voulait être seul, ne pouvait cependant pas se résoudre à attendre le départ de la femme de charge qui papillonnait autour de lui.

— Je crains que le pied droit en forme de sphinx ne soit cassé, le meuble est bien bancal.

— Laissez donc ! Ça suffit, je suis fatigué maintenant par tout votre remue-ménage, partez !

— Je peux emporter la peluche du petit ?

— Si vous voulez. Laissez-moi seul maintenant !

Son ton disait nettement qu'il n'en avait rien à faire, que sa présence l'exaspérait au plus haut point, qu'il l'aurait volontiers mise dehors sans façon.

Joséfa, la petite peluche grisâtre serrée contre son giron, un sourire futé aux lèvres, referma la porte avec une lenteur étudiée. Elle ne pensa d'abord qu'à Frédéric, à la joie du gamin en revenant de l'école quand il retrouverait son petit compagnon. Elle regarda avec tendresse la pauvre peluche au nez un peu déchiré, au cou usé, trop malingre à force d'avoir été malaxée par des mains d'enfant. Elle allait la laver avec soin, lui mettre un nœud rouge, l'installer dans le panier du chat. C'est à cause d'un chat qu'elle avait été confisquée, ce serait Lechat qui la rendrait avec solennité à son maître. Malgré sa joie de faire plaisir au petit, elle ne perdait pas de vue l'importance de ce qui venait de se passer.

Ainsi Hélène Vitarelle n'a jamais jeté ce pauvre doudou. Pendant toutes ces années, elle l'a gardé comme un objet précieux dans son tiroir secret. Pourquoi ? Pour jouir de son pouvoir ? Pour le rendre un jour à son petit-fils ?

Cela faisait déjà un bon moment que Joséfa n'accordait plus aucune once de confiance à la Bramade. Une certitude la prenait. Il n'avait jamais été dans l'intention de celle-ci de rendre la peluche, sinon elle n'aurait pas attendu si longtemps. Son caractère apparaissait chaque jour plus dur, plus malsain, malade même !

Et tous ces papiers ! Que faut-il en penser ? Des factures, de la correspondance, des relevés de compte pour la plupart d'après ce que j'ai pu voir malgré l'autre qui bouillonnait d'impatience. Il en jubile d'avance, pense avoir enfin quelque chose à se mettre sous la dent. Ça doit être du beau, tiens ! Des cachotteries, des mensonges, du chantage, de la malfaisance. Venant de la Bramade, ça ne peut être que de la malfaisance !

À force de ruminer ces derniers évènements, Joséfa se sentit bientôt presque aussi impatiente que Michel. Elle avait une envie folle maintenant de savoir en quoi consistaient ces fameux documents. Il fallait qu'elle en prenne connaissance au plus vite. Comme tous les jours, l'infirme avait une séance de kinésithérapie avec un spécialiste de Vic qui venait régulièrement à onze heures et demie. Sa venue était imminente. Il fallait tabler sur le fait que Michel aurait tout juste le temps de prendre connaissance des papiers, pas trop celui de les cacher. La séance de rééducation se tenait toujours dans une pièce appelée pompeusement « salle de sport », située opportunément sur l'arrière à l'autre bout du bâtiment. Elle disposerait environ d'une bonne demi-heure pour fouiller le bureau de Sophie et la chambre du couple. Elle n'aimait pas ça. Il fallait le faire. Elle n'avait pas le choix. Elle devait absolument compulser ces papiers, comprendre ce qu'ils pouvaient avoir de si important, ce qui motivait surtout leur surprenante dissimulation.

Tout se passa au mieux. Il lui fallut en fait très peu de temps pour découvrir les documents que Michel, dans son impatience, avait glissés maladroitement sous le coussin du canapé. Elle passa rapidement en revue les factures qui s'étalaient, en gros, sur la dernière année. Des cadeaux pour un homme, probablement pour le beau Jacky qui visiblement avait su profiter de la situation : Rolex vintage, sans conteste le plus cher du lot, blouson de daim, boutons de manchettes en or et un conférencier en peau de crocodile qui posait problème à Joséfa car elle s'interrogeait sur l'utilité d'un objet ainsi dénommé. Ne voulant pas s'attarder sur cet étalage un peu indécent de « récompenses pour services rendus », Joséfa se contenta d'en recopier la liste ainsi que le montant.

Trois grandes enveloppes au nom d'Hélène complétaient l'ensemble. La première provenait d'une agence de détectives privés et contenait un rapport de filature. Enquête dûment mandatée par Hélène elle-même afin de surveiller son mari, qu'elle soupçonnait probablement d'adultère.

La conclusion, dans un style ampoulé, apparaissait savoureuse. « En définitive, il semblerait au vu de ces constatations que M. Vitarelle n'entretienne aucune infidélité conjugale. Il faut trouver dans sa passion excessive pour l'ornithologie l'explication de ses longues absences. » Joséfa en fut contente pour Charles qui méritait mieux qu'une liaison secrète. Le rapport datait de trois ans. Une série de photos, toutes plus innocentes les unes que les autres, montrait Charles en train de marcher seul dans la nature, chapeau sur la tête ou jumelles autour du cou. Ridicule ! Le prix payé ajoutait encore plus de sel à l'histoire.

La Bramade était-elle jalouse au point de faire suivre son mari ? Le procédé employé n'est guère élégant. Normal, dans ce genre de famille, on ne sait pas discuter franchement. Ça serait trop simple ! Vu le caractère de la dame, il est plus probable qu'elle l'espionnait pour mieux le coincer, chercher la faille, le dominer ensuite. Pouah ! Quelle ambiance !

La deuxième enveloppe, plus petite, renfermait la lettre d'un ami psychiatre qui, après un séjour à la villa Médard, faisait part, « en toute discrétion », à sa chère Hélène de son avis sur « le sujet » qu'elle lui avait demandé si gentiment d'étudier. Il fallut un moment à Joséfa pour comprendre que le sujet en question était Laure. Son nom n'était cependant jamais cité expressément. En matière de discrétion, le praticien devait être un véritable virtuose. Le rapport remontait à moins d'une année, à l'époque donc où Hélène et son gendre étaient déjà amants.

Qu'a-t-elle cherché en sollicitant cet avis, comprendre la détresse visible de sa fille ? La soigner ? L'aider ? Ou au contraire la faire enfermer pour avoir le champ libre ?

Impossible d'avoir une réponse absolue à ces interrogations. Évidemment, toute mère digne de ce nom aurait cherché à soigner son enfant. Hélas, avec le caractère de la Bramade, il fallait peut-être pencher pour la dernière solution. Joséfa avait été si proche de sa fille disparue[1] qu'elle ne pouvait concevoir de telles relations. Des souvenirs heureux et douloureux la submergèrent malgré elle, l'empêchant momentanément de poursuivre sa lecture. Elle n'aimait pas ce qu'elle était en train de faire, fouiller dans la vie des autres la rebutait. Plus elle connaissait cette famille, plus elle cernait la personnalité de la défunte et plus elle pensait que tout le monde ici aurait eu une raison valable de la supprimer. Les pires soupçons empoisonnaient son esprit. Joséfa soupira. Hélène avait vraiment tout fait pour se faire détester, jusqu'à voler le mari de sa fille. Avait-elle seulement connu le bonheur ? Le vrai bonheur, celui qui rend les autres heureux ? Un bonheur aussi fugace qu'un sourire d'enfant, un regard complice, un émoi partagé. On pouvait malheureusement en douter.

Comment vivre avec un cœur aussi sec ? En fin de compte, c'est elle que je plains le plus.

Elle se replongea dans la lecture de la lettre. Bien que très feutré et assorti des mille

1. Voir *Les Justicières de Saint-Flour.*

précautions d'usage, le diagnostic parlait de « troubles affectifs situationnels graves », de « réaction dépressive préoccupante ». L'ami en question mettait en garde sur l'importance de ne pas laisser perdurer cet état. Il conseillait en fin de compte une aide médicale, à tout le moins une écoute, un dialogue.

A-t-il eu lieu ? Hélène a-t-elle discuté avec Laure de la fragilité de son état ? Lui a-t-elle fait peur au contraire ? L'a-t-elle poussée à bout ?

Joséfa ouvrit fébrilement la dernière enveloppe, tout en gardant un œil sur la petite pendule du bureau. « Dossier préliminaire à un brevet d'invention pour un parapluie antitempête prenant une position optimale quelle que soit la direction du vent. » Bien qu'à rallonge, ce titre résumait on ne peut mieux le contenu du dossier. Des pages et des pages de descriptions avec dessins à l'appui pour un modèle pourvu d'une belle apparence qui possédait une résistance aérodynamique permettant apparemment de faire face à des rafales de vent pouvant aller jusqu'à cent kilomètres par heure. Tout ça pour conclure que « le facteur inventif réside principalement dans les baleines de la structure, qui, ensemble, absorbent toutes les forces sur le parapluie, le rendant pratiquement incassable ». Le nom de l'inventeur, ou plutôt de l'inventrice, Alexia Tumova, n'apprenait rien de plus à Joséfa. La date, par contre, était intéressante. 9 mars, soit deux jours exactement avant le meurtre d'Hélène.

Elle remit tous les documents sous le coussin. La demi-heure de sécurité était largement écoulée. Elle devait repartir. Juste au moment de fermer la porte, un dernier coup d'œil circulaire focalisa son attention. Avant de se rendre à la salle de sport, Michel avait jeté son peignoir sur le bras du canapé. Un papier dépassait de la poche de celui-ci. Une sorte de sixième sens poussa Joséfa à en prendre connaissance. À cause du logo coloré de l'émetteur, elle aurait parié que ce document provenait aussi du tiroir secret. Elle l'avait tenu tout à l'heure dans ses mains. Il s'agissait encore d'une facture. Facture acquittée d'une armurerie belge adressée le 5 février de cette année à Mme Hélène Vitarelle pour la vente d'un : « Coffret en velours rouge contenant une paire de revolvers Smith & Wesson identiques en position inversée. Canon 4 pouces, barillet 6 coups, calibre 38 spécial, crosse avec deux plaques en noyer striées. » Y était agrafé un accusé de réception pour divers documents : copie de carte d'identité recto-verso, de licence de tir FFT, original de l'Autorisation de détention et d'acquisition d'arme catégorie B, tous au nom d'Hélène Vitarelle.

Comme le mari de Sophie l'avait sûrement réalisé avant elle puisqu'il avait mis ce document de côté, Joséfa comprit intuitivement qu'elle détenait là une information de première importance. Elle aurait voulu recopier tous ces détails, sentait qu'elle ne pouvait se le permettre. Michel allait revenir d'un instant à l'autre. Déjà, elle entendait le glissement caractéristique du fauteuil sur les dalles et des bruits de voix dans le couloir. Elle fourra la facture dans la poche du peignoir en espérant juste l'avoir remise dans le bon sens. Elle ne se souvenait plus de rien, tout devenait brusquement très confus dans sa tête. Elle jeta enfin avec l'énergie du désespoir l'eau d'un vase de roses sur le tapis.

En pénétrant dans le bureau, Michel vit la femme de charge à quatre pattes par terre qui frottait sans ménagement le délicat revêtement de sol. Relevant le front, Joséfa planta avec une franchise déconcertante son regard dans le sien.

— Ne vous inquiétez pas, Monsieur, j'ai mis un produit miracle qui va enlever toutes les taches. Il n'y paraîtra plus rien. Madame ne s'en rendra même pas compte.

Il se sentit mal à l'aise, brutalement transparent. Quelle tache ? Il n'avait rien remarqué, ce qui accentua son désarroi. Il pensa sottement qu'elle avait dû le voir s'emparer des papiers, qu'elle pourrait en parler à l'office. Agacé, il la renvoya sans ménagement.

— Je ne veux plus entendre parler de cette histoire ! Je ne veux pas davantage vous voir ici. Ce n'est pas un hall de gare !

Comme d'habitude, la séance avec le kinésithérapeute l'avait épuisé. Il soupira, content de retrouver sa solitude. Se laissant glisser jusqu'au canapé, il attrapa fiévreusement son peignoir, fourragea dans la poche, fut soulagé d'y voir la facture, n'eut pas le courage de la relire.

De l'autre côté de la cloison, dans le couloir, Joséfa notait hâtivement sur son vieux carnet les informations entrevues avant qu'elles ne s'évanouissent ou se brouillent dans sa mémoire. Son visage grave ne présageait rien de bon.

12

Dans le pavillon de garde, comme d'habitude, la soirée les réunissait tous sous le rond jaune des lampes. Le soir montait plus tôt depuis l'heure d'hiver, amenant avec lui une espèce de tristesse douce qui enveloppait tout le jardin. Joséfa écossait les derniers haricots, les grains blancs tombaient dans la bassine avec un bruit régulier, rassurant, qui accompagnait ses pensées vagabondes, l'aidait à multiplier de savantes hypothèses.

À l'autre bout de la table, les jumeaux coloriaient d'un air appliqué, tout en se lançant des coups de pied fraternels sous la table, un dessin tracé par Nina représentant assez fidèlement Frédéric et son panda. Les petits sauvages s'étaient pris d'amitié, pour ainsi dire même d'admiration pour le gamin solitaire qui les emmenait à l'école, s'occupait d'eux en débordant de gentillesse. Joséfa avait vu juste. Donner une responsabilité à Frédéric était ce qui pouvait lui arriver de mieux. En dehors de l'école, il passait dorénavant son temps à l'office ou dans la maison de gardien. Mille activités nouvelles meublaient ses journées, amenaient souvent un sourire sur ses lèvres, parfois même un rire joyeux. Joséfa était sa complice, il lui vouait une amitié éternelle. Pendant le solennel repas du soir, ils échangeaient grâce au langage des malentendants des signes discrets qui leur donnaient un sentiment d'importance et d'invulnérabilité. Le petit garçon osait même s'immiscer un peu plus dans la conversation des adultes pour essayer, entre autres, de placer le fameux mot du jour. Ce qui donnait lieu parfois à des phrases savoureuses suivies d'une incompréhension totale du reste de la tablée. Sophie, surtout, qui manquait singulièrement d'humour. Joséfa, tout en assurant le service, arrivait à conserver un visage impassible, jetant au petit des clins d'œil encourageants quand chacun avait le nez plongé dans son assiette. Comme ce soir, avec le mot « compendieusement ». Ce terme voulait dire « en bref ». Frédéric l'avait tellement aimé qu'il l'avait gardé deux jours de suite, contrairement à la règle établie entre eux qui ne donnait droit qu'à une seule sortie de l'oubli. Quand Sophie lui avait demandé si « ça marchait bien à l'école » sans attendre d'ailleurs vraiment de réplique à cette question trop convenue, il s'était précipité pour répondre : « Compendieusement : oui. » Trop content de pouvoir placer à bon escient ce mot extraordinaire. Bien évidemment, il avait dû faire face à une levée d'interrogations, de suspicions et même de reproches puisque sa tante considérait que c'était un gros mot.

Heureusement pour lui qu'Hugo avait vérifié tout de suite la définition, grâce à son précieux smartphone, pour confirmer ses dires.

Les retrouvailles avec sa peluche avaient donné lieu à un intense moment d'émotion. Entaché toutefois par l'aveu embarrassé du gamin dès le lendemain.

— Je laisserai Panda dans mon lit. Je suis trop grand maintenant pour jouer avec. C'est triste d'avoir perdu tout ce temps.

Joséfa en aurait pleuré. L'enfant, avec ses mots, traduisait la souffrance irréparable qu'il avait ressentie. Profondément bouleversée, elle eut alors l'idée formidable de lui faire écrire l'histoire du panda pour combler tout ce temps de séparation, ce temps de l'enfance si fragile, si précieux, si éphémère. Ce temps qui lui manquerait pour se construire s'il ne comblait pas cette blessure. Son imagination et celle de Frédéric s'unissaient ainsi depuis deux jours pour raconter « les aventures extraordinaires de M. Doudou ». Autant de pages qui promettaient d'être plus farfelues les unes que les autres. Le petit avait retrouvé son sourire, ces récits épiques venaient compenser quelque peu ses chagrins.

Nina la tira de ses réflexions en essayant de faire preuve d'autorité.

— Allez, au lit maintenant !

Chahut, cris, rires accompagnèrent comme chaque soir le rituel du coucher. Les jumeaux avaient une énergie folle. Leur jeune mère s'en occupait avec une inépuisable tendresse. Sans être pour autant obéissants, les petits devenaient sensiblement plus attentifs. Une vie plus calme, l'attrait du grand parc, la présence sereine de Joséfa, l'exemple de Frédéric, les gâteries d'Anselme qui les aimait beaucoup contribuaient à les apaiser, les rassurer, en leur forgeant une espèce de tranquille félicité.

Un peu plus, je vais déplorer que notre séjour ne soit que temporaire. C'est un comble !

Joséfa savait pourtant qu'elle regretterait au moment de partir les liens tissés avec Frédéric. Elle n'aurait pas dû. Sûrement. Elle n'avait pu s'y résoudre. Avait au contraire ouvert sans restriction ses bras à cet enfant trop malheureux, trop seul, elle ne pouvait plus le repousser. Elle se sentait responsable.

Qu'est-ce qui ne tourne pas rond, bon sang, dans cette baraque immense où un enfant aurait pu être si heureux ?

Elle les avait pris tous en pitié. À force d'être soumis, brimés, manipulés, ils en avaient perdu le goût de l'humain. Ils ne savaient plus que mordre, aboyer ou se terrer pour lécher leurs plaies. Quand on tire trop sur la longe, elle se casse. L'un d'eux avait voulu briser sa chaîne, avait osé peut-être, mais qui ? Comment savoir ? Elle en revenait toujours aux mêmes suppositions, aux mêmes excuses, aux mêmes explications. Ils voulaient tous leur liberté, ils en crevaient. La Bramade les avait manipulés jusqu'à l'os. L'un d'eux s'était vengé.

De l'autre côté de la cloison, Nina racontait une histoire. Quand elle reviendrait, le soir leur appartiendrait. En général, les deux femmes profitaient de cet instant de calme pour confronter leurs informations, leurs hypothèses. C'était un bon moment, elles en avaient besoin autant l'une que l'autre. Faire tomber le masque. Être soi enfin. Le rôle qu'elles jouaient devenait fatigant. Dangereux même. Joséfa avait bien failli être prise en défaut l'autre jour. Il lui semblait d'ailleurs que Michel la regardait bizarrement depuis. Elle l'avait entendu se mettre en colère contre sa femme. Il pouvait donc aussi être violent dans son genre.

Que va-t-il faire des documents ? En parler aux autres ? À sa femme, à tout le moins ?

Elle ne le croyait pas. Rien ne semblait d'ailleurs avoir filtré depuis l'incident du secrétaire. Michel, pourtant, avait mis de côté la facture des Smith & Wesson. Il en avait donc compris l'importance. Cette histoire de paire de revolvers était ce qui la tracassait le plus.

Dès que Nina fut de retour, ce fut d'ailleurs ce sujet qu'elle aborda avec sa tante.

— Ce double achat est surprenant. Je ne vois pas trop pourtant ce qu'il faut en conclure.

Joséfa laissa dévider le fil de ses réflexions.

— Hélène a acheté cette paire de revolvers, elle en a offert un à son amant. Jusqu'ici tout va bien, même si c'est un cadeau plutôt surprenant pour quelqu'un qui a priori n'aimait ni la chasse ni le tir. Enfin bon, passons ! Qu'a-t-elle fait ensuite du deuxième revolver ?

— Puisqu'ils étaient dans un coffret, la logique voudrait qu'elle ait offert l'ensemble à Jacky.

— Je suis d'accord, mais dans ce cas-là, pourquoi n'a-t-on retrouvé qu'un seul de ces modèles lors de la perquisition ?

— Parce que Jacky ne les avait pas rangés tous les deux au même endroit, c'est tout. Je ne comprends pas pourquoi ça te tracasse tellement...

— Parce que ça ne colle pas. Admettons qu'elle lui ait offert la paire. Il en utilise un pour la tuer, le cache ensuite. Sachant que c'est le même type d'arme, il aurait dû planquer l'autre avec. Tu me suis ? Sinon, il serait complètement idiot. Or ce deuxième joujou n'a été retrouvé ni avec l'arme du crime, ni ailleurs. J'en déduis que ton Jacques n'a jamais détenu ce deuxième revolver. Du coup, je me demande même s'il a un jour détenu le premier.

— Attends, tu veux dire que la vieille aurait acheté ce coffret pour quelqu'un d'autre ? Alors, celui qui l'a reçu est le coupable. Ça se tient ! Après avoir tué Hélène, il cache astucieusement l'arme chez Jacques pour le mettre en cause. La dispute publique, l'accusation de détournement de fonds, le rendez-vous nocturne faisaient de Jacky un bouc émissaire idéal. Il suffisait d'avoir assez de cran pour en profiter ! Tu vois que j'avais raison depuis le début ! Qui, d'après toi, a pu faire le coup ?

— Ça, c'est une autre histoire !

— Il suffit de trouver qui détient le deuxième revolver.

— Ne compte pas trop là-dessus, Nina. Son propriétaire doit être suffisamment malin pour s'être débarrassé depuis longtemps de ce jumeau compromettant. Non, vois-tu, si cette histoire de paire de revolvers peut éventuellement innocenter Jacky, elle ne nous permet malheureusement pas de deviner qui en était le destinataire.

— Tu commences enfin à croire en l'innocence de Jacky ?

— Je l'envisage, c'est différent. Coupable, on aurait dû retrouver le deuxième revolver chez lui. Figure-toi que j'ai eu une petite conversation avec mon commissaire préféré. Laborie est formel. La perquisition ne fait état ni d'un deuxième revolver ni d'un quelconque coffret. Les gendarmes ont l'habitude de ce genre de contenant, ils l'auraient remarqué tout de suite. Par contre, c'est bien ce type de revolver qui est à l'origine du décès. Il me l'a encore confirmé, il n'y a aucun doute là-dessus. Autre précision importante, avant de fouiller la cabane, ils avaient visité de fond en comble le logement des Naucelle, les quatre pièces qui leur sont allouées à l'étage. Il n'est question d'aucun revolver. Ni d'aucune arme d'ailleurs. Laure, comme les autres, rangeait les siennes dans l'armurerie. Aucun revolver non plus là-bas, que des fusils de chasse.

— À qui Hélène a-t-elle pu offrir ces revolvers ? Pourquoi cacher cette facture ? Cette bonne femme était vraiment bizarre. À quoi riment toutes ces cachotteries ?

— Apparemment, elle voulait, non sans raison, éviter les jalousies entre les siens. Elle connaissait bien son petit monde. Aussi, quand elle faisait un cadeau personnel, disons un peu trop somptueux, à un membre de sa famille, loin de s'en vanter, elle gardait ses factures à l'écart, en toute discrétion. Le blouson de daim n'était pas pour Jacques, comme je l'ai cru d'abord, mais pour Hugo, je l'ai vu dans sa garde-robe.

— Je t'avais bien dit que Jacky ne portait pas ce type de vêtement ! Ça ne m'étonne pas qu'Hugo porte du daim, c'est tout à fait son genre de bobo précieux.

C'était dit d'un ton dédaigneux. Trop même. Si bien que Joséfa ne put s'empêcher de jeter à sa nièce un coup d'œil circonspect. Les relations entre ces deux-là commençaient à l'interroger. Le fait que Nina employait toujours à l'égard du benjamin des Vitarelle un ton acerbe n'était pas forcément pour la rassurer. Son regard flamboyant, son débit plus vif, les délicates rougeurs sur ses joues étaient autant de signes d'une intense émotion ou d'un intérêt pour le moins suspect. Sans toutefois relever le propos, Joséfa poursuivit son raisonnement.

— Maintenant que tu m'as expliqué ce qu'est un conférencier, je crois savoir qui a hérité de ce truc en peau de crocodile. C'est Sophie. Elle se balade toujours avec une espèce de porte-documents noir assez hideux. Vu le prix, je comprends mieux qu'elle le surveille comme le lait sur le feu.

— La Rolex, par contre, était bien pour Jacky. Ça ne fait aucun doute. Je la connais, cette montre, il la portait souvent. Il n'en était pas peu fier. Quand je vois le prix qu'elle a coûté !

C'est dingue ! Il m'avait bien dit avoir la copie conforme de celle d'Eisenhower. De là à penser qu'elle valait à peu près autant que six années de mon loyer de l'appart de Clermont, je ne l'aurais jamais cru. Je te dirai même que ça me révolte ! Tu as raison de dire que c'était un salaud. Je me rends compte que si j'étais une gourde, lui n'avait aucun honneur. C'est encore pire ! En plus c'était un pingre. Tu sais, il ne lui serait jamais venu à l'idée de vendre sa montre pour m'aider. Il connaissait pourtant mes difficultés. La vérité c'est qu'il s'en foutait. Un sacré égoïste, il ne pensait qu'à lui. Je suis vraiment une imbécile. Je sais maintenant pourquoi il a couché avec la Vitarelle, pour l'argent, le pouvoir, rien d'autre. Il n'a jamais été amoureux d'elle, ce n'est pas possible !

Sans broncher, Joséfa laissa Nina donner libre cours à ses rancunes, souvenirs et exaspérations. La jeune femme commençait enfin à réaliser ses erreurs, sa sottise, sa naïveté. Le beau Jacky perdait de son lustre au fur et à mesure qu'on en apprenait davantage sur lui. Ce n'était pas plus mal. Viendrait peut-être même un moment où Nina ne chercherait plus à le défendre. Pourquoi prouver l'innocence d'un fieffé menteur qui ne pensait qu'à lui-même ? On n'en était pas encore là. Joséfa sentait pourtant le moment venir. Il fallait l'envisager. Seulement, maintenant il était trop tard pour faire marche arrière. En se faisant embaucher ici, en s'immisçant dans la vie des Vitarelle, elles avaient été trop loin, elles ne pouvaient plus reculer. Il fallait dorénavant éclaircir cette affaire, coûte que coûte, quelle que soit la personnalité médiocre de Jacky. L'enjeu maintenant dépassait celui-ci. D'autres innocents étaient en cause. Il fallait trouver le coupable, faire éclater la vérité.

Rebondissant sur la dernière phrase de Nina, elle reprit son raisonnement.

— Eh bien, je ne dirais pas forcément comme toi. Hélène n'était pas une beauté de la dernière jeunesse, je te l'accorde. Reconnais cependant qu'elle avait suffisamment de charisme pour attirer un homme aussi faible de caractère que Jacques. Va voir son portrait dans la salle à manger, tu comprendras qu'elle pouvait aussi subjuguer, séduire, asservir surtout. La servitude comporte ses bons côtés, protection, récompenses. Il y a des gens qui ne la supportent pas, cherchent à se révolter. Il y en a d'autres qui s'en accommodent très bien. Regarde Anselme, il vénère encore sa patronne, la regrette, ce n'est pas si simple.

— Je l'ai vu, ce portrait. Il est tout bonnement effrayant. En ce qui me concerne, je ne la trouve guère séduisante. Je t'accorde cependant qu'à l'usine, on n'en dit pas trop de mal. Il y a un certain respect. J'y suis restée longtemps ce matin pour prendre les mesures du hall, me rendre compte de la lumière, des possibilités d'aménagement. J'ai rencontré plusieurs ouvrières, elles disent toutes que « Madame était dure mais juste, elle savait surtout reconnaître le travail bien fait ». Ce qui ne semble pas le cas des héritiers actuels.

— Intéressant, d'avoir l'avis du personnel. Tu as réussi à soutirer d'autres renseignements ?

Nina fit la moue en haussant les épaules.

— Pas grand-chose. Je ne suis pas aussi douée que toi pour faire parler les gens. Jacky faisait figure de dilettante, de dragueur. Rien de nouveau ! Pas un mot sur une liaison entre lui et la patronne, top secret. Les Vitarelle ont réussi à imposer la thèse de l'accident. Ils sont forts tout de même ! Sophie n'est guère aimée. Elle passe pour une chicailleuse qui trouve toujours à redire à tout. L'ambiance est plombée aussi par des rumeurs de rachat. Rien de concret, mais le retour d'Hugo est perçu plutôt comme une bonne chose.

— Qu'est-ce qu'on dit de lui ?

— On est arrivés ensemble, du coup les filles n'ont pas osé le critiquer trop devant moi. Trois mots reviennent pourtant : « bosseur », « créatif », « distant », terriblement distant même. Comment pourrait-il en être autrement ?

Joséfa ne put cette fois s'empêcher d'intervenir.

— Je ne l'ai pas trouvé tellement distant hier. Vous aviez l'air... comment dire... En harmonie ?

En rentrant la veille au soir, Joséfa avait justement croisé les deux jeunes gens en train de fumer sur le pas de la porte du pavillon. « Harmonie » était ce qu'elle avait trouvé de mieux pour décrire leur attitude. « Fusion » aurait été plus près de la vérité. Il venait visiblement de passer entre ces deux-là un courant ravageur assez intense. Une sorte de tsunami dont les vagues se répercutaient bien au-delà d'eux-mêmes. En marchant dans l'allée, elle avait entendu leurs voix, le rire cristallin de Nina, celui plus grave d'Hugo. C'était le bord de la nuit, une impalpable légèreté typique des soirs d'automne entourait d'une lumière douce cet instant de lisière. Un instant où tout devenait possible. Il émanait, sans qu'ils ne s'en rendent compte, une telle force des deux jeunes gens que Joséfa s'était sentie brusquement très vieille, comme devant ces intenses fragments de vie fugaces qu'on sait ne plus jamais retrouver. Pourtant, elle était contente pour Nina, contente de la voir revivre quoi qu'il advienne. Un cœur qui saigne vaut toujours mieux qu'un cœur fermé. Contente et inquiète à la fois. Elle n'oubliait pas qu'Hugo faisait partie des suspects au même titre que les autres. Nina n'avait que trop souffert avec cette famille. Tout cela au fond n'était guère prudent.

— En harmonie ! Je ne crois pas que nous en sommes là, non !

Nina avait rejeté son opulente chevelure en arrière en prenant un air contrarié. Après avoir hésité un instant, elle se décida brusquement à confier ses tourments.

— Figure-toi qu'il a offert des ballons aux enfants. Je me demande bien pourquoi d'ailleurs. Je ne pouvais pas l'envoyer promener !

— Hum, réfléchis bien, je crois savoir, moi, pourquoi il devient civilisé.

Nina se mit à rougir, sa réplique montrait son embarras.

— Je lui ai fait comprendre que les gosses n'ont pas besoin de cadeaux. S'il pense pouvoir tout acheter avec son fric, il se trompe.

— Qu'est-ce qu'il veut acheter, à ton avis ?

— Je ne sais pas. Oh, et puis zut ! Tu m'énerves, ce mec n'est pas possible, il se croit tout permis. Il a peut-être l'habitude que les filles lui tombent dans les bras comme ça, d'un claquement de doigts.

— Pas toi, évidemment !

— Non ! Oh Joséfa, tu es redoutable. Bien sûr qu'il existe entre nous une attirance. Je ne peux pas le nier. Il doit bien le sentir lui aussi. Ça m'énerve, si tu savais. Je ne comprends pas ce qui m'arrive. Je n'aime pas son genre, trop sûr de lui, trop mec friqué, avec sa barbe de hipster et son imper de bourge.

— Mais il t'attire ?

Nina prit un air navré, presque comique.

— Quand on se frôle, c'est pire qu'une décharge électrique, j'ai presque envie de lui sauter dessus ! C'est grotesque ! Tu me comprends ? Dis ?

— J'essaie, j'essaie, répondit Joséfa d'une drôle de voix étranglée qui cherchait à cacher son amusement. À vrai dire, je n'ai pas souvenir de pulsion de ce genre ! J'imagine qu'on ne choisit pas.

— Ce n'est pas un coup de foudre, ça n'a rien à voir avec Jacky. Je ne l'aime pas du tout. C'est juste...

— Sensuel ?

— Si tu veux, oui. Quand il s'approche de moi, ça me serre le cœur comme un étau et *crac !*, je n'arrive plus à penser correctement. J'ai les jambes en cotonnade. C'est vraiment nul !

Nina se mordait les lèvres. Joséfa la trouva magnifique, pleine de contradictions, de désirs, de tempérament, de vie tout simplement.

C'est ça la jeunesse, ça devrait être ça. Nina a beaucoup donné pour les petits. C'est une fille courageuse, qui a été malmenée par ce Jacky de malheur. Elle mérite mieux.

Elle doutait cependant que le bel Hugo, dressé par sa mère, froid, arriviste et sûr de lui, soit le meilleur choix pour sortir sa nièce de sa solitude et de sa méfiance envers les hommes. Les relations entre ces deux-là ne partaient pas sur de bonnes bases. Surtout avec l'épisode Jacky qui tôt ou tard s'interposerait entre eux. Elle voulut la raisonner, n'en eut pas le courage.

Laissons faire les choses. Nina a beau dire qu'elle n'est pas amoureuse, il y a trop de lumière dans ses yeux. Elle est comme d'habitude trop ardente, trop violente, trop entière. Décidément, elle ne fait rien, ne dit rien comme les autres. Et puis, qu'importe après tout, être amoureux n'a jamais fait de mal à personne.

La jeune femme avait repris son ordinateur, faisait mine de se plonger à nouveau dans ses projets. Seule la petite veine qui battait à son cou indiquait son extrême nervosité. Joséfa ne voulut pas pousser son avantage. Confier ses tourments amoureux n'était jamais facile. Elle l'interrogea sur ce nouveau travail dont la finalité lui échappait.

— Ça avance, au moins ? Tu m'as parlé de vingt heures. Vu le temps que tu y passes tous les soirs, tu dois les avoir largement dépassées, non ?

— Je ne le fais pas pour l'argent. Cette radine de Sophie n'a pas voulu m'octroyer plus de vingt heures. Pas un centime de plus que le Smic, tu penses bien. Peu importe ! Si j'ai accepté, c'est surtout pour avoir une raison valable de me rendre à l'usine, de rencontrer le personnel, de causer. Remarque, ça me plaît. J'ai toujours voulu organiser une expo, c'est sacrément enrichissant. J'ai plein d'idées pour aménager leur hall à peu de frais. C'est d'un lugubre, imagine un grand portrait du père Vitarelle, des croquis de l'ancienne fabrique, une vitrine avec les différents types de mâts, toiles, brins et poignées utilisés. Le seul truc à peu près moderne c'est un panneau déroulant avec les nouvelles collections. Pas de quoi fouetter un chat !

— Tout de même, tu n'y connais rien dans la fabrication des parapluies, c'est un sacré handicap, comment comptes-tu t'y prendre ?

Joséfa n'était pas loin de penser qu'Hugo avait complètement perdu la tête en faisant cette proposition insensée à Nina, ou alors, de façon plus sournoise, il avait peut-être voulu se moquer d'elle en la mettant au pied du mur.

— Je n'ai pas besoin de m'y connaître. Tout ça ce sont des vieilleries. Qu'on ait utilisé à travers les différentes époques du taffetas ciré, de la soie, de la toile de coton ou du polyester, des mâts en hêtre, palissandre ou fibre de verre, des brins en fanons de baleine ou en fil d'acier, des poignées en corne, en ivoire ou recouvertes d'or, le client lambda s'en balance ! À la limite, on peut regrouper dans un espace plus restreint ces différents objets, les outils traditionnels, les vieilles machines pour faire une sorte de musée, d'histoire du parapluie. Quelque chose de pédagogique, ludique, fonctionnel. Avec un livret pour les gosses, par exemple, un petit film d'animation et quelques banquettes.

— Ça pourrait être intéressant en effet.

— Attention, ce n'est pas du tout sur quoi je travaille. Ça, c'est une autre idée pour plus tard. C'est, disons, une option pour occuper Sophie si elle râle trop. De toute façon, Hugo m'a dit qu'il serait seul juge. Si ça lui plaît, c'est gagné. Il a bien compris qu'il fallait que son hall exprime une vision nouvelle, innovatrice. Leur credo c'est le luxe. Alors, je veux associer les parapluies Vitarelle à l'art, à la beauté, à la singularité. Tu comprends, ce n'est plus l'histoire de la fabrication du parapluie qui compte, mais le parapluie dans l'histoire de l'art. Regarde toutes les œuvres que j'ai déjà répertoriées, vu les dimensions du hall, on pourrait y mettre une trentaine de reproductions.

Joséfa se rapprocha de l'écran pour regarder lesdites œuvres d'art sélectionnées par Nina qui les faisait défiler devant ses yeux avec des commentaires enthousiastes.

— Voici ce qu'on peut considérer comme la première représentation qui date de 485 av. J.-C. Il s'agit d'un bas-relief sculpté dans la pierre du temple du roi perse Xerxès Ier, représenté sous un parasol, symbole de son pouvoir dans la cité de Persépolis.

— Il y avait déjà des parapluies à cette époque ?

— Disons plutôt des ombrelles. Regarde donc la beauté de celui-là, un hiéroglyphe en forme de parapluie qui signifie « pouvoir royal », on le retrouve sur le plafond de la salle funéraire de Ramsès. Pour les Égyptiens, le parasol incarnait le corps de la déesse Nout, qui formait la voûte céleste. Cette idée existe aussi en Chine où l'ombrelle a également un caractère sacré. Les branches symbolisaient l'équilibre du cosmos, et la toile, la voûte étoilée. On le voit bien sur cette reproduction du chariot de l'empereur Qin Shin Huang datant de 212 av. J.-C. Pour le Moyen Âge, je n'ai pas grand-chose, une enluminure de 1177 qui représente le pape Alexandre III offrant un parasol au doge Sebastiano Ziani. À cette époque, on portait plutôt des capuchons appelés d'ailleurs « chapes à pluie ». Tu as ensuite ce superbe portrait hollandais de Van Dyck avec ce parapluie rouge tenu par un esclave au-dessus de la marquise Elena Grimaldi.

— Tu es bien savante ! Tu m'épates. J'ai toujours pensé bêtement que tu aurais mieux fait d'apprendre un vrai métier plutôt que d'aller dans cette école. Quelle idiote je fais, savoir tout ça c'est bien aussi difficile que de s'initier à la couture ou à la comptabilité. Rien n'est pire que l'ignorance qui nous pousse à avoir un mauvais jugement. Je m'en veux terriblement.

— Arrête ! Tu ne pouvais pas savoir. « Histoire de l'art », c'est une expression tellement ronflante qu'on ne comprend pas ce qu'il y a derrière. Et puis, avoue avec moi que point de vue boulot, il vaut mieux avoir un CAP de jardinage !

— Tu n'as jamais rien trouvé dans cette branche ? As-tu bien cherché au moins ? C'est tellement dommage de savoir autant de choses et de ne pas s'en servir.

— C'est pointu, il n'y a pas beaucoup de débouchés. Il faudrait que je monte à Paris, ce serait déjà plus facile. J'ai quand même espoir que les Vitarelle retiennent mon projet, je pourrais le mettre sur un CV, ça me donnerait un plus. Savoir dessiner, jusqu'ici, ne m'a pas servi à grand-chose. Ça ne m'empêche pas d'espérer avoir un jour un vrai job. Les projets ne manquent pas, tu vois. Celui-là me plaît, ça faisait trop longtemps que je n'avais pas mis mon nez dans les œuvres d'art. J'aime ça. Ne t'en fais pas pour moi, je rebondirai toujours. D'un autre côté, je suis très heureuse de travailler avec Anselme, j'ai découvert un autre univers. Je m'éclate en tout cas bien plus que dans tous mes boulots de misère. Au moins, ça ne m'empêche pas de penser. Je retrouve en même temps une certaine dignité. On ne me parle pas comme à un chien. Je ne gagne pas plus mais je suis quelqu'un, j'existe. Quand je tenais la caisse de l'hyper, j'ai cru devenir folle. J'avais l'impression d'être transparente. Les clients continuaient leurs conversations en m'ignorant totalement, ne me regardaient pas, ne me parlaient pas. Ça fait un drôle d'effet, je te le jure ! À la fin, ça te rabaisse, ça t'élimine. Au moins quand Anselme m'engueule, je sais que j'existe. Il le fait de moins en moins souvent d'ailleurs. C'est un brave type. J'apprends plein de choses avec lui. Le jardin est un art à lui tout seul. Une œuvre de patience, d'humilité, un jeu de couleurs, de formes, avec en prime des odeurs sublimes. Je ne me trouve pas si mal lotie !

Nina se confiait toujours avec une sorte de pudeur, de retenue. Ce soir, elle s'épanchait sans contrainte, avec même un brin d'exaltation qui montrait qu'elle reprenait goût à la vie. Après tant d'humiliations et de douleurs tues, elle ressentait le besoin de tout dire entre rires, grondements et larmes. Joséfa était la confidente idéale, oreille discrète, elle savait aussi trouver le mot juste qui apaise et console.

Les deux femmes passèrent encore un long moment à regarder et commenter les différentes reproductions. Joséfa aimait particulièrement un tableau postimpressionniste de l'Américain Maurice Prendergast, *Parapluies sous l'averse*, foisonnant de couleurs, tandis que Nina lui préférait une illustration plus récente de la Finlandaise Martta Wendelin avec deux enfants bravant la tempête sous un immense parapluie. Tout un symbole !

— Tu vois, dit-elle en forme de conclusion, c'est normal que je dépasse les vingt heures chichement allouées. C'est un sujet inépuisable. Tu dis que je ne suis pas assez payée mais je m'en fous. Je ne mendie rien, surtout auprès des Vitarelle ! Je veux juste profiter de cette occasion. Je ne demanderai pas une seule heure supplémentaire. J'ai ma fierté. Je voudrais juste leur montrer de quoi je suis capable. C'est du plaisir de toute façon, pas du travail. Je dois encore sélectionner les œuvres, chiffrer le montant des reproductions, proposer une disposition judicieuse. À mon avis, il faudrait repeindre les murs du hall, créer des contrastes de couleurs, jouer sur la lumière. J'ai oublié, exprès je l'avoue, de prendre les dimensions des portes vitrées. Ça me fera un prétexte pour retourner à l'usine. Ça tombe bien, j'en profiterai pour discuter un peu plus longtemps avec Jennifer la styliste, qui m'a fait visiter les ateliers et avec qui j'ai sympathisé.

— Essaie d'en savoir plus sur cette Alexia Tumova. Elle fait sûrement partie du personnel, ce serait bien si tu pouvais l'approcher. J'aimerais comprendre pourquoi son idée d'innovation a atterri dans la cache secrète du secrétaire. Je trouve ça bizarre.

— Tu me prêteras ta chère mobylette pour aller à Aurillac ?

Nina avait formulé sa demande d'un ton espiègle en fronçant le nez, tout en prenant un air malicieux.

Joséfa acquiesça en bougonnant. Aussi généreuse fût-elle, elle n'aimait pas voir quelqu'un d'autre parader sur sa précieuse pétrolette. C'était un de ses rares défauts.

13

Avant de partir pour Aurillac, Nina se faufila au jardin pour voir Anselme. Sachant son chef suffisamment sourcilleux sur les règles de politesse et de ponctualité, elle tenait à s'expliquer pour se faire pardonner sa prochaine absence. Elle le respectait trop, surtout, pour le décevoir. Chez quelqu'un d'aussi fougueux, spontané et parfois irréfléchi qu'elle, cette précaution pouvait sembler surprenante. L'impulsive jeune femme au caractère si hardi commençait à être un peu plus à l'écoute des autres. Le bon sens de Joséfa traçait ainsi son chemin. Dans l'esprit de Nina, cette escapade à l'usine, rendue nécessaire autant pour finaliser son projet que pour mener son enquête, ne devait en aucun cas interférer dans ses tâches jardinières qui restaient son principal travail. Elle était sans illusions, ne voulait rien devoir à Sophie, ou pire, à Hugo. Son gagne-pain était ici, dans ce jardin, cette terre grasse et travailleuse. Elle ferait tout pour transformer le hall de l'entreprise en un lieu créatif, accueillant, chaleureux, qui tienne la route. Elle restait cependant sans espérance. Cette proposition trop mirifique comportait des chausse-trappes. Certes, elle pouvait lui mettre le pied à l'étrier, plus sûrement il s'agissait de rabattre ses prétentions en montrant qu'elle se leurrait sur ses capacités, qu'elle n'était pas à la hauteur. Et ça, elle préférait ne pas y penser.

Qu'est-ce qu'Hugo a dans la tête, pourquoi m'a-t-il fait cette offre ?

Il l'avait défiée. Ce n'était que ça. Défiée à cause du dessin, tout simplement. Son ego n'avait pas supporté cette caricature qui le montrait coincé avec un parapluie dans le derrière. Des dessins de lui, elle en avait fait plusieurs dernièrement, guère plus charitables, toujours aussi comiques. Il devenait son sujet de prédilection. Elle aurait dû se demander pourquoi, avait encore trop de rancœur en elle pour se poser la question.

Anselme, déjà à pied d'œuvre, finissait son traditionnel tour des lieux matinal. Il se révéla plus compréhensif qu'elle ne l'aurait cru. Contrairement à Nina, il avait un respect profond pour tout ce qui touchait aux Vitarelle, à l'usine et a fortiori aux parapluies.

— Prends ton temps, ma fille. Aujourd'hui le vent te remplacera, regarde comme il balaie les feuilles mortes en s'amusant à faire tomber les derniers fruits. C'est un ouvrier bien plus efficace que nous autres. On plantera les bulbes demain.

Il faisait froid et gris. Nina frissonnait dans son anorak trop léger. Le parc lui semblait différent ce matin, plus grand, presque oppressant. Les premières gelées avaient figé l'herbe en l'auréolant partout d'un brouillard de blancheur. Dans la roseraie, les fleurs chiffonnées restaient statufiées dans leurs atours ternis. Étrange spectacle de promesse pétrifiée, semblable à des lèvres qui remuent sans parole. Une sorte de tristesse amère flottait dans l'air.

— Tu sais que ma frangine me traite toujours comme un gamin. J'en ai ma claque. Le cafetier de la place a été lui raconter que j'achetais du tabac, alors la voilà-t-y pas qui me surveille. Elle lui a interdit de m'en vendre. Si c'est pas malheureux, tout de même ! Si tu peux me ramener d'Aurillac du tabac à rouler, ça me dépannerait bien. Ici tout se sait. Je ne peux pas plus aller au bistro de la gare, elle s'arrangerait pour le savoir.

— Pas de problème, je vous en rapporterai. Tout de même, vous ne devriez pas la laisser faire, elle n'a pas le droit de vous traiter de la sorte.

— C'est un sale vice, qu'elle dit !

— Et alors ? Elle n'en a pas, elle, de vice ? Moi, je trouve que ceux qui semblent les plus vertueux sont les pires, au fond d'eux-mêmes, ils doivent être pourris de regrets.

C'était une façon de voir qu'Anselme n'avait jamais envisagée. Elle lui ouvrait des perspectives plus réjouissantes. Il regarda partir la petite, comme il l'appelait maintenant, d'un œil un peu larmoyant. Elle lui paraissait trop frêle sur cet engin poussif et récalcitrant. Il ne pouvait s'empêcher de se faire du souci pour elle.

Pas étonnant que cette foutue pétarade soit aussi obstinée qu'un mulet, elle appartient à l'autre fouille-tout. C'est qu'elle est tête, celle-là !

Si la pétulante Nina l'avait conquis, il éprouvait toujours une méfiance viscérale envers la tante qui prenait, selon lui, trop ses aises au potager.

C'est mon jardin, pas le sien. De quoi je me mêle à me dire de butter les pieds d'artichaut, il faut les couvrir de feuilles pour l'hiver, ça suffit bien, ça a toujours suffi. Si Madame était encore là, cette Joséfa n'aurait pas osé m'enquiquiner !

Nina arriva sans encombre dans la zone artisanale d'Aurillac. Malgré un gros pull, son anorak et d'horribles gants prêtés par sa tante, elle était transie de froid. Peu habituée à conduire la mobylette, elle avait fait plusieurs zigzags sur la route glissante avant d'en maîtriser un peu mieux la direction. Elle parcourut les derniers kilomètres sous une pluie battante qui l'obligea à se garer sans trop de précautions sur le parking, ne remarquant même pas que son insolite engin trônait maintenant dans l'emplacement réservé normalement à la direction.

La jeune femme avait bien piètre allure en entrant dans le hall. Elle se sentait ridiculement godiche avec ses cheveux plaqués sur le front par le casque et ses vêtements qui dégoulinaient sur le sol en autant de ruisseaux brisés. Elle semblait surtout terriblement perdue.

Là-haut, à l'étage, depuis son poste d'observation, un bureau entièrement vitré qui avait vue circulaire sur tout l'ensemble, Sophie suivait d'un œil méprisant cette entrée lamentable. Elle n'attendait rien de bon de cette fille, se demandait pourquoi son frère avait confié à une telle néophyte ce projet d'aménagement. Il pensait sûrement pouvoir imposer plus facilement son point de vue à travers un tiers. Elle ne se laisserait pas faire, n'était pas dupe. Cette fille n'était qu'un vulgaire pion dans les mains d'Hugo. Vingt heures, c'était déjà trop payé pour le torchon qui, sans nul doute, sortirait de ses cartons à dessin. Hugo voulait jouer les mécènes, cela ne lui ressemblait pas. Une nouvelle lubie, rien de plus. Il aurait mieux fait de se préoccuper du personnel. Elle sentait depuis quelques jours monter des rumeurs, de sourdes revendications liées probablement aux incertitudes sur l'avenir. Il fallait les faire taire.

Comment l'histoire de l'offre de rachat a-t-elle pu transpirer parmi le personnel ? Il ne faut pas se leurrer. C'est ça qui aujourd'hui inquiète les ouvriers. Michel est-il à l'origine de ces clabaudages ?

Elle se refusait à le croire mais à part lui, personne n'était au courant. Les faits étaient là ! Comment avait-il pu lui faire ça ? Pour la mettre devant le fait accompli, l'obliger à prendre position ? Malgré tout l'amour qu'elle lui portait, elle sentait que cette fois c'était fini, son mari lui échappait. Elle ne pouvait le comprendre, lui non plus d'ailleurs.

Si Hugo l'apprend, il entrera dans une colère noire. Ce qui ne saurait tarder. Fatalement, il aura vent de ces commérages d'un moment à l'autre. Je peux toujours les porter au crédit de Jacques, dire qu'il s'était dangereusement engagé dans des pourparlers. Ce qui, après tout, est la vérité. C'est ça, il suffit de jouer la sotte qui ne comprend pas pourquoi cette proposition ressort maintenant.

En fait, il ne fallait surtout pas qu'Hugo se mette en tête de rencontrer les repreneurs potentiels. Son frère en était capable. Il voudrait aller jusqu'au bout, finirait par apprendre que l'offre avait été rééditée à sa sœur dernièrement. Ce serait alors la guerre, il ne lui ferait aucun cadeau. Tout ça à cause de Michel qui devenait vraiment incontrôlable.

Il me met dans une position fausse alors que je n'y suis pour rien. Il veut vendre, uniquement pour l'argent, me forcer la main. Il n'en fait qu'à sa tête. Ça ne marchera pas. Papa va être furieux et maman…

Sophie se tourna machinalement vers le portrait de sa mère, une photographie en noir et blanc. Hélène, la cinquantaine triomphante, était entourée par un cénacle de chefs d'entreprise, elle tenait le Trophée de l'innovation dans ses mains. Seule femme dans un monde d'hommes, la reine du groupe, la championne, à n'en pas douter ! Comment Michel pouvait-il envisager un seul instant de vendre l'entreprise ? Ce serait vendre sa mère, la perdre une seconde fois, et ça, Sophie ne pouvait pas le supporter.

Elle jeta un coup d'œil dans le hall, la rouquine parlait maintenant avec Hugo. La conversation semblait animée. Elle faisait de grands gestes avec ses mains. Son frère l'entraîna sans ménagement vers la cafétéria. Il devait être en colère. Tant mieux. Sûrement regrettait-il déjà son engagement, se rendant compte de l'incompétence de cette fille. Sophie aurait beau jeu de rappeler le moment venu qu'elle n'avait jamais été d'accord pour ce type d'emploi. Pour une fois, elle serait en position de force. La porte de la cafétéria s'était refermée sur eux, l'empêchant de poursuivre sa surveillance. Son attention se reporta alors sur l'arrivée bruyante d'un groupe de piqueuses, chargées de vérifier les coutures, passepoils, biais et insertion des étiquettes, activité essentielle pour garantir l'imperméabilité et la résistance d'un parapluie. Bien qu'en retard, les ouvrières continuaient tranquillement de converser avant de badger pour se rendre à l'atelier. Une forme de désinvolture que Sophie ne pouvait supporter. Elle se dirigea vers son ordinateur pour entrer cette information qui ne lui servirait probablement à rien puisque ces filles récupéraient en général les écarts pendant la pause-déjeuner. Qu'importe ! Savoir le maximum de choses sur chacun, c'était ça la clé du pouvoir. Sa mère lui avait assez répété cette maxime, elle ne l'oubliait jamais.

Dans le hall, Hugo, qui suivait Nina de peu, l'avait apostrophée de manière sarcastique tout en désignant le casque qu'elle tenait encore à la main.

— Cette vieille bécane bleue est donc à vous ! J'aurais dû m'en douter !

— Ça vous gêne ?

— Dans la mesure où elle est garée au milieu de mon emplacement, oui.

— Ah ! Parce que vous avez un emplacement réservé, ça ne m'étonne pas !

D'un ton un tantinet énervé, Hugo tenta de se justifier.

— C'est loin d'être un privilège de classe, comme vous semblez le croire. Je fais sans cesse des allers-retours dans la journée, je ne peux pas me permettre de me garer à chaque fois au bout du parking, le temps m'est précieux.

— Et pas celui des ouvriers !

— Eux restent au moins huit heures sur le site, marcher cinq minutes matin et soir peut se concevoir, non ?

En voyant son air ironique, il s'emporta, se reprochant en même temps de s'intéresser à cette péronnelle.

— Je désespère, de toute façon, de vous faire entendre raison, vous êtes bien trop butée et… complètement trempée, ajouta-t-il d'une voix adoucie.

Comme pour s'en convaincre, il passa sa main dans la chevelure de Nina. Ce simple contact suffit à faire fondre tous ses ressentiments. Elle était si attirante, fragile et forte à la fois. Ses cheveux avaient la douceur de la soie. Ils bouclaient aux tempes sous l'effet de la pluie, couraient jusqu'à la nuque pour former un doux duvet où ses doigts s'égarèrent, faisant naître en lui l'envie folle d'y déposer un baiser.

Ils échangèrent un regard plein d'étonnement, d'accusation, de reproche, d'incompréhension.

Comme l'autre soir, la même magie opérait, leurs yeux s'accrochaient, se fondaient, ne se quittaient plus. Nina, incapable d'avoir une seule pensée cohérente, s'était remise à trembler. Son tremblement maintenant ne devait plus rien à la pluie. Hugo retira sa main à regret, réprimant le besoin irrépressible de prendre la jeune femme dans ses bras. C'était la deuxième fois qu'un tel désir le clouait, échappant à toute convention, considération, moralité. Cette fille était une sorcière, il ne comprenait rien à ce qui lui arrivait. Elle semblait toutefois aussi bouleversée que lui. Presque terrifiée. Cette constatation balaya toutes ses craintes, faisant monter en lui une inexplicable sensation de vitalité.

— Allons boire un café, ça nous fera du bien, murmura-t-il d'une voix un peu rauque.

Il n'osait même plus lui prendre le bras. Nina, quant à elle, était devenue muette. Son cœur battait la chamade, elle se reprochait sa faiblesse, ne savait plus ce qu'elle faisait, ne savait d'ailleurs plus rien.

Elle était encore dans un abîme d'incrédulité et d'incompréhension quand elle poussa un peu plus tard la porte du bureau de Jennifer, la jeune styliste, qu'Hugo lui avait présentée la dernière fois. Pendant près de deux heures, celle-ci la guida à travers l'entreprise Vitarelle pour essayer de lui faire comprendre tous les enjeux de l'industrie du parapluie. Sophie ne s'était pas opposée à cette visite, à condition évidemment que la pauvre Jennifer récupère ensuite ce temps « perdu ». Pourtant, les explications passionnantes de la jeune femme montraient son réel attachement à la « maison », comme on disait ici.

— Je comprends bien que tu veuilles virer le portrait du père Vitarelle, il me fait loucher moi aussi tous les matins. À mon avis, tu ne peux quand même pas échapper à l'histoire de la boîte. Ça fait partie de notre savoir-faire. Même si le hall doit se moderniser, ce serait une faute de l'occulter.

— Qu'est-ce que je dois retenir alors ?

— L'essentiel. Ne pas oublier quand même que la parasolerie a fait vivre jusqu'à cent mille personnes en France. Aurillac a toujours été le cœur de cette industrie même si les premiers ateliers étaient à Paris. On était alors dans une industrie artisanale. Les parapluies, ombrelles et autres parasols étaient fabriqués à la main par des artisans locaux qu'on appelait des parapluitiers. Jusqu'à la fin XXe siècle, on trouvait sur les routes de France des colporteurs ou raccommodeurs de parapluies qui venaient principalement du Cantal. Ils passaient dans les campagnes au moins une fois par an. Après la Seconde Guerre mondiale et le début de la mondialisation, la fabrication s'est transformée en une industrie de masse largement délocalisée dans les pays à bas coût. Aujourd'hui, les fabricants français se comptent sur les doigts de la main. Le parapluie est devenu un bien de consommation banal, jetable même. On ne trouve plus aucun producteur de montures et de baleines en Europe. En France, il ne reste d'ailleurs que quelques ateliers de confection. Vitarelle est le fruit de cette histoire. Une entreprise qui résiste parce qu'elle s'appuie sur un savoir-faire artisanal du terroir. C'est l'idée phare qui doit ressortir.

— Hum, pas facile. Je perçois le thème principal mais je voudrais faire le lien avec la peinture, l'art... Je pencherais pour plusieurs axes : des produits de qualité empreints d'histoire, des produits de luxe symboles de l'art. Qu'est-ce que tu en penses ? Ça pourrait coller ?

— Moi, ça me plaît. Ce sera sûrement plus dur de convaincre les deux là-haut !

Jennifer fit un geste comique en direction de la salle de réunion située à l'étage où les héritiers en titre semblaient plongés dans une discussion ombrageuse. Elle reprit en baissant la voix :

— Surtout Sophie, elle est très traditionaliste. D'après ce que j'ai entendu dire, la prochaine collection ne sera pas facile à monter. Ce sera la première sans Madame. La patronne était vraiment à l'écoute du marché, elle savait nous diriger. Sophie met son nez partout, elle n'est cependant pas créative. Elle risque fort de bloquer sur certaines nouveautés.

— Ce qui me sidère, justement, c'est de créer autant de nouveaux modèles. Où trouvez-vous toute cette imagination ?

— On a été à bonne école, Madame nous a appris à regarder, c'est tout simple. Je m'inspire pas mal des défilés de mode prêt-à-porter, surtout les italiens parce que je trouve qu'il y a davantage de fantaisie, de couleurs. Une fois que j'ai visionné tout ça, je mets à côté les images, les imprimés, les couleurs, je les assemble. La base, en gros, c'est ça. Sachant que l'été on prendra plutôt des thèmes floraux, de la transparence, des couleurs vives qui accrochent plus. L'hiver, on utilisera naturellement des teintes plus douces.

— Je ne savais même pas qu'un tel métier existait. Quant aux deux carcassiers qu'on vient de voir, c'est encore plus ahurissant. Ils montent vraiment entièrement à la main le parapluie de berger ?

— Tu viens de rencontrer des dinosaures. La fabrication de ce type de parapluie nécessite quatre heures. C'est un secret qui se transmet de génération en génération. Tous les brins de jonc, choisis à l'œil nu, sont ensuite assemblés manuellement. Il ne reste pas plus de dix personnes en France capables de le produire. Vitarelle en emploie deux.

— Mais alors, ce savoir-faire va se perdre ?

— Tu ne crois pas si bien dire. C'est même un sacré problème. L'éducation nationale ne prévoit aucune formation en ce domaine. Madame avait dans l'idée d'en lancer une. Depuis sa mort, c'est tombé à l'eau. On n'en entend plus parler.

Nina essayait tant bien que mal d'intégrer toutes ces informations. Ici, au moins, Hélène Vitarelle n'avait pas usurpé sa position de chef. Toutes les initiatives et projets sensés semblaient venir d'elle. Les nouveaux héritiers auraient fort à faire pour tenir leur rang. Les enjeux qui pesaient sur leurs épaules pouvaient en partie expliquer leur stress, leurs préoccupations angoissantes et leur comportement fébrile. Pour autant, Nina n'avait aucune envie d'excuser leur attitude condescendante, comme celle d'Hugo envers Anselme ou envers elle-même tout à l'heure, avec cette histoire de place réservée à sa grosse voiture.

Ce mec est arrogant, il se croit tout permis. Il est né avec un parapluie en or sur la tête, c'est ça son problème. Il ne changera jamais. Il faut que je l'évite au maximum.

Loin de calmer ses angoisses, cette résolution l'entraînait vers des rêveries incongrues. Elle avait de plus en plus de mal à suivre les explications de son guide. Elle assista dans cet état d'esprit un peu second au travail d'une aiguilletière qui assurait la finition d'un parapluie en posant des garnis, petits ronds en tissu entourant la jointure des brins pour éviter qu'ils ne rouillent et que la toile ne se déchire. Ce métier exigeait précision, dextérité et savoir-faire. D'autres finitions, tout aussi délicates, étaient effectuées à la main, comme la pose des rosettes pour enrober le coulant ou des choupettes à placer sous la plaque. Autant de noms nouveaux, autant de concentration aussi sur le visage des filles qui garantissaient dans cet atelier la qualité de chaque produit. Nina était encore plus impressionnée par ces gestes manuels, ancestraux, que par l'atelier de coupe entièrement automatisé avec la coupe au laser pointe par pointe qui permettait de garantir une précision au dixième de millimètre. Pour Jennifer, c'était pourtant l'étape essentielle qui conditionnait l'assemblage des pointes et le résultat final.

— Si je comprends bien, tous les parapluies Vitarelle ont des dessins exclusifs qui sont pensés, réalisés et imprimés ici.

— C'est exactement ça. Tout se fait en interne. Tu peux même ajouter qu'ils sont emballés et expédiés depuis Aurillac. C'est le dernier atelier, celui du colisage. Nous expédions chaque mois près de soixante mille pièces aux quatre points cardinaux de la planète.

— C'est passionnant. Je te remercie. Tout ça reste encore un peu compliqué dans ma tête, mais j'en comprends mieux les étapes. Tu as raison, la tradition reste importante malgré les techniques modernes. On doit la faire transparaître à travers le décor proposé.

— Aujourd'hui, notre hall n'a d'accueil que le nom. Si tu pouvais le rendre plus chaleureux et en même temps évoquer notre métier, ce serait bien.

Nina trouvait à la fois bizarre et touchant ce « nous » possessif employé par la styliste. Nos parapluies, notre marque, notre savoir-faire. S'assimiler ainsi aux Vitarelle l'amenait à changer son opinion. La Bramade semblait avoir été proche de son personnel. Du genre paternaliste sûrement, tout aussi critiquable assurément, mais quand même moins arrogant que le style des héritiers actuels. Elle eut brusquement envie d'en savoir davantage. Jennifer était une mine de renseignements. Bien que complètement désargentée, elle s'entendit proposer :

— Il est midi passé, viens, je t'invite à la brasserie de la gare. On sera plus tranquilles pour parler.

— Vite fait, alors, parce que je vais me faire rappeler à l'ordre par la Chouette !

— Quelle chouette ?

Jennifer se mit à glousser comme une écolière.

— C'est comme ça qu'on appelle la belle Sophie, entre nous. Tu comprends, elle a l'espionnite aiguë.

— Et son frère ?

Nouveau gloussement.

— Lui ? C'est M. Je-Sais-Tout-Mieux-Que-Tout-Le-Monde.

— Très significatif !

— Il faut reconnaître qu'il a de bonnes idées. C'est un visionnaire, plus que sa sœur. Le problème avec lui, c'est qu'il faut suivre. La patience n'est pas son fort ! Tu as vu les ateliers, le personnel est plutôt âgé. Certains n'aiment pas être bousculés, surtout par un jeunot. Conflit de générations, si tu veux. Avec Madame, il n'y avait pas la même distance d'âge, c'était plus facile.

— C'est quoi, ses idées visionnaires ?

— Nos parapluies sont chers mais ils sont garantis à vie. C'est ça le nouveau credo d'Hugo. Il veut instaurer une démarche écoresponsable qui correspond à un besoin actuel.

— Ce n'est pas idiot. Ça pose problème ?

— Le parapluie étant un accessoire non recyclable, la démarche se veut aussi écologique en diminuant le gaspillage. Il veut mettre en avant la qualité du *made in* France tout en garantissant de bonnes conditions de travail. C'est louable. Ça suppose cependant de réduire les coûts d'énergie, d'économiser l'eau, de mieux recycler, de diminuer nos déchets, de valoriser nos achats, enfin toute une philosophie nouvelle. Personne pour l'instant n'a l'air de vouloir s'impliquer. Les efforts ne vont pas de soi, comme il semble le penser. Il ne suffit pas d'exposer une démarche pour que tout le monde y adhère. Il ne se rend pas compte. Quant à Sophie, elle ne croit pas une seconde à ce genre de posture, pour elle, il faut tout miser sur la marque et l'innovation. L'écologie, c'est de la blague !

— Il risque d'y avoir des remous entre ces deux-là !

— Tu ne crois pas si bien dire. Du temps de Madame, on était sûrs de nous, fiers même de travailler ici. Maintenant, c'est plus compliqué. Depuis quelques jours circulent des rumeurs de rachat qui n'arrangent pas notre moral.

— Là, j'ai du mal à le croire ! l'interrompit Nina tout en louchant vers la potée auvergnate que leur apportait le serveur. Elle mourait de faim, ce qui la contrariait un peu car c'était toujours le cas quand elle tombait amoureuse.

Il faut que je me méfie, c'est un signe. Je dois rester sur mes gardes.

— Tu sais, dit-elle en se tournant vers sa nouvelle amie, les rumeurs, il faut s'en méfier. Les parapluies c'est leur vie, aux Vitarelle. Malgré tous leurs défauts, ils ne sont pas du genre à vendre leur jouet.

— Je n'en suis pas si certaine. Les fuites viennent de la direction, figure-toi. Du mari de Sophie, si tu veux tout savoir. Claudie, une des secrétaires, est rattachée au pôle juridique. Elle se rend régulièrement à Vic pour travailler avec lui. Elle aurait entendu là-bas une conversation édifiante. Tout ce que je te dis doit bien sûr rester entre nous, ne le répète à personne.

Nina la rassura d'un hochement de tête. Elle gardait un air dubitatif. Cette information lui semblait tout bonnement impossible.

— J'en reste soufflée. Je n'arrive pas à le croire. Ils vendraient l'entreprise familiale ?

— Sans nous, malheureusement. Délocalisation. C'est du moins ce qui se dit.

— Non ! Cette Claudie a dû mal comprendre. Ma tante travaille chez eux, elle les sert à table, elle les connaît tous, elle aurait obligatoirement entendu parler de quelque chose.

— Renseigne-toi si tu peux. Si seulement tu pouvais avoir raison ! Ça commence sérieusement à cogiter là-dedans. Tu comprends, j'ai quinze ans de maison, j'aurais du mal à travailler ailleurs.

Depuis le début, Nina brûlait d'envie de poser des questions sur Jacky. Elle reculait le moment, ne sachant pas trop comment aborder le sujet, redoutant aussi d'entendre des choses trop dures, trop vraies, trop désagréables. Elle se décida au moment du café. Le temps pressait.

— Dis-moi, tu connaissais forcément Jacques Naucelle, qu'est-ce que tu en penses ?

— Puisque ta tante travaille chez eux, elle a dû t'en parler.

— C'est ton opinion que j'aimerais avoir. On voyait qu'il était amoureux de sa patronne ?

— Penses-tu ! Ce mec-là, il n'était amoureux de personne. Si, peut-être la dernière stagiaire, et encore, ce n'est même pas sûr. Il pouvait coucher, ça oui, il essayait d'ailleurs avec toutes les filles un peu jolies, aimer c'est autre chose. Des ragots sur lui, il y en a eu, tu ne peux pas savoir. « Aquiletour » qu'on l'appelait, ça veut tout dire. Quand on a commencé à jaser sur lui et Madame, personnellement je n'ai pas voulu le croire. Je ne l'ai jamais cru, d'ailleurs.

— Ça a dû être un sacré choc à l'usine quand vous avez appris son assassinat ?

— L'accident, tu veux dire ! On ne parle plus que d'accident, il ne faut pas dire autre chose. On était tous anéantis, c'est certain. Madame était si énergique, ça nous semblait tout simplement impossible. On ne voulait pas le croire. Sauf Claudie.

— Claudie encore ? Décidément !

— Ne ris pas. C'est la plus ancienne de nous tous, elle va bientôt prendre sa retraite. Elle connaissait Madame mieux que quiconque. Elle raconte que le dernier vendredi, la patronne avait mis tous ses comptes en ordre, signé tous les documents, organisé tout le planning, réglé les problèmes en suspens. Tout ce genre de trucs, quoi. Pour elle, Madame devait avoir une prémonition. Claudie, ça l'avait tourneboulée tout le week-end, elle ne comprenait pas. Le lundi, quand on nous a annoncé le décès, elle a juste dit : « C'était donc ça, je le savais. »

— Elle aurait eu une prémonition de sa mort ?

— Bah oui, ça existe.

Nina restait sceptique. Cette Claudie ne lui semblait pas très fiable. Du genre à dire après coup qu'elle savait que quelque chose ne tournait pas rond. Trop facile. Des névrosés comme ça, elle en avait connu. Inutile de compliquer encore cette histoire suffisamment sordide. Comme Jennifer se levait, elle se souvint opportunément de la requête de sa tante.

— Au fait, tu connais une certaine Alexia Tumova ?

Jennifer, déjà emmitouflée dans sa parka, reprit place sur la banquette.

— Bah oui, c'est la stagiaire dont je t'ai parlé. La seule qui avait peut-être vraiment tapé dans l'œil d'Aquiletour. Il semblait vraiment accroché, pour une fois.

Nina ravala sa salive. Encore une nouvelle conquête de Jacky, une rivale de plus. De telles révélations sur celui qui était le père de ses enfants lui semblaient encore extravagantes. À croire qu'elle l'avait vraiment sous-estimé. Le pire c'est que ça ne lui faisait même plus mal. Elle se rendit compte avec étonnement qu'elle avait dépassé le stade de la jalousie. Forçant sa prévention, faisant appel à tout son courage, elle s'entendit demander d'une voix blanche :

— Je pourrais la rencontrer ?

Jennifer sembla encore plus ébranlée qu'elle. Elle ouvrait des yeux hagards.

— Qui, Alexia ?

— Bah oui, qu'est-ce qu'il y a ?

— Écoute, je ne sais pas pourquoi tu me demandes ça, mais elle est morte.

— Morte ?

— Elle s'est suicidée. Un terrible gâchis. Je n'ai jamais vu une fille aussi belle. Un peu comme dans les magazines de mode, tu vois. Les gars l'appelaient « la Star ». On raconte qu'elle était enceinte, c'est peut-être bien encore des rumeurs. C'est triste. Tu la connaissais ?

— Non. Pas vraiment. Enfin, c'est ma tante qui voulait la voir. Dis-moi, c'est arrivé quand ?

— En mars, au même moment, à peu près, que le décès de la patronne, enfin je ne sais pas trop, on l'a su plus tard. Il y a eu tellement de charivari à cette époque-là. Un sale mois, c'est le moins qu'on puisse dire. Bon je me sauve, on se téléphone et on se fait une sortie si tu veux.

Nina commanda un autre café. Elle se sentait dans l'incapacité totale de bouger. Cette dernière information la clouait sur la banquette aussi sûrement qu'une bernique à son rocher.

À travers les vitres du café, elle suivit des yeux la silhouette de Jennifer qui bravait les bourrasques en courant. La jeune femme avait été précieuse, elle lui avait confié bien des choses. Cependant, loin d'éclaircir ses idées, les confidences de la styliste lui brouillaient pour l'instant complètement le raisonnement.

Que faut-il donc retenir de tout cet écheveau de rumeurs, d'élucubrations et de faits réels ? Trois morts au même moment : Hélène, Jacky et maintenant cette Alexia. Un assassinat et deux suicides. Quel est le lien ? Qui est cette fille ? Une stagiaire en quoi ? Pourquoi un brevet d'invention à son nom était-il caché dans le secrétaire de la Bramade ? Toutes ces questions n'ont aucun sens. C'est de pire en pire ! C'est trop ! On avance complètement dans le brouillard. Je n'aurais jamais dû venir ici.

14

Énervé de ne pas trouver le sommeil, Hugo alluma machinalement le poste de télévision. La chaîne d'information en continu égrenait en boucle sur le même ton monocorde les derniers déboires d'un homme politique en vue, les chiffres catastrophiques du commerce extérieur et l'arrivée imminente d'une tempête de neige sur les massifs montagneux. Signe tangible de sa fébrilité, même ce dernier flash ne parvint pas davantage à capter son attention. Pourtant, les communiqués météorologiques avaient toujours prévalu chez les Vitarelle, la pluie ayant été de tout temps le ressort essentiel de l'industrie du parapluie. Seulement, ce soir, Hugo était à cent lieues de ces considérations. Les rumeurs qui couraient à l'usine le préoccupaient bien plus qu'une hausse soudaine de la pluviométrie. Que la concurrence s'intéresse à Vitarelle n'avait en soi rien d'inquiétant. Il en avait toujours été plus ou moins ainsi depuis que sa mère avait réussi à hisser la marque familiale dans le peloton de tête des entreprises de ce marché. Que Sophie puisse accepter d'entrer dans une combine permettant le rachat de la firme était bien plus alarmant. Bien sûr, il fallait d'abord vérifier le bien-fondé de l'information. Les ragots allaient bon train depuis l'assassinat de sa mère. Comment aurait-il pu en être autrement avec toutes ces histoires de coucheries, de détournement de fonds, de jalousies ? C'était sordide. Hugo détestait le sordide. Bien sûr, en apparence, le personnel encaissait, semblait même avoir fait sienne la thèse de l'accident. En apparence seulement, il savait bien qu'au fond on n'empêche jamais les gens de jaser, surtout contre les patrons.

« Ils ont toujours bon dos les patrons », professait sa mère, non sans un certain mépris. Il repensa à sa génitrice avec agacement. Elle, qui leur demandait d'être toujours exemplaires, ne l'avait au fond guère été. Tout ça était de sa faute. Quel besoin aussi avait-elle eu de s'amouracher de Jacques ? Elle connaissait pourtant ses défauts mieux que quiconque. Laure se plaignait suffisamment souvent dans le giron maternel des tromperies sans fin de son mari. Profondément meurtri, choqué même par l'attitude irresponsable de sa mère, le jeune homme avait essayé de se rassurer en mettant toutes ces faiblesses sur le compte d'une certaine humanité.

Maman était plus fragile qu'elle ne voulait le faire croire.

À chaque fois qu'il repensait à cette histoire, et il y pensait souvent, c'était plus fort que lui, il perdait rapidement sa belle lucidité de raisonnement pour se fourvoyer dans des circonvolutions complexes sur le caractère de sa mère ou l'incroyable impudence de son beau-frère. Comment ce dernier avait-il pu se jouer ainsi des femmes de sa famille ? Laure manquait peut-être de personnalité, mais c'était une brave fille qui méritait mieux que ce coureur de jupons au sourire aguicheur. Hugo réprima un frisson, proche du dégoût.

À plusieurs reprises, il s'était maîtrisé pour ne pas s'empoigner avec ce beau-frère haï dont il ne supportait plus les œillades enamourées, les allusions peu subtiles et les galanteries trop appuyées en direction du beau sexe.

J'aurais dû lui casser la gueule. Ce que c'est quand même que d'être bien élevé ! Ça ne sert à rien de me faire des reproches maintenant. Il est mort, il est trop tard, on ne saura jamais !

On ne saura jamais quoi, d'ailleurs ? Il rejeta cette pensée lancinante qui le mettait mal à l'aise. Au fond, il connaissait la raison qui le ramenait une fois de plus à Jacques. Son beau-frère avait été à l'origine d'une proposition de rachat similaire à celle dont parlait la rumeur actuelle. Il en avait eu vent à l'époque grâce à un associé peu délicat de la partie adverse. Sitôt mise au courant, sa mère, sans s'émouvoir, avait calmé ses angoisses.

« Ne t'inquiète pas, mon petit. Jacques aime l'argent, on le sait. Je le tiens à l'œil. Je le tiens même bien plus que tu ne le crois, il n'est pas près de me faire une entourloupe. »

Qu'avait-elle voulu dire ? Au final, c'est pourtant Jacques qui avait gagné. En matière d'entourloupe, il en avait fait une bonne, il l'avait tuée. Quel salaud, tout de même !

Plongé dans ses souvenirs, Hugo n'entendait plus le ronronnement ennuyeux des nouvelles du jour. Sa mère, il l'avait aimée, admirée, crainte. Il s'était plié à sa volonté, refrénant pour lui plaire son amour des animaux, ses élans de tendresse et sa spontanéité enfantine. Il ne voulait pas être rejeté comme Laure, traitée de sensible, chétive, pleurnicharde. Il lui fallait se surpasser, faire toujours mieux que les autres et surtout que Sophie, pour voir la fierté luire dans les yeux maternels. Sa mère lui avait inculqué une discipline de fer pour être le meilleur, en études, en sport, en amour, en affaires. Le pouvoir permettait tout, même d'humilier sa sœur aînée à qui il importait de damer le pion.

« Quand on est le meilleur, on peut tout. » Cette devise d'Hélène, une de plus, il l'avait faite sienne sans état d'âme. Ce soir il réalisait que Sophie le détestait, que sa mère les avait toujours montés l'un contre l'autre comme deux concurrents, deux adversaires pour tirer le meilleur d'eux-mêmes dans une course à l'ego dont ils payaient tous deux les frais aujourd'hui. Nul doute que s'il avait été seul en cause, son aînée aurait bradé l'entreprise dans le seul but de lui faire mal, de le casser, de le punir. Il ne la croyait pourtant pas capable d'un tel geste. Cette entreprise, elle lui était viscéralement attachée, les parapluies faisaient depuis trop longtemps partie de sa vie. S'en séparer serait pour elle un crève-cœur. Autant Jacques aurait pu vendre,

Michel aussi d'ailleurs, même Laure, mais jamais Sophie. Si menace il y avait, il devait se rapprocher de celle-ci. Il avait eu tort de la rabaisser, de se moquer de sa lubie d'organigramme, ils devaient s'unir, faire front.

N'est-il pas trop tard pour la faire revenir à de meilleures dispositions ? Michel est un sacré manipulateur. Il joue sur sa santé fragile pour obtenir ce qu'il veut. Il étouffe ici. Si ce qu'on m'a dit est vrai, c'est lui le maillon faible. Lui qui veut vendre. Heureusement, il n'a aucun droit, ne peut rien sans Sophie.

Pour la seconde fois, Hugo pensa qu'il avait mal agi. Il aurait dû laisser à sa sœur une part des responsabilités qu'elle réclamait tant. Lui aussi, en fin de compte, faisait un bien mauvais stratège. Il n'avait pas vu venir la crise. Il devrait à l'avenir se montrer plus conciliant.

Il faut lui donner l'impression que la boîte est son bébé, on ne vend pas son bébé, elle s'accrochera, résistera aux pressions de Michel. C'est le seul moyen.

Il convenait évidemment de lui tenir un autre discours, trouver une analogie éloignée de la maternité. Car chez Sophie, ce sujet restait toujours douloureux. Elle ne pouvait avoir d'enfant, peut-être en raison de l'infirmité de Michel. Hugo ne connaissait pas les dessous de l'affaire. On ne parlait jamais de ces choses-là à la villa Médard, ou seulement par on-dit et à mots couverts. Toutefois, la souffrance de sa sœur sur ce point était réelle. Il reconnaissait qu'il en avait même joué cyniquement, suivant en cela l'exemple de sa mère qui disait toujours en parlant de Frédéric : « Mon seul petit-fils, en attendant le mariage d'Hugo car Sophie est fâchée avec la maternité. »

Jeu ô combien cruel pour eux tous, qui aiguisait l'aigreur, la jalousie, la méchanceté. Pourquoi réalisait-il tout cela aujourd'hui seulement ? La douleur liée à la mort de sa mère s'estompait tranquillement. Certes, il l'évoquait encore, mais moins comme une figure imposée, incontournable, que comme un carcan qui s'étiolait. Il retrouvait en fait une certaine liberté de pensée, enfouie sous des années de servitude. Une forme d'esprit critique faisait lentement son chemin, pointant les failles de leur éducation et la médiocrité de quelques pratiques. S'ajoutait à cela un étrange élan du cœur, inconnu pendant si longtemps, caché comme une honte, tapi comme une peur, qu'il commençait à ressentir, qu'il sentait exploser en lui. Comme cette émotion réelle, fugace mais pleine d'empathie pour sa sœur frustrée de n'avoir pas d'enfant, recroquevillée sur ses désirs déçus, malheureuse tout simplement.

Cet état d'esprit, entièrement nouveau pour lui, se révélait terriblement déstabilisant. Il convenait enfin que sa mère adulée n'avait pas toujours eu raison, qu'elle s'était au contraire à maintes reprises montrée d'une perversité incroyable, que le drame de sa mort n'était peut-être pas, en fin de compte, si dramatique que ça. La vision imposée depuis l'enfance d'une force dominatrice et ambitieuse ne souffrait pourtant pas de légèreté ou de remords. Elle avait exigé de lui un engagement total. Ce soir, bizarrement, il en concevait les limites, les dangers, les contradictions, se sentait prêt à y renoncer.

Comment en suis-je arrivé là ?

En fait, il le savait. La réponse, il la connaissait. Son cœur, enfoui sous des années de certitudes et de suffisance, battait enfin, se rebellait, lui jouait des tours de sorcier, devenait incontrôlable, prenait sa liberté, sa revanche.

À cause de cette fille insupportable, bien sûr, qui lui mettait tous les sens de travers.

À cause de ce lutin orange frondeur, même pas jolie mais si vivante, si terriblement sexy, si excitante. Il était comme un homme affamé qui sort de carême, prêt à dévorer la vie.

Sa journée avait été épuisante, il lui avait fallu régler mille et un problèmes, discuter âprement avec un fournisseur de cotonnade pour qu'il maintienne ses tarifs, calmer un différend entre deux salariés, booster l'équipe de l'entrepôt pour faire partir à temps une livraison urgente, convaincre une nouvelle fois Sophie de la nécessité d'aménager le hall, et pour clore le tout, prêter une oreille attentive aux ragots de Claudie afin de cerner un peu mieux le pouls de l'entreprise. Heureusement, sa rencontre avec Nina le matin lui avait donné un sentiment de puissance, de vitalité, de jeunesse qui l'avait galvanisé d'une étrange manière. Cette fille était une espèce de sauvageonne, pleine de fantaisie et de fougue, toujours prête à le contredire, à se moquer, à l'agacer. Il existait pourtant entre eux une attirance physique, aussi incandescente qu'inexplicable. Une sorte d'appel irrésistible qu'il n'avait jamais connu. Hors de sa présence, en raisonnant, il arrivait à en rire. Près d'elle, il ne pouvait que succomber. C'était à la fois humiliant et excitant. La pensée de cette fille l'avait poursuivi, qu'il le veuille ou non, tout le jour, le poussant à se dépasser, à minimiser les problèmes et à faire preuve de plus d'empathie qu'il n'en était d'ordinaire capable. Il y pensait encore au volant de sa confortable berline en quittant Aurillac, quand il avait entrevu l'objet de ses tourments qui poussait tant bien que mal son engin d'un autre âge le long de la nationale, près de l'entrée du village de Giou-de-Mamou. À cet instant, le rideau de pluie était si dense qu'il l'aurait facilement manquée sans ce singulier anorak de la couleur de ses cheveux qui scintillait sous les trombes d'eau.

— En panne ?

La réponse était si évidente qu'il avait poursuivi d'un ton autoritaire :

— Laissez donc cette foutue bécane sur le bas-côté et montez vite !

Elle avait bien entendu refusé d'abandonner la mobylette au prétexte ridicule qu'on pourrait la lui voler. Elle ne risquait pourtant pas grand-chose. Il était difficile d'imaginer un filou s'encombrant d'un tel tas de ferraille. Toujours est-il qu'il lui avait fallu attendre qu'elle trouve un abri provisoire pour sa monture dans le village. Un honorable boulanger accepta heureusement de la mettre dans sa remise jusqu'au lendemain. Alors seulement, après avoir déposé son casque et son anorak dégoulinants dans le coffre, elle avait accepté non sans bougonner de prendre place à côté de lui. La jeune femme avait alors bien piètre allure avec son air de chien battu. Lui, qui une minute avant bouillait encore d'impatience devant tous ces atermoiements ridicules, s'était senti une fois de plus complètement bouleversé de la savoir si proche. Sous ses vêtements trempés, bon marché, fatigués, elle lui avait paru extrêmement fragile, touchante, menue. Ayant récupéré un plaid sur la banquette arrière, il le lui avait donné sans dire un mot. Elle s'en était enveloppée avec un soulagement certain sans prononcer pour autant un quelconque merci. Elle était mal élevée, il le savait déjà, mal élevée, têtue et insupportable. Il lui avait jeté un regard courroucé qui eut pour effet de faire éclater son rire de cigale à travers tout l'habitacle. Tout en hoquetant, elle lui avait expliqué qu'elle était vraiment désolée de mouiller ainsi sa si belle voiture.

— Arrêtez de faire de l'humour, vous feriez mieux de vous sécher, vous allez être malade. On n'a pas idée aussi de rouler avec une antiquité pareille !

— Antiquité ou pas, elle appartient à ma tante. C'est son seul moyen de transport, elle y tient autant que vous tenez à vos parapluies. J'ai plutôt intérêt à la lui rendre en bon état. Vous vous y connaissez en mécanique ?

C'était bien là le cadet de ses soucis. Toutefois, comme une réponse lapidaire aurait vexé à coup sûr sa passagère, il s'était efforcé de prendre un air consterné en écoutant la litanie des déboires de ladite mobylette. Il y avait mis fin en proposant de la confier à son propre garagiste.

— Ce serait sympa mais ça risque d'être cher, non ?

Franchement, il n'en avait rien à faire. Il commençait cependant à connaître suffisamment l'aide-jardinière pour comprendre que c'était une question de fierté, essentielle pour elle. Quand il lui avait demandé son numéro de téléphone, elle lui avait répondu simplement, avec une dignité n'admettant aucun commentaire :

— Vous pouvez m'appeler, cependant ne comptez pas sur moi pour en faire autant, je resserre mes dépenses, comme me le conseille si bien l'assistante sociale.

Pour ne pas blesser son amour-propre il lui avait proposé, bien à contrecœur, de lui fournir des heures supplémentaires dans les jours à venir. Des travaux de peinture s'imposaient dans les serres et la remise.

— C'est super ! Anselme craignait d'avoir moins de besognes à me confier avec la mauvaise saison. J'avoue que ça me soulage. Merci, patron !

Elle lui avait lancé un clin d'œil complice qui avait eu pour effet de lui faire faire une embardée malencontreuse.

Aussi troublée que lui, elle avait alors fourragé maladroitement dans les boutons de l'autoradio, déclenchant une puissante orchestration musicale.

— Ah, du classique évidemment !

— Pourquoi « évidemment » ? Vous êtes vraiment bourrée de préjugés. Vous me pensez incapable d'écouter du rap ou de l'accordéon, c'est ça ? Vous voulez que je vous dise, le plus orgueilleux de nous deux, c'est vous !

Après un lourd moment de silence, elle avait fini par admettre :

— Vous avez raison, c'était mesquin de ma part.

Ils étaient restés étrangement silencieux jusqu'à la villa, bercés par les trilles de piano soutenant un magnifique solo de violoncelle. La tension entre eux avait atteint un tel paroxysme que le moindre geste, le moindre mot devenait tout simplement impossible, pouvait les entraîner à la démesure.

Dans le garage, ils avaient retrouvé un semblant de normalité. En reprenant ses affaires dans le coffre, elle s'était tournée vers lui afin de lui rendre sa couverture. Ils s'étaient toisés un instant, chacun essayant d'estimer l'autre, de sonder son caractère, de fouiller son âme. Il s'était fait la réflexion qu'ils avaient probablement bien peu de choses à partager. Pourtant, il n'avait jamais eu autant envie de partager quoi que ce soit avec quelqu'un. Elle avait fini par émettre un drôle de petit rire envoûtant dont elle avait le secret.

— Merci, finalement j'ai eu de la chance de vous rencontrer.

— Je n'en suis pas si sûr !

Elle aurait pu prendre mal cette remarque sibylline, mais elle était bien trop fine mouche pour ne pas en comprendre le sens. Chacune de leurs rencontres avait été tumultueuse, heurtée, intense, ils en sortaient à la fois vidés, déçus, mais avec les tempes bouillonnantes et une vie plus ardente dans leurs veines. Elle ne pouvait le nier, le savait tout aussi bien que lui.

Aussi avait-elle rougi en se mordant les lèvres. Il avait déjà remarqué combien elle rougissait facilement sur le coup d'une colère, d'une honte, d'un plaisir. Elle ne savait cacher aucune de ses émotions. Il l'avait sentie ce soir plus vulnérable que d'habitude, plus proche de lui aussi. Elle était partie en courant, sans même remettre son anorak, esquivant les flaques comme une petite fille, sans se retourner.

Depuis, Hugo n'avait pas vraiment repris le contrôle de lui-même. Il était là sans être là. Il ne pensait plus qu'à elle. Peu importaient les autres soucis, les rumeurs, les mésententes familiales, il la voulait comme il n'avait jamais désiré quelqu'un. Il sentait bien qu'il ne serait plus jamais lui-même tant qu'il ne l'aurait pas eue.

Il éteignit la télévision, indifférent aux nouvelles du monde, brusquement absent des menues tragédies qui n'étaient pas les siennes.

Je m'intéresse beaucoup trop à cette fille. Voilà la vérité. J'y pense tout le temps. Ça devient une véritable obsession physique. Son visage me poursuit, la moindre de ses mimiques ou de ses réflexions reste gravée dans ma mémoire. Pourtant, objectivement, je dois reconnaître qu'elle n'est pas du tout mon style, trop petite, trop rousse, trop voyante. Point de vue caractère, c'est encore pire, une pile électrique, totalement incontrôlable, pleine de préjugés, intelligente mais pas éduquée, une espèce de diamant brut non poli. « Volcanique » est encore le terme qui lui convient le mieux.

Cette analogie avec la terre d'ici, abrupte, exigeante, solide, lui plut. Nina était ainsi, sans fioritures. Pas maquillée, mal habillée, pire, pas assez habillée avec ses vêtements bon marché qui ne la protégeaient guère du froid. Pour la première fois, il mettait le doigt sur la pauvreté, une pauvreté digne contre laquelle il ne pouvait rien. Elle n'aurait jamais accepté quoi que ce fût de sa part, argent ou manteau, il le savait. Les petits monstres, eux, étaient chaudement vêtus, bien chaussés. Elle y avait veillé. Peut-être recevait-elle une pension alimentaire pour pourvoir à leurs besoins ? Qui était le père de ces deux gosses ? Elle semblait si jeune qu'il en oubliait souvent sa condition de mère. Une jalousie féroce s'empara de lui. Il était jaloux de sa vie passée, de tout ce qu'il ne connaissait pas d'elle, de ces amours qu'il ignorait, imaginait, embellissait.

Las de faire les cent pas, il se décida enfin à gagner la cuisine pour se faire un lait chaud. La boisson miracle, selon Marinette, pour calmer toutes les angoisses. Il enfila à la hâte un pull à col roulé sur son jean, se dirigea sans bruit vers l'office. Un trait de lumière perçait sous la porte de la chambre de son neveu. Il était près de minuit. Le gamin connaissait-il aussi les affres de l'insomnie ? Pas étonnant, au fond, avec tout ce qu'il avait enduré ces derniers temps. Ils avaient tous un peu trop tendance, lui le premier d'ailleurs, à oublier que le petit venait de perdre son père et sa grand-mère tandis que sa mère était aux abonnés absents.

C'était bien la première fois que cette pensée l'effleurait. Preuve que son égoïsme s'atténuait. Il ne savait pas trop s'il fallait s'en réjouir. Retenant un soupir, il tourna doucement la poignée de la porte. Il ne vit pas tout de suite Frédéric dans cette chambre complètement transformée. Le gamin était allongé sur un matelas sous une espèce de maison en toile. Les livres emplissaient tout l'espace, formant des escaliers, des labyrinthes, des tunnels. Il reconnut immédiatement dans ce savoureux bric-à-brac la patte chaleureuse qui régnait déjà dans la cuisine et ne put s'empêcher de sourire.

— Tu devrais dormir !

— J'ai la permission de minuit, il n'y a pas école demain.

Inutile de lui demander qui avait donné cette curieuse autorisation. Personne ici ne s'occupait vraiment du petit. Une vague de culpabilité l'envahit brusquement.

— Ne traîne pas trop quand même, qu'est-ce que tu fais ?

— Je finis d'écrire l'histoire de Panda. Je la donnerai à maman demain.

— Tu vois ta mère demain ? questionna Hugo avec étonnement, cette visite n'ayant pas été évoquée lors du souper familial.

Frédéric releva la tête, ses yeux brillaient d'un feu contenu qui lui donnait un air étrange, à la fois exalté et pathétique.

— Grand-père a obtenu une autorisation. Maman est fatiguée, je ne pourrai pas rester longtemps. Je suis trop content de la voir !

— Alors, tu lui donneras un bisou de ma part, dit-il en effleurant doucement les cheveux de son neveu.

D'après ce qu'il avait compris, sa sœur restait toujours dans un état de prostration extrême, tellement hébétée qu'elle articulait avec peine des mots souvent incohérents. La programmation de cette visite le déconcertait. Pour autant, l'enfant avait besoin de voir sa mère.

Si seulement Laure pouvait guérir. On pourrait enfin tourner la page.

Il versa le lait dans un bol avant de le mettre au micro-ondes. Dehors la tempête annoncée par la météo s'élevait rapidement, apportant des bourrasques de neige fondue qui s'écrasaient contre les carreaux. Une silhouette fantomatique se détacha de l'autre côté de la porte vitrée. Avant même de l'ouvrir, il sut que c'était Nina.

Elle était trempée, une fois de plus. Elle se jeta presque dans ses bras avec l'énergie du désespoir.

— Je vous ai vu, murmura-t-elle de sa voix rauque, légèrement essoufflée. Je savais que c'était vous, que vous étiez là. Je n'arrive pas à dormir moi non plus. C'est une erreur, bien sûr, mais on ne peut pas faire autrement, n'est-ce pas ? Une fois, juste une fois. Après, promis, on n'en parle plus.

Dans la demi-obscurité de la cuisine, Hugo ne voyait rien d'autre que son visage, sa peau blanche de rousse semblait rayonner, il dut faire un effort héroïque pour parler normalement.

— Je pense aussi que c'est une erreur.

— Vous dites ça parce que j'ai le courage de prendre l'initiative. Je suis d'accord, nous ne sommes absolument pas faits l'un pour l'autre sur le plan personnel. Demain, tout redeviendra normal.

Il n'avait pas voulu la toucher, ce fut la dernière pensée cohérente qui lui vint à l'esprit avant que ses mains ne remontent vers son visage pour l'emprisonner avec force. Le même désir fulgurant les clouait sur place. Il l'attira vers lui, ses lèvres tièdes se plaquèrent sur les siennes, elle répondit alors à son baiser avec une ardeur et une spontanéité qu'il n'avait jamais connues.

15

Joséfa lavait à grandes eaux le carrelage du hall. Avec ces giboulées neigeuses, tenir la maison propre relevait d'une gageure de fou. D'autant plus que personne ici ne cherchait vraiment à lui faciliter la tâche. Les bottes pleines de boue de Charles gisaient encore près du portemanteau, signe tangible de sa dernière excursion matinale. Plus loin, des traces de roues du fauteuil de Michel maculaient le sol, mélangées il est vrai aux empreintes si caractéristiques du chat avec ses quatre petites pelotes rondes, mais pour celui-ci Joséfa trouvait toujours des excuses.

Elle débridait dur depuis le matin, Roseline souffrant opportunément d'un mal de dos s'était déclarée inapte pour assumer les gros travaux ménagers. Joséfa, en outre, était en rogne. Quand la mauvaise humeur la prenait, elle travaillait encore plus vite que d'habitude. Astiquer, frotter, essorer, donner des coups de balai évacuait quelque peu sa colère, relativisait les problèmes. Les coups de serpillière ne servaient pas seulement à dissoudre les saletés, ils l'affranchissaient des tensions intérieures, lui permettaient de donner libre cours à ses nombreuses interrogations.

Des préoccupations, elle en avait à revendre. À commencer par Nina qui avait passé une bonne partie de la nuit dehors. Joséfa savait très bien avec qui.

Il ne manque plus que ça !

Elle percevait mal comment pouvait finir cette liaison complètement insensée. Nina avait vraiment le don de tomber amoureuse d'un homme qui ne lui convenait pas. Si Jacky était un coureur, Hugo se trouvait aux antipodes de son caractère. Elle soupira, se sentant très vieille tout à coup. Elle devait se rendre à l'évidence. Tous ses conseils et mises en garde ne servaient à rien. Il fallait laisser faire les choses. De la pure folie, mais le mal était fait. Le mal ou le bien d'ailleurs.

Qui suis-je pour juger ?

Nina avait ce matin une mine rêveuse tout à fait charmante. Elle semblait enfin en paix avec elle-même.

Comment savoir, alors, ce qui est juste ?

Évidemment, ce n'était guère malin du point de vue de l'enquête. Enquête qui justifiait quand même leur installation à Vic ! Nina semblait brusquement l'avoir perdu de vue. À ce rythme-là, l'innocence de Jacky passerait aux oubliettes, deviendrait un sujet mineur.

Y pense-t-elle encore seulement ?

Joséfa, elle, ne l'avait pas oubliée. Si Jacky était innocent, comme elle commençait sérieusement à le croire, quelqu'un d'autre ici était coupable.

Si c'est Hugo, nous sommes dans de beaux draps ! Oh, et puis Nina l'a bien cherché, qui en disculpe un pour tomber dans les bras de l'autre. Quel pataquès tout de même ! Il faut que j'aie une conversation sérieuse avec elle. Son air de Lou Ravi est bien gentillet mais ne fait guère avancer nos affaires.

Joséfa tordit une dernière fois la serpillière entre ses mains rougies en poussant un soupir de contentement. Elle en était sûre, de tels emballements du cœur portaient atteinte au jugement. Heureusement pour elle qu'aucune impulsion amoureuse ne lui tourneboulait plus la tête. Elle assistait en spectatrice étonnée à ce désir d'amour déraisonnable que subissaient, malgré eux, Nina et Hugo. Une force inconnue, une nécessité prodigieuse sans aucune explication logique qui les avait jetés l'un vers l'autre.

Prévisible, prévisible et inévitable, au fond je le savais, le pressentais depuis un moment. Il faudra faire avec !

Pouvait-elle encore seulement compter sur Nina pour raisonner, émettre des hypothèses, chercher des preuves ? Ce n'était pourtant pas le moment de flancher. Impossible de se contenter des ragots et des propos sibyllins. Il importait notamment d'en apprendre davantage sur cette Alexia Tumova. Les informations recueillies par Nina à l'usine ouvraient de nouvelles perspectives. Encore fallait-il qu'elles soient confirmées. Joséfa décida une fois de plus de se tourner vers le commissaire Laborie. À ce stade, il était le seul en qui elle avait complètement confiance. Pour intéressants qu'ils soient, les racontars du personnel colportés sans discernement demandaient à être vérifiés. Elle s'enferma dans la buanderie pour pouvoir converser en toute tranquillité. Laborie répondit à la première sonnerie. Cet homme-là devait toujours être sur le qui-vive. Les cuillerées de miel que sa femme lui faisait ingurgiter chaque matin ne parvenaient guère à calmer sa tension.

— Ah, c'est vous ? Ne me dites pas que vous êtes coincée par la tempête. J'espère que vous n'avez pas trouvé un troisième revolver !

Puisqu'il le prenait sur ce ton, Joséfa ne s'embarrassa pas de préambule.

— J'aimerais avoir des renseignements sur une certaine Alexia Tumova.

— Le nom me dit quelque chose.

— Apparemment, elle était stagiaire chez Vitarelle et se serait suicidée. Il me faudrait la date exacte du suicide, les circonstances, enfin tout ce qui est routine pour vous j'imagine, des informations sur sa famille, ses connaissances.

— Comme vous y allez ! J'ai d'autres enquêtes en cours, moi !

— Je ne vous demande pas d'enquêter, simplement de me fournir les informations de base. Pour ce qui est d'interroger ses parents, je m'en chargerai. Si je vous dérange, il faut le dire. Nina n'a pas eu le temps de chercher sur Internet mais ce soir elle pourra le faire. Je peux me débrouiller autrement.

— Arrêtez ce petit jeu, je vais vous les donner, ces infos. Qu'est-ce que vous pouvez être casse-pieds, tout de même !

L'attente fut plus longue que prévu. À travers le combiné, Joséfa entendait le cliquetis des machines, des rires assourdis, des bruits indistincts de conversations. Elle se prit à imaginer toute une équipe en train de s'escrimer à résoudre des enquêtes criminelles. Chercher la vérité, comprendre les agissements, les motivations, démêler le faux du vrai, protéger les innocents, déceler les mensonges, les machinations, les coups bas, faire jouer son raisonnement, ses déductions, son analyse. Quel métier formidable ! Pour autant, elle n'aurait pas aimé travailler avec Laborie. Tous ces moyens modernes utilisés par la police scientifique ne l'intéressaient guère. Nécessaires, utiles, oui, mais insuffisants pour comprendre les gens, les analyser en profondeur. La carte génétique ou les examens balistiques ne vous apportaient au fond que des éléments de preuve, ils n'expliquaient rien. La seule chose vraiment importante c'était l'étude de la nature humaine, et ça c'était vraiment passionnant. Elle n'aurait guère apprécié non plus de recevoir des ordres, de suivre toute une procédure administrative, pire, d'être obligée de la respecter, de demander peut-être même une pléiade d'autorisations avant d'agir. Finalement, elle préférait de beaucoup son rôle de « détective amateur ».

— Vous êtes toujours là ? Désolé de vous décevoir, mais ça m'étonnerait que vous puissiez interroger les parents. La fille était tchèque, elle venait de Prague. En fait de stagiaire, c'était une sacrée pointure. Elle terminait des études d'ingénierie. Je n'en sais pas beaucoup plus sur elle. En particulier, a-t-elle décroché le stage ou les Vitarelle ont-ils cherché ses services ? Mystère ! Toujours est-il qu'elle en avait pour six mois. Son stage touchait à sa fin quand elle s'est donné la mort. Ouvert les veines dans sa baignoire. Pas très ragoûtant. L'autopsie a montré qu'elle était enceinte de trois mois. Pas de doute sur les circonstances de sa mort. J'imagine toutefois que vous allez m'apprendre qu'il ne s'agit pas d'un suicide.

— Non, même pas. Dites-moi, vous savez si elle a laissé une lettre, des explications ?

— Elle a écrit à ses parents, je n'arrive toutefois pas à remettre la main sur la copie. Maintenant, ça suffit Casarès, j'en ai assez de faire le gentil toutou. Arrêtez de tourner autour du pot. Je ne suis pas idiot. Son suicide a eu lieu la veille de l'assassinat d'Hélène Vitarelle. Elle ne peut donc pas être en cause. Qu'est-ce que vous avez derrière la tête ?

— Vous ne trouvez pas, commissaire, que ça fait beaucoup de suicides en même temps ?

— Vous voulez parler de Naucelle ? J'ai du mal à vous suivre. Lui s'est suicidé après le meurtre et on sait pourquoi.

— Vous supposez, vous ne savez pas. Nuance ! Moi je suppose autre chose, si j'arrive à le prouver, je vous en dirai deux mots. Dites-moi, reprit-elle d'un ton plus conciliant, j'aimerais avoir l'adresse des parents, je suppose que ça ne pose pas de problème, je saurai être discrète, vous me connaissez.

Comme Laborie se contentait d'un rire sarcastique, elle s'empressa d'ajouter :

— J'ai aussi besoin des coordonnées de l'avocat de Jacques et du médecin qu'il a rencontré pendant sa garde à vue.

— Vous ne voulez pas non plus le nom des OPJ de garde pendant que vous y êtes !

Se refusant à relever l'ironie qui perçait sous le ton mielleux du commissaire, elle répondit d'une voix assurée :

— Pas pour l'instant, je vous remercie. Si mes déductions sont exactes, je n'en aurai pas besoin.

— Vous m'ennuyez vraiment, Casarès. C'est un jeu dangereux. Je vous donne jusqu'à la fin de la semaine pour m'en dire davantage. Preuve ou non, je veux savoir ce que vous trafiquez. S'il faut rouvrir l'enquête, je suis prêt à le faire. Je ne veux surtout pas que vous preniez des risques inconsidérés. Vous m'entendez ?

— Oui, commissaire divisionnaire, c'est promis.

— Ne vous foutez pas de moi, par-dessus le marché !

— Vous savez bien que ce n'est pas le cas. Je vous respecte, vous encore plus que votre fonction, et ce n'est pas de la flatterie.

— Hum.

— Donnez bien le bonjour à votre dame. Je vous tiens au courant, ne vous inquiétez pas.

— J'aimerais bien, grommela Laborie qui commençait sérieusement à se poser des questions.

Joséfa ressortit plutôt confortée de cette conversation. Quelques vérifications s'imposaient encore, mais elle pensait être sur la bonne voie. Elle dut cependant contenir sa hâte d'élaborer un début d'explication. L'ennui de sa position, c'est qu'elle n'était pas détective à plein temps. Pour l'instant, ménage et cuisine reprenaient leurs droits.

Plus tard, tout en cirant activement les boiseries de la bibliothèque, Joséfa, redevenue intendante, lançait des coups d'œil satisfaits en direction du canapé où Frédéric, lové contre son grand-père, lui montrait, non sans une certaine crânerie, ses derniers dessins. Depuis quelque temps, Charles s'était sensiblement rapproché de son petit-fils, lui consacrant un peu plus d'attention. Le petit venait maintenant spontanément sur les genoux de son aïeul qui l'accueillait avec une tendresse encore un peu gauche.

— C'est bien, approuva Charles en reposant les esquisses, sauf que les oiseaux ne dorment pas dans leur nid.

— Comment ça ?

— Jamais. Je sais que c'est un tableau mignon qu'on aime imaginer, un petit oiseau, blotti dans son nid, avec une couverture de feuilles pour rester bien au chaud. Mais c'est faux. Les nids servent à abriter les œufs et les oisillons. Quand la saison de nidification se termine, les nids sont abandonnés.

— Mais alors, où dorment-ils ?

— Ça alors, renchérit Joséfa en se rapprochant d'eux, moi aussi j'ai toujours cru que les oiseaux dormaient dans un nid.

Charles remonta ses lunettes sur son front dans un geste qui lui était habituel. Il regarda ses deux interlocuteurs qui semblaient entièrement suspendus à ses lèvres. Flatté par cette attention peu commune dans cette maison où en général sa « lubie » n'intéressait personne, il entreprit de développer ses explications en évitant un langage trop technique.

— Ils peuvent dormir dans pleins d'endroits différents. Quand un oiseau s'installe pour faire un somme, on dit qu'il se perche. Il choisit un endroit chaud et sûr. Les passereaux se placent souvent en hauteur pour éviter les chats ou autres menaces du genre, mais aussi à l'abri du ciel pour éviter les chouettes. Un feuillage dense peut aussi faire l'affaire. Les plus gros oiseaux disposent de plus d'options et peuvent dormir sur l'eau, sur une branche, ou même sur le sol.

« En revanche, peu d'endroits sont vraiment sûrs, et certains oiseaux ont développé la capacité de dormir en gardant un œil ouvert. La plupart des pics que nous voyons si souvent dans le parc se reposent dans les cavités des arbres. De nombreux oiseaux trouvent ainsi le sommeil, ça peut d'ailleurs être n'importe quel trou ou zone couverte, toits, ponts, granges, rebords de fenêtres. Certaines espèces comme les hirondelles ou les martinets, pour des raisons sociales ou de sécurité, ou encore pour trouver la chaleur, choisissent de dormir ensemble, parfois par centaines. Ceux qui restent, la moitié des espèces d'oiseaux à peu près, sont des oiseaux percheurs de l'ordre des passériformes. Ce sont nos oiseaux les plus communs : le moineau, la sittelle torchepot, la mésange bleue, le rouge-gorge, l'alouette, le geai, etc. Pour la plupart, ces passereaux utilisent la végétation dense, buissons et haies, pour dormir. Ils se contentent de se poser au crépuscule sur une brindille à leur taille avant de sombrer dans un profond sommeil. C'est aussi simple que ça !

— Mais comment peuvent-ils rester accrochés à leur branche sans tomber quand ils dorment ?

— Grâce à l'évolution, bien sûr ! Ils ont développé ce qu'on appelle des « tendons fléchisseurs » dans les pattes qui serrent involontairement la branche sur laquelle ils se posent. Ces tendons ne peuvent pas se relâcher avant que l'oiseau n'étende ses pattes, ce qui veut dire qu'il est physiquement impossible pour un oiseau de quitter sa branche tant qu'il n'est pas prêt.

— C'est incroyable ce que vous racontez là. Plutôt que de réserver vos conférences à des sociétés savantes, vous feriez mieux d'aller dans les écoles expliquer ces choses essentielles aux enfants.

— Ce serait trop top, pépé, si tu pouvais venir dans mon école !

Charles eut un sursaut involontaire. Pour la première fois, Frédéric se permettait un langage de son âge, pour la première fois surtout, le « grand-père » cérémonieux et distant s'était spontanément effacé au profit d'un tendre « pépé ». Il esquissa un sourire de contentement qui remonta curieusement les coins de sa bouche, le faisant paraître tout à coup à la fois plus jeune et plus humain. Joséfa soupira d'aise, elle n'avait bien entendu rien perdu de ce manège, s'en félicitait intérieurement. Charles croisa alors involontairement son regard. Étonné, une fois de plus, de rencontrer autant de complicité, de compréhension, d'encouragement chez cette femme qu'il connaissait somme toute si peu. Une femme qui se permettait d'entrer dans leur vie, de donner des conseils, de porter des jugements, d'imposer mine de rien ses points de vue. Elle aussi, dans son genre, pouvait être redoutable. Depuis son arrivée, elle le poussait à se remettre en question.

L'échange entre eux n'avait duré qu'un instant, Joséfa était déjà retournée à ses occupations, laissant voir ainsi qu'elle savait rester à sa place. Ce qui bien entendu ne trompait personne. Tous deux savaient que c'était à cause d'elle que Charles avait organisé cette visite auprès de Laure, visite qui était à l'opposé exact de son caractère. Pourquoi en effet prendre de tels risques, se hasarder à décevoir le petit, à s'apitoyer encore davantage sur le sort de sa fille, à contempler l'échec, l'irrémédiable ? Sans cette sacrée bonne femme, il aurait continué aussi longtemps que possible le jeu facile du père qui attend que les choses se tassent. Celui qui laisse faire les bons docteurs, qui se repose sur leurs jugements, qui se plie aux règles de la Faculté. Insister pour voir Laure, c'était à coup sûr se colleter avec une réalité détestable, créer probablement d'autres problèmes, aiguiser surtout le remords qui couvait en lui de laisser sa fille aux mains des autres. Qu'avait-il fait pour elle, au fond, si ce n'est défendre ses intérêts financiers face à la convoitise de sa sœur et de son frère ? Se contenter de téléphoner au centre psychiatrique une fois par semaine pour avoir des nouvelles ne suffisait pas à lui donner bonne conscience. Joséfa avait raison, il était temps de tourner la page, d'appréhender la réalité en face. Le petit devait voir sa mère, se faire sa propre idée. « La réalité est sûrement moins cruelle que son imagination. » C'est la phrase exacte que la femme de charge avait prononcée d'un air grave. C'est cette phrase même qui avait fini par le décider.

Il n'était toutefois pas très fier, pas très rassuré non plus. Tout ça était tellement contraire à sa nature ! Il tentait tant bien que mal de se rasséréner en pensant que les psychiatres connaissaient leur boulot. Certes il avait dû insister, discuter, ils avaient quand même fini par autoriser la visite de l'enfant. Après tout, on pouvait y voir un signe encourageant. Subitement, une idée extravagante lui traversa l'esprit, qu'il formula à voix haute immédiatement, sans se laisser le temps d'y trouver mille oppositions.

— Que diriez-vous de nous accompagner cette après-midi ?

En l'instant, il aurait bien été incapable d'expliquer la raison même de sa demande. Peut-être pensait-il avant tout à calmer Frédéric au cas, fort probable, où l'entrevue ne se passerait pas comme le gamin l'espérait. La présence de Joséfa réconforterait à coup sûr l'enfant. Elle saurait mieux que lui trouver les mots apaisants. Un sixième sens lui disait pourtant qu'il y avait autre chose dans sa proposition, il ne savait toutefois pas mettre le doigt dessus.

Situé à l'écart de la ville de Saint-Flour sur un promontoire rocailleux, l'établissement de Volzac présentait un aspect cossu avec ses larges baies vitrées et ses terrasses en bois accueillantes. Des plantes vertes et des tableaux naïfs agrémentaient le hall de réception, loin de l'aspect aseptisé et clinique auquel on aurait pu s'attendre. La directrice en personne, une femme forte au regard perçant, vint les saluer avec empressement. Devant toutes ces minauderies, Joséfa se fit la réflexion peu amène que la notoriété des Vitarelle arrangeait bien les choses. Si la richesse n'empêchait pas la dépression, elle ouvrait les portes à une plus douce acceptation de celle-ci.

— J'ai averti Mme Naucelle de votre visite, elle vous attend. Cependant, je ne suis pas sûre qu'elle ait bien compris. Il ne faudra surtout pas vous étonner.

— Comment va-t-elle, ces jours-ci ?

— Toujours très prostrée, comme je vous l'ai dit au téléphone. Totalement indifférente à son environnement. Le plus petit effort semble insurmontable. Ce n'est pas étonnant, un état de grande dépression comme le sien aboutit souvent à cette forme totale d'inaction. La notion du temps semble également lui échapper. J'espère qu'elle voudra sortir de sa réserve. Ne soyez pas déroutés si elle semble ne pas vous reconnaître.

— Je lui ai apporté des dessins.

— C'est bien, mon petit. Ça lui fera sûrement plaisir.

Ils la suivirent dans un long couloir circulaire. Alors qu'ils atteignaient une sorte de palier, une porte s'ouvrit brusquement devant un petit homme aux cheveux en bataille qui criait d'une voix aiguë :

— Je veux manger, j'ai faim !

Une infirmière apparut aussitôt. Elle l'intercepta avec un mélange savant de douceur et d'énergie.

— Calmez-vous, monsieur Cussac, vous savez bien que vous venez juste de prendre votre repas, voyons !

Frédéric regardait la scène d'un air intrigué. Il semblait calme en apparence, Joséfa sentit pourtant sa menotte se resserrer sensiblement dans la sienne. Aussi se demanda-t-elle, non sans un pincement au cœur, si cette entrevue était au fond bien raisonnable. Il était trop tard, de toute façon, pour se poser cette question. Les visiteurs poursuivirent leur chemin derrière leur guide qui, arrivée au milieu du couloir, frappa un coup sec à une porte qu'elle ouvrit en annonçant d'un ton faussement jovial :

— Voilà votre petite famille, profitez-en bien !

Se tournant vers Charles, elle indiqua la sonnette d'alarme d'un signe de tête avant de partir en laissant la porte entrouverte. Joséfa resta en retrait sur le seuil. Elle avait lâché la main de Frédéric qui regardait sa mère sans oser s'approcher.

La jeune femme était assise ou plutôt affalée dans un fauteuil rigide placé opportunément devant la fenêtre. Ses bras pendants, ses jambes molles, son regard absent, son extrême maigreur correspondaient en tout point à l'état d'asthénie physique et psychique décrit auparavant par la directrice.

On ne voyait de ce visage osseux que le front trop pâle, les oreilles délicates, les cheveux bouclés, les attaches fines du cou, les lèvres plus étroites qu'un trait de plume, terriblement crispées, comme pour retenir un chagrin secret. Une tristesse insoutenable se dégageait de toute sa personne.

— Maman ! Oh, maman réponds-moi, je t'en prie.

Charles retint l'enfant par l'épaule. Les yeux rivés sur sa fille, il semblait maintenant presque aussi tétanisé qu'elle. L'instant était crucial. Tous retenaient leur souffle. Malgré la voix cristalline et l'appel angoissé du petit, Laure n'avait pas bougé. Elle semblait vraiment enfermée à jamais dans son monde perdu. Joséfa regrettait déjà son idée. Cette visite ne servirait à rien. Certes, maintenant elle savait que la dépression était réelle, que la jeune femme assise là devant elle ne simulait pas, qu'une immense douleur l'avait broyée, la laissait au bord du vide comme une noyée. Une colère montait en elle insidieusement contre Jacky et la Bramade, responsables malfaisants de toute cette situation. Ils n'avaient pas résisté à leurs désirs égoïstes de possession et de domination. Ils ne s'étaient jamais préoccupés des autres. Joséfa n'était plus loin de penser qu'au fond, ils avaient tous deux mérité leur sort. La femme qui gisait là n'était qu'une pauvre victime, une de plus, comme cette Alexia qui, elle, était allée encore plus loin dans la destruction de son être. Nina, finalement, s'en sortait bien, son caractère rebelle l'avait sauvée. C'est ça qui manquait à Laure, trop habituée à toujours courber la tête. Alors qu'elle se demandait s'il était encore possible d'obtenir de celle-ci une réaction quelconque, Joséfa remarqua une petite veine bleue sur la tempe de la malade qui battait vite, très vite. Une minuscule pulsion de vie qui venait d'apparaître. Une réaction, si misérable fût-elle, qui permettait peut-être d'espérer. Contrairement à Charles qui se mettait déjà en retrait, elle sentit son énergie revenir au galop, en profita pour glisser un conseil à l'oreille de Frédéric. Celui-ci s'approcha bravement du fauteuil, prit la main exsangue de sa mère, la porta spontanément à sa bouche.

— Je t'ai amené des dessins, maman, c'est pour toi que je les ai faits.

La petite veine continuait à battre, peu après des larmes glissèrent sur les joues pâles et la main brusquement se referma sur celle de l'enfant.

Joséfa sortit alors discrètement dans le couloir, elle se sentait de trop. Une espèce de honte l'envahissait aussi. Que faisait-elle ici ? De quel droit s'immisçait-elle dans cette souffrance ? Comment avait-elle pu accuser cette malheureuse ? Joséfa, qui avait toujours détesté les hôpitaux, se faisait en outre violence pour ne pas fuir au plus vite cet établissement trop chic qui lui inspirait la plus totale méfiance. À n'en pas douter, compétence et dévouement étaient ici de mise, seulement son bon sens lui commandait de trouver d'urgence pour Laure une solution beaucoup moins lourde.

Elle n'eut de cesse, tout le long du retour, de vanter à Charles les avantages d'une hospitalisation à domicile. Bien que repoussant pour l'instant ce projet qu'il trouvait aussi généreux que bien trop prématuré, l'ornithologue semblait nettement plus serein. Pour son fils, Laure était sortie de son enfermement. Ce n'était pas tant les deux pauvres mots balbutiés que ses larmes, ses baisers qui comptaient. Un pas essentiel venait sans nul doute d'être franchi, comme l'avait reconnu ensuite le psychiatre avec lequel il s'était entretenu. Frédéric était pressé de revenir. Lui aussi semblait rasséréné, fortement intéressé au premier chef par la solution que développait Joséfa. Épuisé par la tension nerveuse qui se relâchait, bercé par le ronronnement du moteur, un sommeil réparateur commençait doucement à le gagner. Installé confortablement sur la banquette arrière, le petit garçon ferma les yeux en souriant. Peu lui importaient les réticences actuelles de son grand-père, il ne doutait pas un seul instant des pouvoirs de persuasion de sa super grande amie.

16

Sur le point de partir sitôt son service terminé, Joséfa risqua un œil à travers l'entrebâillement de la porte de la bibliothèque où toute la famille s'était réunie autour de la grande table en noyer. Autant à leurs regards aigus qu'à la fébrilité de leurs gestes, elle comprit combien la réunion allait être importante.

Ils vont peut-être parler de Laure ?

Sa conscience lui chuchotait de battre en retraite, sa curiosité de rester. Son bon sens l'emporta. Pour faire progresser l'enquête, il importait d'en savoir davantage. L'heure n'était plus aux états d'âme. Toute conversation entre les différents protagonistes pouvait lui être utile. Elle se cala donc contre la cloison du couloir, bien décidée à en profiter.

Peu lui importait de ne pas les voir, elle connaissait suffisamment les moindres intonations de leurs voix pour pouvoir les différencier. Hugo prit le premier la parole.

— Je suis désolé de vous imposer cette réunion un dimanche après-midi, mais l'affaire qui nous concerne est suffisamment grave pour réclamer la présence de tout le monde, même toi papa.

— Qu'est-ce qui se passe encore ? Une nouvelle dispute avec ta sœur ?

— Au contraire, Sophie et moi sommes d'accord. Nous avons eu la confirmation ce matin que Pluizzi, notre concurrent italien, annonce la sortie d'un parapluie révolutionnaire antitempête.

— Et alors ? s'exclama Michel avec dédain, les Vitarelle ne peuvent pas prétendre avoir le monopole de toutes les innovations, que je sache !

— Sauf qu'en l'occurrence, c'est de notre innovation qu'il s'agit !

— Explique-toi ! le pressa Charles, qui voyait s'éloigner la perspective de passer un bon moment avec la projection d'un film documentaire sur les migrateurs.

— Ce procédé correspond point pour point au projet sur lequel travaillait Alexia Tumova, notre stagiaire, projet que nous avions financé de A à Z. Le dossier était finalisé, prêt à être déposé à l'Inpi. Le hic, c'est qu'on ne l'a jamais retrouvé.

— Tu veux dire qu'elle vous a doublés pour s'adresser à Pluizzi ?

— Je ne veux rien dire du tout. Tu ne sembles pas t'en souvenir, papa, ce n'est guère étonnant car tout cela est arrivé au moment du décès de maman. Cette jeune femme qui terminait son stage de fin d'études chez nous s'est suicidée. Un chagrin d'amour apparemment. Elle n'avait pas du tout dans l'esprit de négocier avec un concurrent.

— Rien ne le prouve, tu n'en sais rien !

Michel prononça cette phrase avec un petit air « donneur de leçons » qui eut pour effet d'agacer autant son beau-frère que sa femme. D'ailleurs, Sophie crut bon d'intervenir :

— Tu fais fausse route, mon chéri, Tumova nous était attachée, c'était une fille bien. Maman l'encourageait, suivait de près le projet. Ce dossier, je l'ai vu plusieurs fois sur son bureau. Avec toutes ces histoires qui nous sont tombées dessus à quelques jours d'intervalle, on n'y a pas pensé tout de suite. Il faut dire qu'on avait d'autres chats à fouetter. Quand les affaires ont repris, je l'ai cherché partout. Je comprends maintenant pourquoi je n'ai jamais réussi à mettre la main dessus. Quelqu'un de l'usine a dû profiter de la confusion générale pour le dérober.

— Vous extrapolez ! Cette fille détenait probablement le dossier chez elle. N'importe qui, voisin ou proche, l'a tout bêtement découvert et vendu à Pluizzi.

— Allons Michel, tu t'y connais pourtant assez en ce domaine. Le droit de l'innovation, c'est ton point fort. Tu conviendras avec nous qu'il fallait être au courant des enjeux. Un type lambda qui tombe sur ce genre de dossier ne saurait pas le valoriser. Ce n'est pas un novice qui a fait le coup. Impossible ! Vois-tu, je pense, nous pensons en fait avec Sophie, que seul quelqu'un de chez nous a pu subtiliser le dossier pour le proposer à nos concurrents, moyennant un gros pactole, évidemment.

— C'est ennuyeux, vous avez une idée ? demanda Charles avec gravité, tout en imaginant malgré lui la Bramade se cabrer dans sa tombe devant une telle déloyauté.

— Difficile à prouver, trop de temps s'est écoulé pour se lancer dans une enquête sérieuse. Ce qui est fait est fait. Seulement, nous ne voudrions pas que ça recommence. Si nous nous faisons voler de la sorte toutes nos idées, Vitarelle ne tiendra pas longtemps. C'est peut-être ce que certains ici recherchent.

Charles trouva l'insinuation insultante. À quel jeu jouait donc son rejeton ? Sophie semblait toutefois sur la même longueur d'onde que son cadet. Fallait-il s'en réjouir ? Pas sûr ! Une fronde organisée de ces deux-là signifiait que l'épisode était bien plus préoccupant qu'il ne l'avait cru de prime abord. La mise en cause, formulée pourtant à mi-voix, n'en était pas moins péremptoire. Vu l'état actuel des choses, elle ne pouvait concerner que Michel. Qu'est-ce qui avait bien pu amener ses enfants, Sophie surtout, à une telle conclusion ? Certes, Michel avait toujours préféré son confort et l'argent à la réussite de l'entreprise. Pour autant, celle-ci le faisait vivre. Pourquoi aurait-il été se livrer à de tels trafics ? Était-il aux abois ? Maintes fois Hélène l'avait mis en garde sur le train de vie dispendieux de leur gendre, insistant en particulier sur sa marotte des courses qui pouvait se révéler fatale. Avait-elle raison ? Pour sa part, il n'avait prêté qu'une oreille distraite à ce qu'il considérait comme des méchancetés gratuites.

Il aurait dû se méfier davantage. La Bramade avait toujours eu un don certain pour déceler les travers de ses semblables. Face à l'attaque, l'attitude de Michel restait en apparence sereine. Il semblait donner son point de vue, d'un ton détaché, légèrement professoral.

— Vous savez bien que la propriété appartient à celui qui dépose le brevet le premier, c'est la règle du « premier déposant ». Pluizzi a eu la même idée que nous, on s'est fait doubler, c'est tout. Quand je vous dis qu'on ne peut pas tout miser sur les collections, qu'il faut sans cesse se réinventer. Le parapluie connecté risque de nous faire plus de mal que le parapluie antitempête. Les brevets en ce domaine seront très convoités. Pas sûr qu'on soit capables de s'aligner financièrement. Vitarelle, en effet, ne tiendra peut-être pas longtemps. Le pain blanc est derrière nous.

— Ma parole, on croirait que ça te fait plaisir !

Hugo regardait son beau-frère avec une sorte d'étonnement horrifié. Il se rendait compte brusquement que ce dernier les détestait réellement. Sophie mit la main sur le bras de son mari comme pour empêcher tout nouvel incident. Sa poigne était dure et ferme. Elle bouillait intérieurement de colère, comprenant intuitivement que Michel devait être d'une façon ou d'une autre à l'origine de la subtilisation du brevet. C'était trop fort, elle ne pouvait l'admettre. Elle prit sur elle pour faire preuve de sérénité. Les autres ne devaient pas savoir. Jamais. L'explication, qui fatalement aurait lieu plus tard avec son mari, promettait cependant d'être sanglante.

— Ça ne fait évidemment plaisir à personne, articula-t-elle d'une voix un peu stridente qui ressemblait si curieusement à celle de sa mère qu'ils se sentirent tous ébranlés.

Charles ne put s'empêcher de constater amèrement :

— Tous ces désordres n'auraient pas eu lieu du vivant d'Hélène.

— Je n'en suis pas si sûr, papa. Maman s'est toujours colletée à des tas de difficultés, à une concurrence sans merci. La seule différence, c'est qu'elle n'avait aucune fragilité. C'est pourquoi nous devons en la circonstance présenter un front commun. Aucune voix dissonante ne sera admise. Quant au parapluie connecté, à ce jour les modèles ne sont pas assez répandus, beaucoup sont encore à l'état de prototypes, certains relèvent trop du gadget. Néanmoins, ces inventions méritent d'être regardées et testées avant d'acquérir un brevet. Je vais mettre en place un système de veille pour suivre de près ces avancées technologiques. Vitarelle mettra le prix qu'il faut pour celles qui permettront un réel avantage compétitif. Une connerie suffit. Plus question à l'avenir de se faire doubler.

Charles apprécia la subtilité de son fils qui avait lancé clairement sa mise en garde sans pour autant s'appesantir. La connectivité du parapluie, sujet passionnant mais moins polémique, permettait de ramener chacun à une plus juste raison. Pour détendre l'atmosphère, il se prêta au jeu du candide.

— Est-il vraiment nécessaire que notre parapluie communique avec notre téléphone et nos applications ? Doit-on avoir un commentaire sur Facebook à chaque fois qu'on l'utilise ?

— On peut encore considérer ça comme un gadget. L'avantage pour l'instant c'est de pouvoir le localiser en cas de perte, mais à terme il peut devenir intéressant de participer à une météo communautaire ou même de partager son parapluie.

— J'avoue que je ne comprends pas, je dois être de la vieille école !

Tout en rassemblant méthodiquement les documents éparpillés sur la table, Sophie, adoptant le ton qu'elle employait avec les clients, fournit l'explication demandée.

— Qui n'a jamais regretté de devoir courir sous une pluie torrentielle en se disant qu'il aurait dû prendre son parapluie ? L'idée est simple. Comme pour un taxi, ton parapluie est muni à son sommet d'une petite lumière qui indique si tu es prêt ou pas à partager un peu de ton abri avec quelqu'un. Ta disponibilité ainsi que ton trajet sont retransmis sur une application dédiée. Ainsi, les personnes autour de toi possédant l'application sauront si elles peuvent compter sur toi et surtout sur ton parapluie pour les aider à traverser l'orage.

— Une nouvelle façon de faire des rencontres en quelque sorte ?

— Bon, si vous en avez fini avec toutes ces foutaises, j'ai d'autres choses à faire, moi !

bougonna Michel en faisant pivoter brusquement son fauteuil.

— Il faut l'excuser, ses douleurs sont insupportables en ce moment.

Il fallait vraiment que Sophie soit à bout d'arguments pour utiliser la maladie de son mari en guise d'excuse. Hugo fit semblant d'y croire. Pas la peine d'attiser la polémique. Son message était suffisamment clair. Pour cette fois, il passait l'éponge, mais pour cette fois seulement. Il n'admettrait aucune autre perfidie. Nul doute que les époux allaient maintenant entamer une discussion orageuse. Il fallait espérer que Sophie en sorte victorieuse. Ça ne devrait pas poser trop de problèmes, après tout c'est elle qui avait l'argent.

De l'autre côté de la cloison, Joséfa s'empressa de prendre le large. Ne manquant pas de souplesse malgré sa corpulence, elle put se faufiler discrètement par la porte de service avant même que Michel n'atteigne celle de la bibliothèque. C'est qu'elle ne tenait pas à rencontrer le regard acéré de l'infirme. Depuis l'incident du secrétaire, il semblait se méfier d'elle, la jaugeait en tout cas d'un air peu accommodant. Ce beau monsieur pouvait toujours jouer de sa supériorité, c'était au fond un bonhomme peu recommandable. Joséfa était encore déroutée par ce qu'elle venait d'entendre. Tout bonnement incroyable ! Ainsi, Michel aurait vendu le brevet à un concurrent ? Il n'avait pas perdu de temps ! Sophie semblait en apparence innocente, à moins qu'elle ne cachât bien son jeu. Les relations dans le couple étaient sûrement moins idylliques qu'il n'y paraissait. Joséfa restait ébahie par les enjeux financiers. Michel était quand même un beau salaud d'avoir doublé toute sa famille. À la place d'Hugo, elle l'aurait foutu dehors. Évidemment, il devait ménager la chèvre et le chou à cause de sa sœur. Tout de même ! Comment pourrait-il à l'avenir lui faire confiance ? Ça semblait plutôt mal parti pour une direction collégiale. Elle se prit à espérer qu'Hugo puisse redresser la barre tout en se reprochant immédiatement de s'impliquer autant.

Qu'est-ce que ça peut me faire au fond que Vitarelle plonge ou pas ? Je ne suis qu'une vieille bête qui m'intéresse trop aux gens, voilà la vérité !

Parce qu'elle avait beau se dire qu'il fallait sauvegarder toute cette tradition, ce savoir-faire et surtout ces emplois, elle savait que ce serait surtout un vrai crève-cœur de voir Vitarelle rachetée par une marque étrangère. Qu'elle le veuille ou non, le sort des parapluies commençait sérieusement à conditionner son jugement. Ce qui lui rendait encore plus abjecte l'attitude de Michel. Comment avait-il pu manquer à ce point de loyauté ? Avait-il vraiment besoin d'argent ou était-ce par vengeance envers sa belle-famille ? Envers la Bramade surtout, qui l'avait toujours pris pour quantité négligeable, lui avait serré les cordons de la bourse, l'avait obligé à loger ici ? Même morte, finalement, on revenait toujours à elle. Elle semblait conditionner à jamais les faits et gestes de chacun. C'était terrible.

L'importance de détenir un brevet d'invention avait jusque-là échappé à Joséfa. Elle venait seulement d'en réaliser l'intérêt, de comprendre la nécessité absolue d'en garder le secret. Une question restait toutefois en suspens.

La discrétion était-elle la seule raison qui avait poussé la Bramade à enfouir le dossier dans la cache de son secrétaire ? Sûrement ! Pourtant cette explication ne lui convenait qu'à moitié. Hugo, Sophie étaient au courant de l'innovation proposée par la stagiaire. Pourquoi alors la dissimuler dans un endroit qu'ils ignoraient ? Par méfiance envers Michel, Jacques ?

Jacky justement. Il fallait bien revenir à lui. C'était quand même à cause de lui qu'elle s'était fourrée dans toute cette aventure. Quels étaient ses rapports avec la stagiaire ? L'avait-il mise enceinte comme on pouvait le supposer ? Cette innovation de malheur avait-elle un rapport avec son suicide ou le meurtre de la Bramade ? Pourquoi cette Alexia s'était-elle suicidée ? De nos jours, une jeune femme équilibrée ne se donne pas la mort parce qu'elle est enceinte. Ça n'avait aucun sens ! La police était bien négligente de croire n'importe quelle baliverne pour arrêter aussi sec ses investigations. Elle ne l'avait pas dit à Laborie pour ne pas le froisser, mais n'en pensait pas moins. Pourquoi cette fille que tout le monde décrivait comme une beauté fatale, souriante, intelligente, aurait-elle mis fin à ses jours ? Il fallait reconstituer ses derniers moments. Nina devait normalement s'en charger, interroger sa logeuse, ses voisins, téléphoner aux parents en espérant qu'ils pratiquent un peu l'anglais car sinon le dialogue risquait de tourner court. L'ennui c'est que ce suicide se télescopait avec la mort de la Bramade. À croire que tout s'était passé le même week-end. Les employés avaient été tellement obnubilés par l'assassinat de leur patronne qu'ils semblaient en avoir oublié tout le reste.

Elle trouva Nina dans le petit pavillon de garde en train de relancer le feu. Les travaux de réparation du toit tardaient. Avec l'arrivée du mauvais temps, des traînées d'humidité couvraient les pierres au ras du sol, s'infiltraient dans les murs, rendaient l'atmosphère un peu lourde.

— Emy tousse beaucoup, elle n'est pas bien.

Joséfa toucha le front de la petite qui s'amusait paresseusement avec son frère à peindre des boîtes à œufs en carton. Jules lui expliqua d'un ton triomphant :

— Après on va les remplir de terre pour semer des graines de radis.

— Il faut bien les occuper à moindres frais, s'excusa Nina en grimaçant un pauvre sourire.

Le cœur n'y était pas, on la sentait préoccupée. Elle entreprit de commenter à sa tante le résultat de ses dernières investigations pendant que celle-ci préparait une tisane à base de thym, de plantain et de miel pour l'enfant.

— Ma petite enquête de ce matin a été vite faite. Alexia louait bien un studio à la résidence universitaire d'Aurillac. Seulement, depuis son départ, les vacances sont passées par là, une nouvelle rentrée a eu lieu. Autant te dire que les étudiants ne sont plus les mêmes. La plupart de ceux que j'ai rencontrés n'ont jamais entendu parler d'elle. Heureusement, une fille qui a repiqué sa deuxième année d'IUT a pu me donner quelques renseignements. Elles ont fait quelques sorties ensemble au début puis Alexia a très vite laissé tomber le groupe, elle s'était trouvé un petit ami plus friqué, d'après l'étudiante en question.

— Jacky ?

— Ça se pourrait bien, selon sa description. La voiture de sport, le klaxon stupide, le mec joyeux, sûr de lui... Ouais, ça lui ressemblerait assez.

— Il ne se cachait pas alors. Pourtant, ici, il est connu, plus qu'à Clermont. C'est étonnant. Continue. Elle t'en a dit plus sur le suicide ? Elle était dépressive ?

— Au contraire, une fille gaie, bosseuse, sans histoire. Seulement amoureuse, très amoureuse. Tout ce qu'on savait déjà. En fait, je n'ai obtenu que deux informations vraiment intéressantes. Elle devait passer Pâques à Prague avec son copain pour le présenter à ses parents, ça avait l'air très sérieux.

— Tu crois Jacky capable de s'impliquer à ce point ?

— De faire semblant, oui. Il a déjà fait pire, non ? Seulement, comme les filles de l'usine le disent si bien, il était peut-être vraiment accroché cette fois. Dans ce cas, on peut penser qu'il envisageait réellement de tout quitter pour elle.

— Ça ne tient pas debout, s'agaça Joséfa, tout en goûtant la mixture qu'elle venait de préparer avant d'y rajouter un peu de miel.

— Jacky mentait tellement qu'on ne sait plus où se situe la vérité. Pour cette fois, il avait peut-être l'intention de plaquer femme, enfant, boulot, pour vivre une aventure avec la belle Tchèque.

— Tu oublies sa belle-mère ! La Bramade le surveillait de près. Elle devait obligatoirement être au courant de cette liaison qui ne devait pas tellement lui plaire.

— Tu ne crois pas si bien dire. C'est justement ma dernière info. La fille est formelle, Hélène Vitarelle est venue sur le campus. Elle voulait voir Alexia, s'est trompée d'abord de studio. Il y a eu des éclats de voix. La vieille est repartie en claquant la porte. Je donnerais cher pour savoir ce qu'elles se sont raconté !

— Attends, c'est important ! C'était quand ? Le jour de la mort d'Alexia ?

— Ne t'emballe pas ! Tu penses bien que moi aussi j'ai posé la question. Je voyais déjà Vitarelle en train d'empoisonner la stagiaire. Pas de chance, celle-ci s'est ouvert les veines. Or la Bramade est venue lui rendre visite le vendredi 9 mars en fin d'après-midi. La fille s'en souvient car c'était l'anniversaire de sa meilleure amie. Alexia s'est tuée le dimanche 11 au matin. Le corps a été découvert le lundi, ça a fait un sacré foin dans la résidence.

— Décidément, le 11 est une date fatale, c'est aussi le soir où la Bramade a été assassinée.

Tu veux que je te dise ? Tout ça ne me convient pas du tout. Il y a bien trop de coïncidences dans cette affaire.

— Eh bien moi, je n'y comprends plus rien. La seule chose qui me vient à l'esprit, c'est que si Jacky était si amoureux, il avait encore moins de raisons de se suicider.

— Se suicider, peut-être pas. Par contre, reconnais que ça lui offrait encore plus de mobiles de tuer sa belle-mère ! Piquer de l'argent dans la caisse, mettre fin à une liaison encombrante, se sauver, refaire sa vie. Au contraire, tout s'enchaîne presque trop bien.

— Non, ça ne colle pas ! Ton scénario n'est pas crédible. Jacky n'a pas tué Hélène, sinon il serait parti retrouver Alexia pour s'enfuir avec elle. Au contraire, quand il a découvert le corps, il a complètement paniqué, il ne savait plus à quel saint se vouer. Il a bien pris la fuite, mais tout seul. C'est ensuite seulement qu'il est venu me voir, moi, à Clermont. On ne sait pas trop pourquoi d'ailleurs.

Joséfa, qui était en train de tisonner les flammes, se releva d'un coup, ses yeux luisaient d'un éclat étrange qui ne devait rien à la chaleur du feu. D'une voix un peu exaltée, elle s'écria :

— Mais oui, à la bonne heure, c'est ça ! En admettant que ton Jacky n'ait pas tué la Bramade mais l'a au contraire trouvée morte, comme tu dis, et comme il l'a toujours affirmé, tu penses bien qu'il a connu la frousse de sa vie. Contrairement à toi, je suis certaine que son premier réflexe a été de se réfugier dans le giron d'Alexia.

Seulement celle-ci ne pouvait pas le consoler. Elle gisait sur le carrelage de sa salle de bains depuis le matin. Ça, il ne pouvait pas le savoir. Comme elle était aux abonnés absents, il a paniqué grave. Trop risqué de passer la nuit sur le campus à l'attendre. Impossible de retourner à la villa Médard. Alors, et alors seulement, il a eu l'idée de débouler chez toi. Tu étais son seul recours. Ce mec était vraiment un lâche, incapable d'assumer. Un petit garçon gâté en somme qui avait besoin d'une maman, n'importe laquelle, pour le rassurer. On ne peut pas être plus égoïste. Tu te rends compte, j'espère, qu'il était prêt à te mouiller pour sortir de ce bourbier. Je me demande pourquoi je me donne tant de mal pour un tel mufle !

Une énorme bouffée de tendresse, de culpabilité, de remords et de reconnaissance s'empara de Nina qui, sans plus réfléchir, vint se couler tendrement dans les bras de sa tante.

— Parce que tu as voulu me venir en aide, tout simplement. Tu es trop généreuse, moi trop sotte. Que m'importe au fond que Jacky soit coupable ou pas ! Il m'avait bel et bien laissée tomber avec les enfants.

— Taratata ! S'il a été accusé à tort, il mérite d'être disculpé. Quand bien même il serait le roi des salauds !

— Tu crois son innocence possible ?

— De plus en plus, c'est bien ce qui m'embête.

Tante et nièce échangèrent un sourire de connivence chargé de gravité. Le plus dur n'était plus en effet de blanchir Jacky mais bien de mettre à jour le vrai coupable avec tous les drames qui pouvaient en découler.

— Il faut que je me sauve, déclara Joséfa d'une voix volontairement bourrue en se dégageant sans ménagement.

Les effusions n'étaient pas son fort, la mettaient même toujours rapidement mal à l'aise. Tout en enfilant une épaisse parka jaune et noir qui la faisait ressembler à une grosse guêpe, elle expliqua d'un air un peu goguenard :

— Figure-toi que j'ai rendez-vous avec l'avocat de Naucelle, maître Raynal. Celui-là, quel cul pincé ! Pas moins de dix coups de fil pour obtenir une entrevue, et encore ! J'ai dû broder une histoire pas possible pour qu'il consente à me recevoir. À dix-sept heures dix précisément. Pourquoi dix et pas le quart ou cinq ? Mystère... Je n'apprendrai probablement rien de plus mais je pense pour le coup que je vais bien m'amuser.

Après le départ de Joséfa, Nina se remit au travail, espérant avancer dans les plans d'aménagement du hall. La tâche semblait pour le moins ardue avec la table envahie de cartons, peinture et pots de terre dans cet environnement bruyant de bavardages, rires et joyeuses chamailleries d'enfants. La jeune mère, qui avait toujours donné la priorité à sa progéniture, y était habituée. Insensible au volume sonore, elle arrivait à se concentrer tout en fournissant mille et une réponses à ses ouailles. Plusieurs fois son téléphone vibra. Appels manqués, SMS et messages d'Hugo s'empilaient en silence. Elle ne voulait pas y répondre, devait se tenir à la ligne de conduite établie par elle-même. Dieu que c'était difficile d'être une femme ! Elle avait envie de lui à hurler, se sentait pourtant bien trop prisonnière de son état, de sa condition, de sa culture, de son milieu pour pouvoir y répondre. Cette attirance inexpliquée se heurtait à leurs différences qui érigeaient entre eux un mur autant invisible qu'infranchissable.

Toutes ces belles résolutions volèrent en éclats quand, après avoir tambouriné au carreau, Hugo s'engouffra par la porte qui tourna en gémissant sur ses vieilles charnières.

— Tiens, y a le bonhomme fripé ! s'exclama Jules en se précipitant vers le nouveau venu.

Loin de se vexer comme aux premiers jours, Hugo, que cette appellation commençait à amuser, ébouriffa les cheveux du petit d'un geste affectueux. Il lui tendit un paquet de livres aux couleurs vives.

— À partager avec ta sœur. Frédéric a fait le tri dans ses illustrés.

L'explication s'adressait surtout à Nina qu'il savait suffisamment chatouilleuse pour refuser tout cadeau de sa part. Le jeune homme avait dû faire preuve d'une imagination féconde pour détourner cet oukase sans qu'elle puisse y trouver à redire. Tandis que les jumeaux s'emparaient des albums en gloussant, il attrapa une chaise.

— Je peux ?

Nina fit un signe d'assentiment en croisant les bras pour s'empêcher de le toucher. Une fois de plus elle sentait son corps vibrer d'une manière étrange qui la rendait confuse en faisant fuir toutes ses précédentes résolutions.

Hugo désigna le téléphone posé sur la table.

— Même si ton forfait est limité, répondre à mes appels ne te coûte rien.

— Justement si, ça me coûte. On a dit une fois, c'est tout.

La voix était rauque, sensuelle, touchante, beaucoup moins assurée en tout cas que les paroles émises. Hugo s'empara de sa main à travers la table, l'obligeant à dénouer ses bras.

— C'est toi qui as dit « une fois », pas moi. C'est impossible maintenant, tu le sais bien.

Il fit courir son doigt sur sa main, ce simple geste suffisait à les anéantir, les clouait l'un à l'autre dans un désir irrésistible proche de l'évanouissement.

— Tu sais, Joséfa est partie voir un avocat. C'est pas un truc qui se mange, c'est un bonhomme comme toi !

— Ah oui ?

Hugo n'avait pas retiré sa main, sa pression cependant était différente, plus forte, moins tendre. Nina proposa un café tandis qu'il regardait avec intérêt ses premières ébauches d'aménagement. Beaucoup de fraîcheur, d'intelligence, de sensibilité, de naïveté aussi. Il se fit la réflexion que ce projet correspondait parfaitement à la jeune femme elle-même.

— Pourquoi ta tante a-t-elle besoin de voir un avocat ?

— Je ne sais pas, une affaire de famille je crois.

Nina fourragea dans ses cheveux pour se donner une contenance, elle s'en voulait de rougir ainsi comme une gamine. C'était tout bonnement ridicule.

— Un dimanche ?

— Elle n'a pas beaucoup de temps de libre, tu sais !

— C'est vrai. Elle est si précieuse qu'on lui en demande beaucoup trop. Il faut qu'elle prenne ses jours de repos.

Il la regarda intensément, elle lui cachait sûrement quelque chose, il aurait bien aimé savoir quoi. Quand elle versa le café, il sentit son odeur de pomme, en fut bouleversé, oublia tout. L'attirant vers lui, il murmura d'une voix caressante :

— Ce soir ?

Elle acquiesça dans un souffle, incapable de résister davantage. Hugo se sentait fébrile. Il n'avait jamais connu une telle tension, une telle ardeur, un tel manque. Il ne comprenait pas ce qu'il lui arrivait, ne cherchait même plus à savoir.

La seule réflexion intelligente qu'il se fit en regagnant la villa concernait l'état de délabrement du pavillon et la nécessité d'entreprendre au plus vite des travaux de restauration. La petite toussait, la faute sûrement à cette ambiance trop humide et malsaine. Un désir de protection complètement insensé le prenait. Nina était à la fois douce et dure, fragile et forte, sensuelle et défaite. Elle pouvait aussi à tout instant reprendre sa liberté sauvage. Cette idée même lui semblait tout bonnement insupportable.

17

Derrière sa fenêtre, Joséfa guettait le départ de Michel pour le centre de rééducation fonctionnelle où il se rendait une fois par semaine pour pratiquer des exercices de natation sous la surveillance d'un thérapeute. Après avoir rangé le fauteuil roulant dans le coffre, le chauffeur de taxi parlementa encore pendant un moment interminable avec son passager avant de revenir en courant chercher un chapeau de feutre oublié dans le vestibule. La voiture franchit en douceur le portail qu'Anselme referma derrière elle. Elle poussa un soupir de soulagement. Enfin seule ! Charles passait la journée à Montpellier pour un congrès d'ornithologie, les autres vaquaient à l'usine. Elle disposait d'une bonne heure avant de récupérer Frédéric à l'école. Largement suffisant pour accomplir ce qui lui trottait dans la tête de manière insistante depuis plusieurs jours. Visiter la chambre de la Bramade. Elle savait par Roseline que celle-ci était restée en l'état depuis la disparition tragique de son occupante, ni Marinette ni elle-même n'ayant osé pénétrer dans ce sanctuaire sans demande expresse de Monsieur qui, en l'occurrence, n'avait jamais évoqué le sujet.

Le vaste logement situé au premier étage formait, à entendre l'aide-ménagère, la plus belle partie de la demeure. Quand Joséfa pénétra dans la pièce, celle-ci lui parut très sombre, du papier peint jusqu'aux rideaux tout y était du même noir profond, grave, velouté. À travers les persiennes closes, le jour versait une clarté diffuse qui semblait isoler le lit au milieu d'une mer silencieuse et blême. Une vague odeur de renfermé rendait l'atmosphère encore plus pesante. Joséfa ouvrit les volets d'un coup sec. La lumière froide et dorée de cette fin novembre balaya brusquement toutes les ombres en jetant ses ardentes réverbérations jusque dans les coins les plus obscurs. La première chose qu'elle vit fut une myriade de photographies, représentant Hélène au temps de sa splendeur, toutes pendues au mur dans un cadre en argent. Des portraits multiples, toujours complaisants, de l'enfant prodige, de l'élève brillante, de l'adolescente recherchée, de la jeune femme resplendissante, de la patronne légendaire, de la mère en majesté, de l'épouse adulée, de la bienfaitrice incontestée.

Comment pouvait-on supporter la vision d'autant de clichés personnels chaque matin à son réveil, chaque soir au coucher, des photos à la gloire de soi-même, des reflets du temps passé, des souvenirs qui ne pouvaient que créer de l'amertume, de la mélancolie, de la tristesse, du ressentiment ? Quelle indulgence envers soi-même aussi, quelle dévotion exagérée, quel culte de la personnalité ! Tous ces clichés révélaient surtout un besoin incommensurable de se soustraire à la tyrannie du temps. Comment supporter d'être après avoir été ? Voilà le dilemme que résumaient tous ces morceaux choisis d'une vie finissante. Ils dépeignaient mieux que tout discours une femme malheureuse, terriblement seule, aigrie. Une femme qui ne vivait que pour sa propre gloire, une femme au cœur sec incapable d'aimer, pire, d'être aimée. Un sentiment de tristesse s'empara de Joséfa. Comme il fallait être accablé pour s'éloigner ainsi des autres ! Par avarice, peur ou égoïsme, Hélène Vitarelle s'était bel et bien coupée des siens.

Un lit en merisier massif avec ses deux chevets, des fauteuils club en cuir, une armoire sculptée constituaient le seul mobilier de cette chambre d'aspect sévère. Malgré l'épaisse couche de poussière qui recouvrait les meubles, il était difficile de croire qu'aucun ménage n'avait été fait depuis ce fatidique mois de mars. Aucun désordre en effet. Le moindre vêtement, journal ou bout de papier était rangé avec soin. Rien n'attestait que la Bramade était sortie en pleine nuit. Les mules soigneusement rangées dans l'armoire, le peignoir sur son pendant, le filet à cheveux accroché aux montants de la psyché semblaient au contraire attendre patiemment son retour. Aucun revolver dans les tiroirs des chevets comme l'escomptait plus ou moins Joséfa. Seulement des mouchoirs, des bijoux, un recueil de prières, un vieux roman de Conan

Doyle, *Le Problème du pont de Thor*, qui montrait qu'Hélène au moins pouvait s'adonner parfois à des occupations plus futiles, et surtout un étrange cochon rose en porcelaine aussi incongru que déroutant. C'était bien d'ailleurs la seule touche d'humanité dans tout ce décor guindé et incroyablement égocentrique. En l'examinant de près, Joséfa remarqua de multiples rayures blanchâtres. Cette tirelire qui tenait davantage du jouet d'enfant, lourdaud et vulgaire, avait été brisée en maints endroits, recollée ensuite avec un soin méticuleux pour la reconstituer à l'identique.

Vide, dommage ! Bizarre tout de même. Hélène l'avait peut-être confisquée à Frédéric, il faudra demander au petit.

Cette excursion dans le saint des saints se révélait finalement infructueuse. Joséfa avait pourtant fortement misé dessus. Elle s'attela ensuite, un peu dépitée, à la corvée de repassage. Cette tâche ne la dérangeait pas car elle ne l'empêchait pas de réfléchir, tout au contraire. L'odeur de la vapeur parfumée à la lessive contribuait à aiguiser ses sens.

Si Jacques n'était pas coupable, pourquoi s'est-il suicidé ?

Cette question simple mais essentielle avait longtemps tracassé Joséfa. Elle croyait maintenant connaître la réponse, l'entrevue avec « cul pincé » ayant conforté en quelque sorte son raisonnement. L'avocat, d'une prudence extrême, était pourtant resté longtemps sur la défensive, ne voulant rien dévoiler de son maigre savoir, arguant au premier chef de l'importance du secret professionnel. Alors, Joséfa avait rusé, ne résistant pas une fois de plus à se faire passer pour la mère du défunt histoire de réclamer quelques éclaircissements supplémentaires. Elle savait par Laborie que Jacques, durant sa détention, n'avait pas utilisé son droit de prévenir un membre de sa famille. S'appuyant sur ce fait, sans tergiverser davantage, elle avait accusé l'avocat de manquement à son devoir de conseil, feignant même une saine indignation. Mis au pied du mur, maître Raynal s'était senti obligé de s'expliquer. Après avoir rappelé qu'à ce stade de la procédure, l'intervention du défenseur se limitait à exposer ce qu'était une garde à vue et à envisager ses débouchés, il l'assura qu'en l'espèce tous les droits avaient bien été notifiés et compris par son client. Au-delà de cet aspect purement technique il avait, à l'entendre, apporté une bouffée d'oxygène à Jacques, une écoute dans des moments difficiles. Pour en arriver à ses fins, Joséfa avait joué alors sur la corde sensible. Se tordant les mains, elle n'avait pas hésité à le supplier.

— Je vous en prie, vous êtes le dernier à lui avoir parlé. Dites-moi dans quel état il était.

— Il niait les faits, avait très peur d'être inculpé à tort.

— Il était paniqué, prêt à faire n'importe quoi ?

— Déstabilisé oui, c'est sûr. Fortement inquiet surtout. On le serait à moins. Si vous voulez me faire dire qu'il était suicidaire, sûrement pas !

D'ailleurs, le médecin qui était passé avant moi n'avait rien relevé permettant de le croire. Il pourra vous le confirmer. Si lui ou moi avions eu le moindre doute, nous aurions prévenu l'OPJ de garde, croyez-moi, chère madame.

— Il ne vous a pas transmis de message ? Il ne vous a rien demandé ?

— Rien de ce genre. Je peux juste vous relater un seul incident un peu curieux, disons inhabituel. Ayant repéré *La Montagne* dans mon attaché-case, il voulait absolument que je lui laisse le journal, mais c'était impossible. Toute presse est strictement interdite pendant la garde à vue. Il a fait une véritable fixation là-dessus, à croire qu'il voulait se libérer l'esprit en pensant à autre chose. Il m'a exhorté de lui donner les dernières nouvelles, semblait beaucoup plus préoccupé subitement par la presse locale que par son propre cas. J'avoue que cette insistance m'a surpris. J'ai cependant cédé. C'est tout ce que j'ai pu faire pour le contenter.

— Quelles nouvelles ?

— Comment ça, quelles nouvelles ?

Joséfa avait dû refréner son impatience pour rester dans le rôle de la mère éplorée. Cet avocat était soit complètement stupide et lent à la détente, soit suffisamment suspicieux pour comprendre qu'il en avait trop dit, que son intérêt à présent était de se taire. Elle la joua très finement.

— C'est essentiel à mes yeux d'appréhender les faits divers qui l'intéressaient, vous comprenez, ce sont ses derniers instants.

Maître Raynal avait hésité un long moment, pesant le pour et le contre. Jugeant en fin de compte les révélations suffisamment anodines pour ne pas le mettre en cause, il avait déclaré d'un ton de confesseur :

— Sur le secteur d'Aurillac, le seul qui visiblement préoccupait votre fils, le meurtre d'Hélène faisait évidemment la une. À part ça, il n'y avait pas grand-chose : suicide d'une étudiante étrangère, victoire de l'équipe de rugby, polémique à propos d'une rue piétonne. C'est tout ce dont je me souviens.

Intérieurement, Joséfa jubilait. Une pièce essentielle du puzzle venait de se mettre en place. Ainsi, pendant sa garde à vue, Jacky avait appris le décès d'Alexia. Cette information suffisait à expliquer ensuite son propre suicide.

— Comment a-t-il réagi ?

L'avocat l'avait regardée d'un air intrigué, il était à deux doigts de se demander s'il ne venait pas de commettre une erreur.

— Normalement ! Que voulez-vous que je vous réponde ? De toute façon, le temps de l'entretien était terminé, j'ai dû le quitter tout de suite après, à cent lieues de me douter que je ne le reverrais plus.

— Une dernière chose, c'est important pour moi. Dites-moi franchement, vous ne l'avez pas trouvé... disons... différent en sortant ?

— Différent ? Non. Pourquoi ?

Le temps d'arrêt avait été un tantinet trop long, l'avocat venait de comprendre qu'il s'était fait piéger, refusait d'en dire davantage, d'avouer en fait que son client était bien plus abattu après sa visite qu'avant. Tout simplement parce qu'il venait d'apprendre que sa maîtresse, son seul amour peut-être, venait de mourir. Dès lors, son inquiétude s'était transformée en détresse et celle-ci devait être totale. Acculé comme il l'était, avec toutes ces preuves contre lui, il aurait pu malgré tout tenir bon, tenter de prouver son innocence si à la clé il avait eu l'espoir de retrouver celle qu'il aimait. En réalisant au contraire qu'il était seul désormais face à un adversaire redoutable, qui comptait sur sa lâcheté pour le pousser à la dernière extrémité, il avait abdiqué. Joséfa avait toujours pensé que Jacky était lâche. Peut-être au fond s'était-il simplement tué par amour pour retrouver son étudiante. Pauvre Jacky qui croyait conquérir les femmes, le monde, qui s'était finalement fait manipuler jusqu'au bout.

Jacky n'était pas coupable, soit ! Mais alors qui ?

Les questions s'enchaînaient à un rythme effrayant. Qui avait reçu en cadeau la paire de revolvers ? Qui avait caché l'arme du crime dans la cabane de Jacques ? Qui était au courant de ce rendez-vous nocturne ? Qui avait suivi la Bramade jusqu'au petit pont de pierre dans le parc ?

Qui s'était approché d'elle suffisamment près pour viser sa tempe sans qu'elle n'éprouve de peur ou de méfiance ?

Un proche, un très proche évidemment. Il n'y avait aucune autre réponse possible. En voyant surgir un inconnu, elle aurait crié, se serait enfuie, débattue. Surtout, un étranger n'aurait pu être au courant du différend avec Jacques, au pire n'aurait jamais pensé à cacher l'arme du crime dans la cabane de celui-ci.

Alors ? Alors il restait cinq coupables, ou plutôt quatre innocents et un coupable. Le mari, les trois enfants, le gendre. La Bramade était suffisamment odieuse et détestée pour que chacun d'entre eux éprouve à un moment ou à un autre l'envie de la tuer. Les motifs ne manquaient pas. Seulement, ce meurtre-là avait été exécuté de sang-froid, préparé avec soin, mûri longuement dans les moindres détails. Avec une telle victime, on aurait presque pu excuser un coup de colère, une folie passagère. Ce n'était pas le cas. La machination était telle qu'elle dénotait un esprit machiavélique, malsain, d'une intelligence supérieure mise au service du mal.

Le meurtrier n'avait pas seulement voulu supprimer Hélène Vitarelle, il avait souhaité, au moins autant, punir Jacques. Quelle victoire pour lui que le suicide de son bouc émissaire qui mettait fin à l'enquête, le laissait libre de tout tracas !

Stratégie, ruse, perfidie, persévérance et habileté. Jacques, avec sa vantardise et son besoin de séduire, ne faisait pas le poids face à un tel adversaire, il ne pouvait que perdre.

Alors qui ?

Laure restait de loin la première suspecte. Maintes fois bafouée par son mari, méprisée depuis toujours par sa mère, elle aurait pu fomenter par jalousie ce type de vengeance avant de s'effondrer psychologiquement. Seul point en sa faveur, son logement, qui était aussi celui de Jacques, avait été perquisitionné de fond en comble sans qu'on ne retrouve le moindre revolver. Bien entendu, elle aurait pu le cacher ailleurs. Depuis sa visite à l'institut, Joséfa ne croyait plus guère à la culpabilité de Laure, celle-ci semblant écrasée, abattue, malheureuse. Une victime plus qu'une meurtrière. Ses médecins disaient qu'elle n'arrivait pas à faire face au suicide de son mari. Indéniablement, elle l'avait aimé malgré toutes ses turpitudes. Était-elle assez démoniaque pour feindre aussi longtemps la folie, la dépression ? Aurait-elle pu gruger aussi facilement tous les psychiatres du centre ?

Des trois enfants, Hugo était sans conteste le préféré de sa mère. Lui-même ne semblait pas nourrir envers celle-ci de griefs particuliers. Certes, ses tendres aspirations avaient été très tôt refoulées par une éducation rigide, autoritaire, sans concession. Il avait peut-être saisi l'occasion inespérée de prendre sa revanche, de voler enfin de ses propres ailes, de prendre la direction de l'entreprise. De son vivant, la Bramade n'aurait jamais lâché celle-ci. Elle n'était pas du genre à prendre sa retraite, à préparer sa succession. Ce n'est jamais sain de laisser les autres espérer votre mort. Ils peuvent alors chercher à la provoquer.

Ce qui valait pour Hugo valait aussi pour Sophie. Celle-ci semblait toutefois vénérer davantage sa génitrice, qui pourtant n'avait pas hésité à la rabaisser, à l'humilier même en se moquant de sa stérilité. Tant de frustration pouvait-elle conduire à la vengeance ? Incontestablement la personnalité de Sophie restait complexe, déroutante. Soumise à sa mère, elle se montrait autoritaire, hautaine envers le personnel, attentionnée pour son mari, querelleuse avec Hugo, sans cœur envers sa cadette, indifférente à Frédéric ou à son propre père. Méticuleuse, perfectionniste, maniaque même, elle s'épuisait dans des efforts désespérés pour tout contrôler. Ce souci excessif de la femme parfaite ne montrait-il pas en fait une mésestime de soi, un doute profond quant à ses capacités de réussite ?

Michel faisait bien sûr figure de coupable idéal. Pour une raison inconnue qui dépassait son bon sens habituel, Joséfa ne l'aimait pas. Elle le trouvait arrogant, faux, cachottier, déloyal, prêt à brader l'entreprise pour ses propres intérêts. Pour lui non plus les mobiles ne manquaient pas, son besoin d'argent semblait impérieux vu la rapidité avec laquelle il avait vendu le brevet d'invention. Son désir de liberté devait toutefois être aussi fort. Malheureusement, si son invalidité n'excusait guère ce comportement égoïste, elle n'en représentait pas moins une impossibilité majeure pour l'inculper. On l'imaginait mal en effet se déplacer dans le parc à minuit en fauteuil roulant, encore moins braquer la Bramade qui n'aurait fait que rire d'un tel assaillant.

Joséfa soupira. Il restait Charles, le mari trompé, maintes fois humilié, rabaissé. Cet intellectuel secret, calme, amoureux de la nature, distant mais jamais condescendant, aurait-il pu se résoudre à un châtiment aussi violent ? Quelle haine farouche avait-il accumulée en lui pendant toutes ces longues années ? Son indifférence au monde n'était-elle que façade ? Était-il seulement capable d'assassiner en traître à la nuit tombée, lui qui ignorait le maniement des armes ?

Comme il était difficile de savoir ! Trop de pièces manquaient encore au puzzle. Le moindre détail avait maintenant son importance. Elle savait que toute vérité porte en elle sa part d'amertume. Il lui fallait faire abstraction de ses propres émotions, ne pas perdre sa lucidité, rester impartiale, oublier son jugement premier sur chacun d'entre eux, se focaliser sur les faits, rien que les faits.

L'énorme tas de linge repassé de frais débordait maintenant de la panière, semblait la féliciter pour ce long labeur, la narguer aussi pour toutes ses pensées sans fin. Son épaule droite était douloureuse, elle ne s'y arrêta pas. Il était temps d'aller chercher Frédéric. Elle avait promis à l'enfant de l'emmener sur la tombe de son père. Apparemment personne, dans cette famille d'égoïstes, n'avait eu cette pensée.

À la sortie de l'école, l'enfant se précipita vers elle, fit claquer comme d'habitude un baiser sonore sur sa joue. Son regard doux et confiant serra le cœur de Joséfa, elle aurait tant voulu protéger ce petit garçon, le rendre invulnérable à la méchanceté du monde. Il commença par lui raconter par le menu ses exploits scolaires, étant particulièrement fier d'avoir placé astucieusement le mot du jour, le tendre « cacochyme », qui signifiait « de santé fragile ».

— Quand j'ai dit à la maîtresse que je me sentais cacochyme, elle a cessé de m'interroger.

Un fin sourire étira les lèvres de Joséfa qui aurait bien aimé savoir si la réaction de l'enseignante découlait d'une réelle compréhension du mot choisi ou d'un embarras linguistique. Elle se promit de veiller les jours d'école à trouver quelque chose de moins singulier.

Frédéric glissa sa menotte dans la sienne, ils pénétrèrent en silence dans le vieux cimetière en poussant le portail à moitié dégondé qui en gardait l'entrée. Un grand cyprès au fond à droite semblait faire office de gardien des morts. Une petite vieille toute ridée grattait la terre d'un carré à l'aide d'une cuillère, elle ne se retourna pas à leur approche, trop occupée à son jardinage du souvenir. Les tombes en pierre, usées pour la plupart, s'alignaient en rangées rectilignes, presque toutes ceintes de grilles rouillées, recouvertes de curieux toits en fer à moitié effondrés, garnies de croix aux épitaphes souvent illisibles. Seuls quelques monuments majestueux à la gloire de célébrités locales disparues et d'autres concessions perpétuelles aux sculptures plus originales venaient rompre la douce monotonie du lieu. Un cimetière plus récent se trouvait de l'autre côté de la ville. Ici, la plupart des sépultures trop anciennes ne savaient même plus le nom de leur défunt, le temps effaçait les gravures plus sûrement qu'il n'enfouissait le chagrin. Malgré la mélancolie de ce champ du repos avec toutes ces grilles oxydées, ces chapelles penchées, ces fleurs en celluloïd glacial, il s'en dégageait une sérénité grave, presque poignante.

Joséfa savait, elle, que le seul cimetière qui compte est celui du cœur. Les défunts ne nous quittent jamais. Avec l'âge, hélas, les tombes dans sa mémoire se multipliaient trop vite. Heureusement, les morts pouvaient encore s'y parler, se chamailler, plaisanter et jouer à saute-mouton pour prendre la première place. Elle avait lu ce conte un jour dans un livre de Blaise Cendrars, depuis cette image plus gaie, presque apaisante, restait gravée profondément dans son esprit.

La sépulture familiale des Vitarelle attirait le regard grâce à sa grille repeinte à neuf et son bas-relief sculpté de parapluies. Hélène avait toujours exprimé le vœu que le lit de son dernier repos soit ici, au cœur de la vieille cité, suffisamment proche des habitants pour qu'ils se souviennent d'elle. Malgré les nombreuses plaques commémoratives en son honneur et deux buis taillés au carré, sa tombe restait terriblement glaciale. Sur celle de Jacques, un peu plus loin, seul son nom sans dates avait été gravé. Posé sur le gravier blanc, un bouquet de physalis d'un orange cuivré éclatant semblait célébrer sa mémoire avec ferveur. Qui donc avait posé cette plante appelée aussi amour-en-cage en raison du fruit enfermé dans son calice gonflé comme un cœur ? Tout un symbole pour l'amoureux perpétuel qui gisait là sous la terre. Une ancienne maîtresse, probablement.

Joséfa rejeta d'emblée le nom de Nina. Dieu soit loué, celle-ci ne se complaisait pas dans un chagrin morbide ! L'homme ne méritait guère cet honneur. Ces fleurs aussi simples que saugrenues semblaient défier la Bramade voisine par-delà la mort. Signifiant qu'en dépit de ses nombreux défauts, Jacques avait été réellement aimé, regretté. Tandis que neuf mois après sa disparition, personne, en apparence du moins, ne pleurait encore Hélène Vitarelle. Frédéric avait apporté un dessin qu'il glissa sous les fleurs. Ils restèrent un moment silencieux, l'un contre l'autre, communiquant sans parole dans la simple consolation de se tenir ensemble. On entendait au loin le bruissement léger de la Cère qui semblait presque s'apaiser pour mieux respecter les mémoires.

— Merci Joséfa, je suis content d'avoir parlé à papa.

— N'oublie pas que tu peux lui parler dans ton cœur, il t'entendra aussi bien.

— Je n'ai rien dit à grand-mère, je n'avais rien à raconter.

— C'est parce qu'elle n'avait rien à entendre. C'est comme ça, les morts n'ont pas toujours envie de s'intéresser à nos histoires. Dans ce cas, le mieux c'est de les laisser tranquilles. Dis donc, si on allait boire un chocolat chaud au bar de la fontaine ?

La suggestion faite surtout pour détourner l'enfant de ses idées sombres eut le succès escompté. Frédéric, apaisé, changea de conversation, s'appliqua pour son amie à jouer les guides de cette ville qu'il connaissait si bien. En passant devant une imposante bâtisse cernée d'un grand parc, il s'exclama :

— Là, tu vois, ça s'appelle le Manoir, c'est encore plus grand que chez nous. Aujourd'hui c'est un centre de vacances, mais avant c'était un hôtel réputé et encore avant un ancien couvent des bénédictines. C'est d'ailleurs pour ça que ce passage porte ce nom. Les bénédictines s'occupaient de l'éducation des jeunes filles. Maman dit que parfois celles-ci se sauvaient le soir pour rencontrer leur amoureux dans la sente.

— C'est vrai cette histoire ?

Le petit partit dans un énorme éclat de rire.

— Je n'en sais rien, peut-être pas. Maman adore me raconter des légendes sur Vic. Elle dit que le principal c'est d'y croire. Dans la maison de la reine Margot, il y avait une princesse emprisonnée qui s'est échappée par un souterrain, aujourd'hui muré. Viens, je vais te montrer où c'est.

Joséfa se laissa faire, contente d'apprendre que Laure avait vraiment joué son rôle de mère, sachant même faire preuve d'imagination pour distraire son fils. Il était temps qu'elle revienne, que chacun retrouve enfin ses marques.

En attendant que le serveur apporte les boissons commandées, Joséfa interrogea l'enfant sur le petit cochon rose. L'innocence de Frédéric la dispensait d'inventer des explications. Aucune question, aussi insolite soit-elle, ne semblait le surprendre.

— Penses-tu, ce n'est pas à moi, c'est la tirelire de grand-mère. Son père la lui avait donnée pour ses cinq ans. Elle l'a toujours gardée. Elle est constamment sur son bureau à l'usine.

— Je l'ai trouvée dans sa table de nuit.

— Ah oui, c'est étonnant. Peut-être que Sophie l'aura rapportée.

— Il est plutôt en mauvais état, ce pauvre cochon. Il est recollé de partout.

— Oh ça, c'est à cause d'Hugo. Il l'a fait tomber sans le faire exprès. Grand-mère était dans une colère terrible. Tu sais, elle a même pleuré comme un bébé. Je l'ai vue, c'est vrai. Elle n'a pas parlé à Hugo pendant plusieurs jours. Le cochon est ensuite parti à Paris chez un réparateur de porcelaine.

— Alors, elle a dû le ranger soigneusement dans son chevet.

— Non, non ! Elle l'a remis sur son bureau à la même place, j'en suis sûr. Tu penses, quand j'allais la voir, j'avais toujours la frousse de le faire tomber.

Tout en buvant son chocolat, Joséfa pensait à cette singulière anecdote. Une de plus. Elle imaginait mal la Bramade, si dure, si femme d'affaires, pleurer pour une tirelire cassée. Que signifiait cet attachement à un objet aussi grotesque ? Quelle drôle de personnalité, capable de priver sans état d'âme son petit-fils de sa peluche préférée alors qu'elle-même s'attachait à une babiole à deux sous ! C'était tellement ridicule de s'enchaîner ainsi aux objets. Cette histoire dénotait un comportement infantile de petite fille gâtée. Ce qu'elle avait été au fond ! Une enfant élevée trop tôt dans le monde des adultes, des responsabilités. Seule héritière pour reprendre l'usine, perpétuer la tradition. Ce leitmotiv, elle avait dû l'entendre toute sa vie, y avait sacrifié probablement sa jeunesse. Le père Vitarelle était finalement le premier responsable de tout ce gâchis. Pauvre Bramade, au fond, qui s'accrochait à un souvenir de petite fille, qui n'avait peut-être pas eu d'enfance. Pour une fois, elle lui semblait presque sympathique.

Ils revinrent par les terrains municipaux, passèrent par la porte du fond pour s'engouffrer dans le parc. Laissant Frédéric ramasser des glands au pied d'un grand chêne, Joséfa s'approcha du pont de pierre où avait eu lieu le drame. Si seulement celui-ci pouvait parler, raconter ce qui s'était passé réellement ce soir-là. Elle s'appuya sur le parapet qu'elle lissa de ses mains fortes. La Cère en bas coulait paisible entre les cailloux. Elle s'écorcha la paume sur le bord inférieur de la pile qui était abîmé. La maçonnerie grise était à cet endroit d'un blanc de craie, écornée par un coup sec, comme pour laisser à tout jamais la trace de la catastrophe. C'est là, à deux pas, qu'on avait retrouvé le corps d'Hélène. Joséfa s'était toujours demandé comment le meurtrier avait pu tirer avec une telle précision dans le noir. Elle réalisait que les deux réverbères en fonte, de chaque côté de la passerelle, avaient dû sans problème éclairer la scène. L'un d'eux s'alluma d'ailleurs d'un seul coup tandis que Frédéric arrivait en courant pour lui montrer ses trouvailles. Les globes dépolis atténuaient un peu la clarté des lampes, diffusant un halo jaune qui faisait briller les piles du pont comme un précieux métal.

Ils croisèrent Anselme qui s'en retournait chez lui. Avec son béret de laine grise enfoncé jusqu'aux yeux, il ressemblait à un vieux marinier. Joséfa l'interrogea sur le lampadaire défectueux.

— Ça fait un moment qu'y marche plus celui-là. Le verre est cassé.

— Depuis « l'accident » de Madame ?

— Je ne peux pas vous dire, peut-être bien au fait.

Il la regarda d'un air soupçonneux, gardant toujours envers la femme de charge un fond de méfiance paysanne pour ce qu'il appelait son culot, une espèce d'aplomb, de curiosité qui la poussait toujours à faire parler les gens. Ce soir, il émanait de Joséfa une telle force, un tel magnétisme qu'il finit, presque malgré lui, par lui confier à voix basse :

— C'est plus fort que moi, à chaque fois que je passe par ici, je vois le corps de Madame. Si ce n'était pas un sacré raccourci pour aller en ville, je ne passerais plus là. C'est sûr !

— Allons, vous ne croyez pas aux fantômes, tout de même !

— Non, non. (Il haussa les épaules en marmonnant entre ses dents, puis après un moment d'hésitation, ajouta :) Vous le saviez que le père Vitarelle a été foudroyé à cet endroit même d'une crise cardiaque ? Il avait quatre-vingts ans, ce n'est pas pareil me direz-vous. Coïncidence étonnante tout de même ! Vous connaissez le dicton : « Jamais deux sans trois »...

Joséfa ne croyait pas aux coïncidences. Ce fait troublant se nicha dans un coin de sa mémoire, elle ne voulait pas inquiéter Frédéric avec ça. Ils remontèrent en silence la grande allée jusqu'à la maison, accélérant le pas car l'obscurité jetait déjà ses ombres sur le jardin. Une belle nuit d'hiver, claire et transparente, inondée par une coulée de lune, montait tranquillement de la terre. Elle se pencha vers l'enfant pour lui glisser à l'oreille :

— Ce soir, le ciel dessinera plein d'étoiles pointues. N'oublie pas de les regarder avant de t'endormir. C'est le plus beau spectacle qui soit. Il t'aidera à faire de beaux rêves, espèce de cacochyme !

Le garçon partit à rire de bon cœur, un vrai rire frais et cristallin qui se répercuta dans la poitrine de Joséfa comme un baume réconfortant.

18

Hugo reposa d'un air satisfait le projet d'aménagement du hall rendu quelques jours plus tôt par Nina. Un projet brillant, audacieux, novateur, recherché même avec toutes ces reproductions de sculptures ou de tableaux célèbres ayant pour thème le parapluie. De l'impressionniste Pierre-Auguste Renoir au street art de Nick Walker en passant par les pastels de Carol Jessen, les cartes postales de Sergio Bompard et les photographies de personnalités comme la reine d'Angleterre, le prince Charles ou le président français, les sujets ne manquaient pas. Dans sa proposition, la jeune femme les avait astucieusement intercalés avec des dictons relatifs à la Saint-Médard, des anecdotes, des publicités, des bouts de chansons tel *Le P'tit Coin de parapluie* de Brassens ou encore des images de films avec l'inoubliable *Singin' in the rain*, *Les Parapluies de Cherbourg* ou *Mary Poppins*. C'était gai, simple, piquant, original, de quoi transformer complètement le vieux hall rébarbatif en un écrin digne du renom de Vitarelle.

Un coin musée-projection-présentation des collections complétait le plan, lui donnait une envergure plus professionnelle. L'espace enfants n'était peut-être pas indispensable. Il verrait en fonction du chiffrage du bureau d'études, savait pourtant intuitivement qu'il aurait du mal à y renoncer, sa créatrice en aurait été trop peinée.

Restait à obtenir l'aval de Sophie, ce ne serait pas une simple formalité. Ces derniers temps, celle-ci paraissait toutefois plus conciliante. Attachée surtout à faire oublier les soupçons pesant sur Michel, elle tentait de se rapprocher de son frère, lui demandait davantage son opinion, écoutait ses suggestions. Les héritiers se serraient maintenant les coudes, bien décidés à ne laisser filtrer aucun de leurs différends ou de leurs problèmes devant le personnel. Hugo avait habilement émis un communiqué mettant fin aux rumeurs de rachat. Comprenant qu'il fallait très vite tordre le cou aux ragots, jouer l'unité, faire appel aux valeurs de loyauté, de fidélité des employés, tous fortement attachés à la maison en fait, il avait repris la main sur cette histoire. C'était bien joué, il apparaissait désormais comme le chef incontesté du clan. Il pouvait faire de l'inauguration du hall un véritable succès, inviter les clients, le personnel, les politiques locaux, les journalistes. Montrer à tous la vitalité de la marque, son importance sur le marché. L'investissement serait vite amorti. Nina pourrait peut-être inscrire cette réalisation sur son CV, en tirer quelque gloire, si toutefois elle le voudrait bien.

Quelle curieuse fille, tout de même ! Il commençait tout juste à appréhender sa personnalité. Ils étaient si différents. Avec sa fougue et à sa façon toujours un peu excessive, elle n'hésitait pas à se moquer de lui.

— Comment peux-tu supporter de t'enfermer toute ta vie dans une boîte, dans un espace où le soleil se lève et se couche pour rien. C'est à se demander s'il existe une vie avant la mort. Plus la société est moderne, moins elle a de temps. Plus on est riche matériellement, plus on devient pauvre en ressource temporelle et plus les gens sont stressés. Je n'ai pas d'argent mais je vis bien mieux que toi. J'ai la notion du temps. Le jardin oblige à la patience, car on ne peut semer aujourd'hui et récolter demain. Toi, tu cours sans cesse, tu ne te poses jamais, tu te noies dans des tas de choses inessentielles. Sais-tu qu'en 1900, une maison moyenne comportait quatre cents objets différents. Aujourd'hui, elle en compte environ dix mille. Cette augmentation énorme fait qu'on a moins de temps pour s'occuper de chaque objet, on n'est pas plus heureux pour autant. Tu voudrais que j'achète un autre manteau, mais mon anorak est loin d'être usé, il me suffit largement. Je refuse d'entrer dans ces codes imposés par la société de consommation.

— Si toutes mes clientes étaient comme toi, je ne ferais pas fortune ! J'ai l'impression qu'avec ce raisonnement un seul parapluie suffirait pour toute ton existence.

— Pour être honnête, je crois plutôt que je n'en achèterai aucun. J'ai toujours eu un faible pour les capuches.

Tout en riant, elle avait alors été prise du besoin irrésistible de défaire sa cravate. Ce simple contact de ses doigts courant sur sa peau l'avait, comme à chaque fois, transporté d'un désir fou de la toucher, de l'embrasser, de se fondre en elle.

Cette obsession physique est-elle de l'amour ?

Il pensait à la jeune femme sans cesse, ressentait le manque à chaque éloignement. Les moments passés avec elle restaient désormais les plus précieux. Ils pouvaient deviser des heures durant après s'être donnés l'un à l'autre, sans ressentir aucune fatigue. Ils se chamaillaient souvent, riaient de tout et de rien, restaient de longs instants silencieux dans le simple bonheur d'être près l'un de l'autre. Cela ne lui était jamais arrivé. Il commençait à se dire qu'elle avait raison, que le vrai temps, celui qui est ponctué par la respiration ou les battements du cœur, est le seul à procurer un sentiment d'éternité. Il venait d'ailleurs de passer trois jours complètement fous à Paris avec l'impression désagréable de courir comme un hamster dans sa roue. Il aurait pourtant dû être fier de lui, venant de remporter haut la main un contrat important avec un maroquinier de luxe qui voulait élargir son offre. Avec surprise, il avait réalisé dans ce salon parisien cossu que le parapluie faisait vraiment partie de ses gènes. Les dissertations de Nina sur l'utilité des choses l'avaient conduit à s'interroger sur le sens de sa vie, à prêter davantage attention à ses propres gestes. En dépliant pour son client un parapluie gris somptueux, il avait entendu ce petit bruit mat et sec de bois tendu, le même bruit que celui qu'il écoutait quand le grand-père Vitarelle dépliait le sien, les jours de pluie. Certains objets ont une âme, surtout quand ils portent la mémoire d'un savoir-faire. Hugo venait de comprendre qu'au-delà des méthodes de management, des innovations nécessaires et des sirènes du marketing, la seule chose qui pouvait fonder son engagement était la qualité du produit, la tradition de cette maison, sa survie à travers le temps.

Il avait hâte d'en parler à Nina, de voir sa réaction quand il lui ferait part de cette étrange découverte sur lui-même. La soirée promettait d'être longue, longue et passionnante. Il ramassa les plans en sifflotant, se dirigea d'un pas assuré vers le bureau de l'étage, l'œil pétillant d'énergie.

Sans pour autant manifester un enthousiasme débordant, Sophie accueillit l'étude d'aménagement du hall avec une certaine indifférence qui montrait qu'elle ne s'y opposerait pas. À l'évidence, le travail de Nina dépassait largement les quelques heures allouées. Hugo dut cependant batailler ferme pour tripler celles-ci. La pingrerie de sa sœur était du reste proverbiale. Elle aurait tondu un œuf. Une espèce d'avarice mesquine, provinciale, qui mettait à mal ses manières élégantes et hautaines. Elle tenait si serrés les cordons de la bourse que pour un peu, il aurait eu pitié de Michel. Le pauvre passait son temps à rêver de gérer une fortune qui ne lui appartenait pas, qui ne lui appartiendrait probablement jamais. Sophie finit par céder. Hugo savait être tenace quand il le voulait. Quoi qu'elle en dise, Nina avait grand besoin d'argent, c'était là l'occasion inespérée de l'aider un peu. La jeune femme n'acceptait rien de lui, poussait sa fierté sauvage jusqu'à payer un pauvre café, mettait un orgueil insensé au service de sa liberté et de son indépendance. De son côté, depuis longtemps, Sophie voulait lancer une collection pour enfants. Leur mère s'y était toujours opposée, trouvant vulgaires des parapluies aux effigies des héros de Disney. Dans la foulée de l'entretien, elle relança le sujet qui lui tenait à cœur. Hugo se rappela fort opportunément le désir contrarié de maternité de sa sœur. Aujourd'hui, il se sentait plus humain, plus apte surtout à comprendre, à excuser. Au lieu de se contenter d'une fin de non-recevoir, il lui laissa le champ libre en lui faisant toutefois comprendre les enjeux du problème.

— Je ne dis pas non, mais une étude sérieuse s'impose pour adapter les modèles à leurs morphologies et à leurs besoins. Tu ne dois pas perdre de vue la nécessité de légèreté, de maniabilité, de taille. Ils doivent pouvoir se glisser au fond d'un cartable sans problème. Il te faut surtout trouver des motifs enfantins assez sobres qui correspondent à notre clientèle fortunée.

Quand il referma la porte du bureau, Sophie rayonnait. Elle allait enfin pouvoir se lancer dans une collection enfantine qu'elle dirigerait de A à Z, qui porterait son nom. Elle en aurait pleuré de joie, s'avisa fort heureusement que son mascara risquait de couler. En toute circonstance, Sophie savait rester pragmatique, faire passer la raison avant les sentiments. Ce n'était pas une Vitarelle pour rien.

Hugo pensa en souriant intérieurement que Nina aurait trouvé cette suggestion stupide. Il se voyait déjà offrir des parapluies miniatures aux jumeaux qui n'auraient de cesse de se bagarrer avec et d'inventer des jeux idiots. Ces enfants avaient une imagination débordante. Peu de jouets, par ailleurs. Ceci expliquait peut-être cela. Il les trouvait attachants avec leur tignasse rousse, leur ressemblance confondante, leur franc-parler et surtout leurs amusantes taches de rousseur, « éphélides » aurait dit Frédéric avec sa nouvelle manie d'utiliser des mots savants. Le bonhomme fripé était devenu Hugo, s'il gardait son costume ils le traitaient de « pépère », montaient quand même sur ses genoux, se perchaient sur ses épaules. Étrangement câlins, sûrs d'eux, effrontés même. Il ignorait tout de leur géniteur, n'avait jamais osé poser la question à Nina, attendant en vain qu'elle aborde d'elle-même le sujet.

Son déjeuner de midi avec un fournisseur ayant été annulé au dernier moment, Hugo hésita entre aller faire une visite éclair à Nina, mais elle mangeait probablement avec Anselme, ou se rendre dans la cabane de Jacques. Il se décida sans trop d'enthousiasme pour cette deuxième possibilité, soucieux de se débarrasser de ce qu'il considérait maintenant comme une corvée et qu'il devrait sinon accomplir en soirée. Or l'endroit ne se prêtait guère à une expédition nocturne. La fédération de chasse organisait en effet une battue aux sangliers le prochain week-end. Elle avait sollicité comme chaque année l'autorisation d'y faire une halte pour organiser la pause-casse-croûte du matin. Devant l'embarras manifeste de son père qui croyait en avoir perdu la clé, Hugo avait brandi la sienne, qu'il n'avait jamais eu l'occasion d'utiliser. En bon fils, il s'était même proposé d'aller y jeter un œil pour enlever les quelques effets trop personnels qui pouvaient encore s'y trouver, répondant en cela aux préoccupations de son père.

— Inutile de réveiller les ragots, fais en sorte que l'endroit soit le plus neutre possible. Jacques collectionnait les photos autant que les femmes, enlève-moi tout ce qui pourrait faire jaser. Tu connais de toute façon les lieux mieux que moi, je ne chasse pas.

En garant la voiture à l'entrée du chemin, le jeune homme se félicita de s'y rendre en plein jour. Un brouillard gris enveloppait toute la colline d'une mousseline humide, poisseuse, lourde. Les arbres jetaient leurs silhouettes fantomatiques qui s'effilochaient en tutoyant le ciel. La rivière bouillonnante à cet endroit cinglait leurs branches basses en vociférant d'une voix rocailleuse. Hugo ne retrouvait pas ses souvenirs d'enfant dans cette atmosphère lugubre. Quand il participait aux battues, il évitait soigneusement ces repas trop copieux, trop arrosés aussi.

Pour sa mère, au contraire, la chasse était un noble amusement qu'elle considérait à quelques égards comme une école de vertus militaires. Elle aimait parader autour des notables, avait toujours un fort appétit après cet exercice prolongé de plein air où elle avait arpenté la montagne comme un chef de meute.

Le chalet en rondins et toit de lauzes était plus grand que dans son souvenir. La réserve de bois attenante était presque vide, suffisante toutefois pour réchauffer les hommes le temps d'une pause. Un volet mal fermé claquait au vent, il l'ouvrit en grand pour se donner un peu de lumière avant de tourner la clé dans la serrure.

Jacques avait transformé la cabane plutôt spartiate de son enfance en un lieu douillet au confort délicat. Une cuisine américaine au bar fourni, des fauteuils moelleux, un divan-lit chargé de coussins qui semblaient encore marqués par la place des corps. Une fine poussière recouvrait les meubles, une légère odeur de moisi flottait dans l'air. Rien qui n'empêcherait les chasseurs de festoyer. Tout était en ordre, la perquisition, faite dans les règles de l'art, n'avait pas laissé de trace visible. Le premier réflexe d'Hugo fut de regarder dans la cache secrète, celle où les gendarmes avaient retrouvé l'argent et le revolver. Un simple creux dans le plancher caché sous le tapis. Il suffisait de soulever une latte en bois, reconnaissable à un nœud plus gros et plus foncé que les autres. Tous les habitants de la villa Médard connaissaient cette planque, ce n'était pas très malin de la part de Jacques de l'avoir utilisée. Cette fois, elle était vide, la justice avait fait son œuvre.

Un premier coup d'œil circulaire ne lui ayant pas permis d'identifier des objets personnels, Hugo, pressé d'en finir, essaya de se mettre dans la peau du visiteur curieux, avide de rapporter des anecdotes croustillantes sur la cabane des Vitarelle. Se munissant d'un grand sac, il attrapa tour à tour les babioles qui lui paraissaient les plus compromettantes. À commencer par un insolite peignoir rose, d'une taille trop petite et d'une couleur trop voyante pour appartenir à sa mère, qui semblait le narguer depuis sa patère. Il récupéra sur une étagère divers accessoires de toilette, en particulier un tube de rouge à lèvres qui attestait, s'il le fallait encore, une indéniable présence féminine en ces lieux. Il fit main basse également sur quelques vidéos et livres érotiques aux noms plus ou moins aguicheurs, laissant par contre en place les recueils de poésie, les revues de chasse, de tennis et les romans d'aventures. En vérifiant le contenu des tiroirs, il ramassa enfin un tas de photographies qui donnaient raison aux pires craintes de son père. L'affreux Jacques ne se contentait pas d'aligner les conquêtes, il aimait tout autant en garder le souvenir, n'hésitant pas à les exhiber devant les copains. Hugo lui-même avait assisté à cet infâme déballage une fois, il y avait bien longtemps, après une soirée trop arrosée, où Jacques en avait oublié jusqu'à sa présence. Par égard pour sa sœur, il n'avait pas propagé l'affaire, était ressorti écœuré, avait ensuite mis de plus en plus de distances entre ce singulier beau-frère et lui. Le jeune homme eut une nouvelle pensée compatissante pour la pauvre Laure tant de fois bafouée. Quel mépris de la tromper ainsi, presque sous ses yeux ! Jacques n'était pas seulement un séducteur irresponsable, il avait fait preuve envers sa femme d'une cruauté extrême. Sa mère ensuite avait encore ajouté à l'outrage. Cette pensée, comme toujours, amena sur ses lèvres un sentiment de dégoût. Il comprenait mieux la répugnance visible de son père à venir ici, son soulagement de lui confier le nettoyage de la cabane. Avant d'enfouir les clichés dans le sac, Hugo les feuilleta rapidement, soucieux de voir si sa mère participait aussi à ce défilé grotesque. Certaines poses étaient lascives, provocantes, vulgaires. Il reconnut au passage quelques visages connus, celui de la stagiaire Alexia, d'une ouvrière de l'usine, d'une commerçante bien en vue de Vic, d'une cliente qui tenait une boutique de prêt-à-porter de luxe. Brusquement, presque à la fin de la pile, le portrait de Nina lui explosa aux yeux. Elle paraissait plus jeune, terriblement jeune même, mais c'était bien elle, reconnaissable entre toutes avec sa chevelure flamboyante, sa peau laiteuse, ses yeux moqueurs qui, sur cette pose, brillaient de passion amoureuse. Sous le choc, Hugo eut un mouvement de recul, fit tomber tout le paquet de photos, se pencha fébrilement pour retrouver celle de Nina. Il ne pouvait y croire. La vérité pourtant le clouait sur place, lui donnait la nausée. Nina maîtresse de Jacques ! Au fond, il l'avait peut-être toujours su. Il se rappelait maintenant cette première rencontre où il s'était interrogé sur ce visage qui lui évoquait un vague souvenir. Il croyait alors la connaître, la reconnaître, s'était ensuite convaincu qu'il faisait fausse route. C'est Jacques, bien sûr, qui lui avait montré cette photo, ainsi qu'à toute l'assemblée lors de cette fameuse soirée. Ses conquêtes étaient moins importantes alors, il les avait vantées chacune avec gourmandise, la rouquine au tempérament de feu en faisait partie. Comment avait-il pu l'oublier ? Quelle honte ! Quelle horrible intrigue ! Nina fréquentait Jacques, couchait avec Jacques, l'avait aimé plus sûrement que lui-même. Il n'y avait qu'à contempler ses yeux humides de bonheur pour s'en convaincre. Elle n'avait jamais eu ce regard illuminé pour lui. Il laissa échapper un cri rauque, moitié douleur, moitié colère. Un cri de bête blessée qui fonçait dans le vide.

Ah, elle s'est bien foutue de moi avec ses airs de sainte-nitouche ! Pourquoi diable est-elle venue ici ? Ça ne peut pas être un hasard, que cherche-t-elle ?

Hugo avait rassemblé machinalement toutes les affaires, la nausée le reprit au moment de sortir. Il venait subitement de penser aux jumeaux.

Jacques pouvait-il en être le père ? Bon sang, comment a-t-elle pu me mentir ainsi ? Me cacher tant de choses ? Se moquer de moi, de mes sentiments, de mon amour. Elle m'a vraiment pris pour un nigaud ! Comment a-t-elle trouvé le culot nécessaire pour jouer ce rôle ignoble dans la maison de Laure ? À quoi rime cette comédie ?

La tête lui tournait. Jamais il ne s'était senti aussi mal, cassé, malade. Le sentiment de s'être fait avoir restait le pire de tous. Pour elle, il avait baissé la garde, tombé la cuirasse modelée par tant d'années de contrôle de soi. Aussi sûrement qu'il s'était senti revivre, son ardeur toute neuve venait de mourir d'un coup. Il referma le chalet avec un sentiment immense d'amertume, de solitude, de haine. Après la déception, la colère prenait le dessus, un besoin de vengeance, de destruction l'envahit. Une étrange sensation de violence, tellement étrangère à sa nature qu'il se mit à trembler de tous ses membres. Il dut s'y reprendre à deux fois pour ouvrir le coffre de la voiture. Il avait mal, il aurait voulu hurler. Il eut peur brusquement de se sentir aussi bouleversé, aussi démuni, aussi seul. Il s'effondra sur le volant, se retenant pour ne pas pleurer.

Plus d'une heure après, quand il fit enfin tourner le moteur, il était en apparence redevenu lui-même. Seul son visage blême, grave, aux traits crispés, laissait encore transparaître le choc qu'il venait de subir. Il n'attendait plus qu'une chose, revoir Nina au plus vite, la casser, la chasser définitivement de sa vie.

En rentrant de l'usine, Hugo se rendit directement au pavillon de garde. Penché sous le rond jaune de la lampe, l'objet de ses tourments recueillait des graines de fleurs séchées qu'elle faisait tomber dans des enveloppes de couleurs différentes. Les petites particules grises, diaphanes, pelucheuses, glissaient entre ses doigts agiles comme autant de promesses de printemps. Ses cheveux ramassés en chignon au-dessus de sa nuque semblaient dotés d'une vie propre sous l'effet de la lumière. Concentrée sur ce travail simple et délicat, elle ne l'avait pas entendu venir. Ce fut l'ombre projetée sur la table qui lui fit lever la tête. Son sourire de bienvenue, ses yeux ardents se figèrent immédiatement en voyant la mine sombre de son visiteur, son regard dur, accusateur, méprisant, qui semblait la défier.

— Qu'est-ce qui ne va pas ? J'espère au moins que ce n'est pas mon projet qui te met dans cet état-là ?

Son effort de plaisanterie tomba à plat. Elle le sentit tout de suite, à cent lieues cependant de s'attendre à une réponse aussi tranchante.

— J'en ai rien à foutre de ton étude. C'est de toi seule qu'il est question !

— Qu'est-ce que j'ai fait ?

Planté devant elle, les poings serrés, enfoncés dans ses poches, il sentit naître en lui une haine mordante contre cette femme insolente qui venait de lui faire tant de mal. Depuis sa découverte, les choses n'avaient plus de sens, ses espoirs, ses ambitions, le monde entier reculait dans l'obscurité. Il n'aurait jamais dû accorder une place aussi prépondérante à une fille comme elle, ne pouvait au fond s'en prendre qu'à lui-même. Ses yeux noirs étincelaient de colère, il marqua une longue pause avant de tendre sa photo à travers la table.

— Tu as fait la pute avec Jacques, n'est-ce pas ?

Il avait volontairement utilisé un mot grossier pour la blesser, la rabaisser, lui faire mal, mettre une barrière définitive entre eux. S'il avait eu le moindre doute sur la liaison évoquée, la rougeur subite de Nina l'aurait dissipé sur-le-champ. Elle équivalait pour lui à une reconnaissance des faits. La jeune femme, sous le choc, crut défaillir. Elle se savait depuis le début dans une position fausse, aurait voulu cent fois lui avouer la vérité, lui faire comprendre son objectif, son besoin de justice. Elle n'avait rien pu dire, ne pouvant révéler quoi que ce soit sans remettre en cause le bon déroulement de leur enquête et les investigations de Joséfa. L'attitude d'Hugo, le mot blessant fouettèrent son amour-propre. Oubliant son silence fautif, ses regrets, elle répondit en relevant le menton :

— Je l'aimais, si toutefois tu peux comprendre ce terme. C'est le père des petits.

Leurs regards s'affrontèrent, brillants, coléreux, entêtés.

— Qu'est-ce que tu es venue faire ici ?

Nina se passa la main dans les cheveux d'un air mal assuré. Ne comprenait-il pas qu'elle était incapable de parler, qu'elle se sentait perdue, terrifiée ? Cent fois elle avait voulu se blottir contre lui pour tout lui expliquer, mais pas comme ça. Jamais. Ces accusations violentes, ce mépris qu'il affichait étaient insupportables. Quelles que soient ses fautes, elle ne méritait pas ça. Ce n'était pas juste. Hugo gardait son sang-froid alors qu'elle bouillait de rage contenue. Prompte comme elle l'était à aller au bout des choses et à foncer droit devant, elle s'écria :

— Qu'est-ce que tu crois ? Vas-y, dis-le ! Que je suis venue pour vous piquer du fric, vous faire chanter ? Qu'est-ce que tu imagines dans ta tête de malade ? Comment peux-tu me prendre pour une pute ? Tu crois que j'ai couché avec toi pour te tirer je ne sais quel secret ? C'est ça que tu penses, hein ? C'est quoi cet air supérieur, donneur de leçons ? Tu joues à M. Vertu, tu voudrais comprendre, mais pour comprendre encore faudrait-il que tu puisses éprouver des sentiments !

Il lui saisit le bras brusquement, faisant tomber sur le sol un nuage de semences duveteuses.

— Suffit, je suis en droit de savoir !

— Tu n'as aucun droit, lâche-moi !

— Pourquoi es-tu venue ici ?

Hugo la toisait de haut avec une espèce de dédain, d'arrogance, un air supérieur, méprisant, tout bonnement insupportable, qui empêchait dès lors toute réconciliation. Elle était poignardée, morte, sans défense. Un froid horrible s'insinuait en elle. D'un air digne, le menton relevé, le regard flamboyant, elle consentit à lui fournir un début d'explication. Il devrait s'en contenter, elle se refusait d'en dire davantage, de se justifier, de compromettre Joséfa, de s'abaisser devant lui.

— Je suis venue pour laver Jacky de cette accusation monstrueuse, du complot monté de toutes pièces contre lui. Pour mes enfants, je veux prouver son innocence, le disculper. Voilà pourquoi je me suis fait embaucher par ton père.

Que tu le croies ou pas, peu m'importe, c'est la vérité.

Hugo resserra dangereusement sa poigne.

— Tu es folle ! Jacques est coupable. Il a tué ma mère !

— Ça vous arrangerait bien, n'est-ce pas ? Seulement ce n'est pas le cas et je pourrai bientôt le prouver.

— Ainsi, tu nous as espionnés pour défendre la mémoire de ce salaud. Quelle hypocrisie ! Tes gestes, tes paroles, tes confidences, tout n'était donc que fausseté ?

— Non ! Bien sûr que non ! Je ne t'ai jamais menti, je n'ai pas osé t'en parler, c'est différent.

Nina avait senti sa souffrance, elle le suppliait maintenant du regard, s'abandonnait, prête à tout lui expliquer. Hugo la regarda avec intensité. L'égarement, la douleur de l'infidélité se lisait dans ses yeux un peu fous. Il aurait voulu la croire. Le spectre de Jacques s'interposa entre eux, implacable, plus fort que tout désir de rapprochement. La vision de Nina abandonnée dans les bras de son amant était tout bonnement insupportable. Imaginant alors toutes les marques de tendresse qu'elle avait pu avoir pour celui-ci, faisant appel à toute sa volonté, il retira sa main, recula d'un pas, écœuré par tant de fourberie. La colère, le dépit mais surtout la jalousie qui l'animaient étaient si intenses, si violents, qu'il lâcha d'une voix blême, d'une voix morte :

— Tu me dégoûtes !

Des larmes brûlantes emplirent les yeux de Nina. Il fallait qu'il sorte au plus vite pour ne pas qu'il les voie déferler sur ses joues. Elle ne voulait pas se rendre ridicule. Elle avait mal à hurler.

Faisant un terrible effort pour cacher sa peine, elle respira un grand coup. Livide, elle s'entendit lui dire d'un ton bizarre :

— Va-t'en !

Elle fut heureuse de l'entendre claquer la porte. Elle n'en pouvait plus. Il était parti. Pendant quelques instants, elle se sentit incapable de répondre de ses actes. Elle aurait pu flancher, s'excuser ou pleurer, trois éventualités trop humiliantes auxquelles elle ne voulait surtout pas penser. Là où Hugo avait resserré ses doigts, une marque rouge zébrait maintenant son poignet. C'est la première fois qu'elle le voyait perdre le contrôle de lui-même. À cette pensée, sa fureur retomba aussitôt, comme un soufflé trop cuit, les larmes trop longtemps contenues roulèrent sur ses joues. Un mot, un seul mot de lui aurait suffi pour qu'elle implore son pardon, ce mot il ne l'avait pas prononcé.

19

Joséfa retint des révélations confuses de Nina que bientôt toute la maisonnée allait être au courant de la fausseté de leur position. Qu'Hugo se confie ou pas à son père, il devenait évident qu'elles ne pourraient plus séjourner encore bien longtemps à la villa Médard. Il fallait prendre les devants au plus vite pour déjouer toute accusation. Alors que Nina s'enfonçait dans un mutisme rageur, Joséfa déploya au contraire une énergie incroyable pour trouver le bon emplacement des dernières pièces du puzzle. Un jour ou deux de plus n'auraient pas été de trop, elle décida cependant d'en finir au plus vite, quitte à laisser quelques zones d'ombre.

À la demande de la femme de charge, Charles les avait tous rassemblés dans la bibliothèque. Aussi étrange que soit cette exigence, il n'avait en retour émis aucune interrogation. Seul son regard soupçonneux, un rien caustique, voire arrogant, laissait croire à Joséfa que son fils avait déjà déversé tout son fiel. Tant mieux, la situation serait plus facile à éclaircir. Inutile de jouer à la gouvernante, aujourd'hui elle serait la justice, rien de moins.

D'une voix forte et bien timbrée, elle s'adressa à l'assistance sans montrer le moindre signe de repentance ou de faiblesse. S'ils s'attendaient à des excuses, ils n'allaient pas être déçus. Hugo, plus subtil que les autres, comprit tout de suite que le discours à venir n'était pas celui qu'il croyait.

— Le commissaire Laborie m'a fourni des données très intéressantes sur le suicide. Lorsqu'une personne se tire une balle dans la tête, dans 69 % des cas on retrouve l'arme par terre à moins de trente centimètres du corps et dans 7 % à plus de trente. Elle ne reste dans la main du suicidé que dans 24 % des cas.

Levant le doigt comme une écolière trop sage, Sophie l'interrompit immédiatement.

— Je ne vois pas en quoi ce raisonnement nous importe. Maman ne s'est pas suicidée. C'est Jacques qui l'a tuée.

— À votre place, je ne serais pas aussi affirmative. Voyez-vous, dans cette affaire, nous avons en fait trois suicides, mais aucun meurtre. Je vous accorde que l'un de ces suicides est si diabolique qu'il démontre une perversité digne des plus grands criminels.

— Je ne comprends pas un seul mot à ce que vous dites !

— Alors je vous recommande de vous taire, on gagnera du temps. Écoutez-moi bien. On maquille souvent les meurtres en suicides mais l'inverse, s'il est plus rare, est aussi possible.

Par exemple, il suffit d'attacher un long élastique à la crosse du revolver et de le relier à l'autre bout à une pierre. Vous me suivez ? D'un côté le revolver, de l'autre une pierre, entre les deux un élastique. Si on se poste près d'un pont, par exemple, que l'on fait pendre la pierre librement au-dessus de l'eau à l'extérieur du parapet, dès que l'on aura tiré et lâché le revolver, celui-ci, entraîné par le poids de la pierre, partira à l'eau, c'est aussi simple que cela !

Sophie, cette fois, s'était levée sous le coup de l'indignation. Cherchant le soutien des autres, elle s'écria :

— C'est de la pure folie, vous racontez n'importe quoi ! Papa, nous ne sommes quand même pas obligés de rester pour entendre de telles élucubrations !

D'une voix ferme, qui n'admettait aucune contradiction, Joséfa reprit sereinement son exposé.

— S'il vous plaît ! Je vous ai demandé de ne pas m'interrompre. Vous pourrez toujours protester après. Je pense pourtant que vous ne le ferez pas car ce que je vous dis est la vérité. Revenons à la mort d'Hélène. Le coup de feu a été donné derrière sa tempe droite. Quand Anselme a découvert son corps, elle était allongée sur le dos près du parapet. Il n'y avait aucune trace de lutte, pas d'empreinte, pas d'arme. Vous pourrez constater par vous-mêmes qu'il existe une éraflure très nette sur le bord du pont. La pierre a été écornée par un coup sec sur une surface grande comme ma paume. C'est de la pierre solide, il a fallu beaucoup de force et de violence pour l'abîmer. Un choc à cet endroit est étrange, d'autant plus qu'il n'a pas été assené du dessus mais du dessous, car la trace se trouve sur le bord inférieur du parapet. Quand le revolver entraîné par le poids de la pierre a été projeté dans l'eau, il a heurté le garde-corps assez rudement.

— Qu'est-ce que vous insinuez ?

L'intervention, cette fois, venait d'Hugo. Elle la balaya également d'un revers de main.

— Je n'insinue rien, je sais et au fond vous le savez aussi. Votre femme, votre mère ne faisait jamais rien à demi. Elle voulait réussir sa mort encore mieux que sa vie. Cette histoire est l'histoire d'une vengeance, d'une vengeance froide, redoutable, d'une amoureuse bafouée. Son bel amant se détournait d'elle, voulait refaire sa vie avec une jeune femme, stagiaire dans l'entreprise, était prêt à quitter sa famille, Aurillac, les parapluies, la France même, pour partir avec celle qu'il aimait, et ça elle ne l'a pas supporté. Ce suicide maquillé en meurtre c'est son bras d'honneur à elle contre la lâcheté des hommes, c'est un acte de désespoir d'une femme meurtrie, trompée, d'une femme vieillissante aussi qui n'admettait pas l'idée de devoir partager un jour son pouvoir. Je vous dirai enfin que c'est l'œuvre d'une femme hors pair, d'une intelligence supérieure, qui avait tout prévu dans les moindres détails. Elle avait acheté une paire de revolvers identiques pour pouvoir en cacher un auparavant chez Jacques afin de l'inculper.

Elle avait, bien entendu au préalable, tiré un coup de feu avec celui-ci pour qu'il manque une balle de même calibre dans le barillet. Cette arme a été déposée dans la cachette de la cabane avec de l'argent pris dans le coffre de l'entreprise. Elle avait pensé à tout, gardant sur elle le billet de rendez-vous sollicité par Jacques au cas où on aurait oublié leur dispute. Les soupçons se sont ainsi naturellement tout de suite portés sur lui. Pauvre Jacques, il est bien arrivé au pont à l'heure dite et l'a trouvée morte, comme il le répétait en vain. Cette défense semblait à tous si absurde, on le pressait d'avouer. En fait, s'il a tout de suite compris qu'il était tombé dans un piège, il n'a pas réalisé lequel. Dans son affolement, il n'a pas pensé à une vengeance posthume de la Bramade, il a seulement cru que l'un d'entre vous avait profité de son différend avec elle pour lui faire porter le chapeau. Jacques, en outre, n'était pas quelqu'un de bien courageux. J'imagine qu'Hélène comptait sur cette réaction, sur sa panique, sur son désir de fuir plutôt que de s'expliquer, de se disculper. Sa vengeance était terrible, elle voulait le mettre à bas, le transformer en criminel, lui faire subir l'enfer de la prison, du déshonneur, convertir le reste de sa vie en une lente agonie, l'entraîner dans les affres d'un procès, de la solitude, du désespoir, le pousser au suicide. Je suis certaine qu'elle l'avait envisagé car avant de se donner la mort, elle avait tout mis en œuvre pour détruire sa rivale, la jeune Alexia, voulant ainsi ôter au prévenu tout espoir de consolation et de soutien.

— Alexia, notre stagiaire, celle qui était tchèque, c'est bien d'elle que vous voulez parler ?

Charles semblait complètement sonné, sa voix était maintenant aussi faible que celle d'un mourant. Il ne doutait pourtant pas un instant des paroles de la femme de charge. Hélène était bien capable de tout, même de truquer sa mort. Depuis le début, il pressentait que quelque chose ne tournait pas rond dans cette histoire. Il ne s'était jamais senti complètement délivré, complètement libre. Il avait toujours eu peur qu'elle revienne, tout simplement. Au fond de lui-même, il savait que Jacques ne faisait pas le poids face à la Bramade, qu'il était incapable de la tuer. Ce que décrivait Joséfa était horrible mais juste, collait bien plus à la réalité. Il voulait maintenant tout comprendre, avait posé cette question sur Alexia dont il n'entrevoyait pas bien le rôle pour ne pas perdre le fil de son discours. Il ne voulait surtout pas laisser la moindre chance à Hélène de revenir encore un jour le torturer.

En acquiesçant d'un signe de tête, Joséfa reprit ses explications dans un silence pesant.

— Oui, la stagiaire, cette fille belle, joyeuse, intelligente qui avait conquis par sa jeunesse et sa beauté le cœur de Jacques. Jusqu'ici Hélène avait pardonné à son amant bien des passades, elle connaissait son caractère volage, au bout du compte elle maintenait ferme la barre sur lui, le tenait par l'argent, le pouvoir, lui faisait miroiter la direction de Vitarelle. Il revenait toujours vers elle, sauf cette fois, avec la stagiaire c'était sérieux, sérieux au point qu'il lui avait fait un enfant, qu'il acceptait de voir ses parents, envisageait même de partir avec elle en République tchèque. Affront inacceptable pour Hélène. Toute sa vie elle avait été la première, la seule qui comptait, que ce soit pour son père, les ouvriers, les fournisseurs, les clients, les autres chefs d'entreprise, les notables du coin. Elle était toujours en avant. Elle dominait toujours tout et tout le monde, son époux comme ses enfants. Elle s'amusait des angoisses de la pauvre Laure, lui avait volé son mari sans état d'âme, simplement parce qu'il lui plaisait. Pour lui, elle avait pris tous les risques. Comment aurait-elle pu supporter de le perdre pour une obscure fille sans le sou ? Je pense qu'elle l'aimait vraiment, ce serait alors sa seule excuse, mais je n'en suis même pas certaine. Elle s'aimait surtout elle, n'a pu supporter de perdre la partie.

Hugo, qui depuis un moment bouillait de rage et de rancune, ne put en supporter davantage. Il l'invectiva d'une voix sèche :

— Vous ne manquez pas de culot. Venir nous dire que notre mère s'est suicidée et a monté toute une espèce de machination horrible. Tout ça pour quoi ? Pour punir Jacques ? En voulant le défendre à tout prix, vous inventez n'importe quoi. Vous n'avez pas honte de salir ainsi sa mémoire ?

Joséfa répondit calmement en fixant Hugo droit dans les yeux. Il y avait dans son regard de la droiture, de l'autorité, de la sincérité aussi, qui forçaient le respect. S'y ajoutait aujourd'hui une sorte de pitié qui contribua à accentuer le malaise du jeune homme.

— Je ne salis rien. Sachez que je ne connaissais même pas Jacques, je ne cherche en aucun cas à le protéger. Ses enfants, Frédéric le premier, ont cependant le droit de savoir que leur père n'est pas un assassin. Laure aussi il me semble, cela l'aidera peut-être à guérir. C'est cette vérité-là que j'ai voulu découvrir. J'ai longtemps douté. L'immonde toile d'araignée tissée par Hélène était aussi machiavélique que nocive. Chacun d'entre vous pouvait être coupable, aucun pourtant n'avait suffisamment d'intelligence ou de méchanceté pour monter une telle diablerie. Une seule personne ici était en fait assez perverse pour le faire. C'était la morte ! Il suffisait alors de prendre l'affaire du bon côté, tout s'expliquait clairement, s'emboîtait à la perfection. Que cette vérité vous plaise ou pas, je me dois de vous l'exposer sans haine ni colère, simplement au nom de ce qu'on appelle encore la justice.

— Quelles preuves avez-vous de tout cela ?

Hugo, cette fois, prit un ton moins agressif, presque résigné. Il sentait intuitivement que la femme de charge disait vrai. Quoi qu'il puisse lui reprocher par ailleurs, il y avait trop d'honnêteté et de perspicacité en elle pour pouvoir l'accuser de mensonge ou de supercherie.

Depuis le début, Joséfa s'attendait à cette question. C'était son point faible, elle le savait. Laborie l'avait suffisamment mise en garde. Son histoire se défendait, les suppositions cependant ne tenaient pas lieu de preuves. Elle leva la tête, prête à en découdre. Ses indices peu nombreux n'en étaient pas moins convaincants à ses yeux.

— S'il ne l'a pas détruite, Michel vous donnera la facture de l'achat de la paire de revolvers, il sera facile, sinon, d'en obtenir une copie auprès de l'armurier.

Tous les regards se tournèrent d'un seul mouvement vers l'infirme qui s'empourpra. Il prit un air supérieur pour siffler entre ses dents :

— Espèce de sale fouineuse !

Sans s'arrêter à cette injure, Joséfa, imperturbable, répliqua avec aplomb :

— Désolée, la curiosité est pardonnable quand elle sert la bonne cause, tandis que votre attitude est tout bonnement déplorable. Je ne tenais pas à ébruiter l'incident, votre interruption maintenant m'y oblige. Tant pis pour vous ! Je rappellerai donc que l'autre jour, à cause d'une maladresse, le secrétaire de Mme Vitarelle est tombé, révélant dans sa chute un tiroir secret. Vous-même étiez présent. Vous en avez profité pour conserver sournoisement tous les documents qu'il contenait en vous gardant bien de prévenir le reste de la famille, même votre femme. Le dossier sur l'invention d'Alexia s'y trouvait, je peux le certifier.

— Espèce de salaud ! s'indigna Hugo. Ainsi j'avais raison, c'est bien toi qui as trouvé ce foutu dossier et qui t'es empressé de le vendre à Pluizzi !

D'une voix plus assurée, Charles s'interposa avec vivacité pendant que Sophie regardait son mari avec une expression bizarre, mélange d'hébétude et d'horreur.

— Plus tard ! Qu'on en finisse d'abord avec le suicide d'Hélène.

Il avait employé le mot « suicide ». Joséfa comprit alors qu'il la croyait. Le plus difficile était passé. D'un ton ferme, elle continua d'égrener ses arguments.

— Cette facture au nom d'Hélène prouve qu'elle a commandé à dessein ces deux revolvers semblables. L'un a été retrouvé dans la cabane de Jacques, l'autre est parti au fil de l'eau. La Cère bouillonne beaucoup à cet endroit-là, surtout au mois de mars avec la fonte des neiges. Je suis descendue sur la rive, il y avait peu de chances qu'on retrouve quoi que ce soit. Hélène avait doublé ses précautions, au cas où l'arme resterait en suspens sur le parapet, en cassant la lampe du réverbère. Les premiers témoins, Jacques en particulier, ne devaient surtout pas croire à un suicide. Cette précaution était superflue. Le coup a très bien marché, l'arme est tombée dans l'eau, perdue à jamais. Il nous reste cette facture.

« D'autre part, vous pourrez constater par vous-mêmes l'ébréchure très nette de la pierre sur le pont. J'ajouterai qu'Hélène, aussi inventive soit-elle, n'a pas imaginé seule ce stratagème. Elle s'est largement inspirée d'une nouvelle de Conan Doyle, *Le Problème du pont de Thor*, que vous trouverez dans sa table de nuit. D'autre part, des témoins sur le campus peuvent certifier qu'Hélène s'est rendue chez Alexia le

9 mars, sous prétexte de récupérer le dossier du brevet d'invention et qu'une dispute importante a eu lieu entre les deux femmes. Le lendemain, Alexia se donnait la mort en s'ouvrant les veines. C'est ce qu'Hélène espérait, cela faisait partie de son plan.

— Mais... pourquoi ?

— Il semble qu'Hélène ait profité de l'entrevue pour faire des révélations fracassantes sur Jacques, en particulier sur le fait qu'il était son amant, ce qu'Alexia devait ignorer. Mettez-vous un instant dans la peau de cette jeune femme. Que son amoureux soit marié, père de famille, prêt à abandonner son épouse pour elle, était une chose assez romantique en somme, surtout qu'elle-même attendait un enfant de lui. Apprendre d'un coup qu'il avait en outre une maîtresse, et pas n'importe qui, sa propre patronne, sa belle-mère, une femme âgée pour ne pas dire vieille, était autrement plus difficile à comprendre, à excuser, à supporter, le faisait en tout cas sacrément descendre du piédestal. La pauvre est tombée des nues. On ne saura jamais ce qui s'est dit réellement entre ces deux femmes, mais on connaît suffisamment Hélène pour deviner qu'elle n'a pas fait de cadeau à son adversaire. La Bramade n'aura fait qu'une bouchée du pauvre oiselet.

— Vous supposez beaucoup, il me semble.

Hugo la regardait à nouveau de son air ironique, légèrement condescendant. Cet air qu'il avait pris depuis sa dispute avec Nina. Un air tout simplement insupportable.

Sans le quitter des yeux, Joséfa sortit de la poche de son tablier un papier plié en quatre. Son arme secrète, la copie de la lettre envoyée par Alexia à ses parents, copie que Laborie avait pris quand même le temps de retrouver pour mettre fin à ses incessantes demandes. Elle avait même eu droit à ce propos à un couplet vengeur du commissaire : « Vous êtes une vraie tortionnaire, aussi têtue qu'une mule sous vos airs de grosse brebis. » Laborie était normalement un homme courtois, l'adjectif peu gracieux n'avait pu échapper à sa vigilance qu'en raison de son énervement. Sa mine contrite faisait plaisir à voir. Trop contente de récupérer la fameuse missive, Joséfa, bonne joueuse, n'avait pas profité de la situation pour lui en faire grief. À l'époque des faits, cette ultime correspondance entre la jeune stagiaire et ses parents avait paru aux enquêteurs d'une banalité affligeante. Elle prenait maintenant au contraire une importance capitale.

De sa voix grave, Joséfa lut le passage le plus important, celui qui jumelait le suicide de la jeune femme avec le rôle de Jacques. Elle donnait à ce dernier un prénom à consonance slave qui expliquait que personne dans la brigade n'avait pu établir le lien entre les deux affaires. Comme Nina avant elle qui usait sans cesse du « Jacky », l'étudiante avait changé le Jacques Naucelle de l'entreprise Vitarelle en un tendre « Jacoubek » qui devait lui rappeler sa terre natale.

« Papa, maman, Il faut me pardonner, vous ne pouvez rien pour moi. Jacoubek m'a menti affreusement. J'ai appris des choses terribles sur lui. J'ai honte. C'est un escroc. Il ne se mariera jamais avec moi. Comment ai-je pu me tromper de la sorte ? Je ne peux supporter l'idée de le revoir. C'est trop dur. »

— Qu'est-ce que ça prouve ? Cette fille était amoureuse de Jacques et alors ? Elles étaient toutes amoureuses de lui !

Joséfa lança un regard peu amène à Sophie. Elle commençait à en avoir assez de leurs jérémiades, controverses et perplexités. Leurs doutes n'étaient qu'une façon mesquine de se protéger, de défendre envers et contre tous l'honneur de la morte. Quelle hypocrisie ! Ils connaissaient pourtant suffisamment le caractère de leur mère pour savoir qu'elle disait la vérité. Hélène Vitarelle s'était suicidée pour se venger de Jacques, pour leur faire à tous un dernier pied de nez. Ils étaient au fond tellement prévisibles, tellement fades à côté d'elle. Comme elle devait les mépriser !

Joséfa, à cet instant même, n'était d'ailleurs pas loin de lui donner raison. Elle reprit son raisonnement d'un ton qui n'admettait aucune critique. Sans le savoir, elle incarnait à merveille ce don de l'autorité qui lui conférait un prestige singulier, presque indéfinissable, tout en donnant un poids considérable à chacune de ses paroles. Ses yeux brillants de maîtrise et d'intelligence dominaient l'assemblée, les intimidaient tous malgré eux. Même Michel, qui tapotait avec impertinence sur la table pour montrer sa réprobation, cessa alors sans s'en rendre compte son petit manège.

— Cette lettre démontre au moins deux choses. Premièrement, Alexia était amoureuse de Jacques, cette fille s'est tuée parce qu'elle venait d'apprendre des choses insupportables sur son compte. Votre mère venait de la quitter. Il est facile de deviner d'où viennent ces révélations fracassantes. Deuxièmement, le suicide d'Alexia explique aussi celui de Jacques. Il l'a appris pendant sa détention. Il cherchait en vain à la joindre depuis deux jours, craignait un accident. Déjà fragilisé par son arrestation, il a vu son univers s'écrouler, il n'a pas supporté le choc. On peut penser aussi qu'il tenait peut-être enfin vraiment à quelqu'un. Quoi qu'il en soit, son geste peut dorénavant être expliqué par autre chose que de la culpabilité.

« J'ai enfin un dernier indice qui renforce tout le reste. Claudie, la secrétaire de l'usine, pourra vous le certifier. La veille de ce fameux week-end, Hélène a rangé son bureau de fond en comble, réglé tous les problèmes en suspens, mis de l'ordre dans toutes ses affaires. Elle a en outre rapporté chez elle son souvenir fétiche qui ne quittait jamais son pupitre, son fameux cochon rose. Elle savait qu'elle ne reviendrait pas. Son insupportable sens de la rigueur, sa terrible exigence l'ont poussée jusqu'au bout à faire les choses convenablement. Elle ignorait bien sûr quel serait le sort d'Alexia. Malgré ses révélations, celle-ci était jeune, elle pouvait se ressaisir. Pour autant, elle ne voulait lui laisser aucune chance, surtout pas celle de récupérer un peu d'argent en vendant son brevet d'invention. Sa jalousie envers sa rivale était si grande qu'elle a préféré dissimuler ce brevet plutôt que d'en faire profiter son entreprise. C'est à mon avis la meilleure confirmation de son implication dans sa propre mort. Si ça ne vous suffit pas, ajoutez-y la symbolique du lieu choisi, l'endroit même où son père était décédé.

Les dernières paroles de Joséfa furent accueillies par un profond silence. Il émanait d'elle une justesse, un magnétisme qui ne pouvait pas mentir. D'ailleurs, personne ne songeait plus à la contredire. Chacun se murait dans ses pensées secrètes, encore trop abasourdi, stupéfait, hébété même par toutes ces révélations pour savoir comment réagir. Charles semblait perdu dans un abîme de pensées, écrasé par une torpeur indicible qui lui faisait tourner les sens. Avec ses yeux ronds, sa bouche ouverte qui lui donnait l'air d'être saoule, Sophie ne savait pas encore très bien si elle avait tout compris. Hugo détournait la tête, regardant à travers la fenêtre la neige qui voletait sur la terrasse, comme résolu à ne pas en entendre davantage pour mieux se protéger. Une espèce d'instinct, plus sûr encore que son raisonnement, le poussait pourtant à prendre conscience de ce qui s'était réellement passé. L'horreur, le dégoût le submergeaient au point de bouleverser ses convictions les plus profondes. Michel, en apparence moins ému que les autres, plus pragmatique aussi, fut le premier à réagir.

— Que va-t-il se passer maintenant ?

Joséfa émit un curieux claquement de langue comme pour remercier son interlocuteur de la question. Les subtilités juridiques n'étant pas son fort, elle avait pris soin de se renseigner, allant jusqu'à faire appel aux lumières de celui qu'elle appelait toujours « cul pincé » pour débroussailler le problème. Elle prit son temps pour répondre d'une voix calme, presque solennelle, qui donnait étrangement à ses paroles la force de la sentence d'un juge :

— La balle est dans votre camp. J'ai eu une longue discussion avec le commissaire Laborie. Cette affaire restera, à tout point de vue, exceptionnelle. Même classée, l'instruction peut normalement reprendre si une nouvelle piste apparaît, impliquant une nouvelle personne. Seulement, ici, la nouvelle personne est la victime. Hélène peut donc être tranquille, le défunt, en droit, est à l'abri de tout châtiment. Quant à Jacques, si l'action publique est éteinte une fois pour toutes par sa mort, l'action civile n'est pas affectée par son décès. Sa femme, par exemple, pourra demander une indemnisation auprès de la Commission des victimes d'infraction, indemnisation qui permettrait en quelque sorte de le réhabiliter, d'effacer définitivement les soupçons qui pesaient sur lui.

« En ce qui nous concerne, moi et ma nièce, il est évident que nous n'engagerons aucune action. Savoir Jacques innocent nous suffit.

Contrairement à ce que vous pourriez penser, nous ne recherchons ni vengeance, ni honneur, ni argent. Je comprends vos sentiments. La vérité peut blesser. Il n'est pas question de salir la mémoire de qui que ce soit, mais il faut aussi ouvrir les yeux. À vous tous, Hélène a pris votre vie pour vous façonner sans vergogne à sa propre convenance. Il est temps de vous réveiller, de l'oublier, de passer à autre chose, de vivre sans elle. Les regrets, c'est juste bon pour la tombe.

Des applaudissements ironiques fusèrent du côté de Michel tandis que Sophie émettait une série de protestations indiquant qu'elle n'avait que faire des conseils de la femme de charge. En un instant, Charles fit taire tout ce début de rébellion d'une voix ferme qui n'admettait aucune réplique :

— Je crois que nous pourrions avant toute chose remercier Joséfa pour son sens de la justice et sa perspicacité. Ces révélations sont déstabilisantes pour tout le monde, nul ne doute cependant qu'elles soient vraies. Que chacun réfléchisse à la meilleure façon d'agir. Je vous demanderais maintenant de nous laisser.

Quand ils se retrouvèrent seuls, Joséfa se tourna résolument vers Charles.

— Il ne faut pas leur en vouloir. Je comprends leur réaction. Ne vous en faites pas. C'est normal qu'ils ne me portent pas dans leur cœur. Je suis désolée, vraiment, pour toutes ces confessions qui viennent bouleverser votre existence. Vous devez me trouver indiscrète, menteuse, fouineuse même, comme le dit si bien Michel. Sachez que mes seuls soucis ont toujours été la recherche de la vérité et la défense des innocents.

— Je ne vous en veux aucunement. La dissimulation était nécessaire, je suppose. Vous me délivrez d'un grand poids. Je vous trouve très forte, vous savez. Bien plus que moi. J'ai longtemps tourné les mêmes incohérences dans ma tête sans jamais découvrir le moindre début d'explication. Dites-moi, j'aimerais savoir, en toute franchise, vous m'avez cru coupable ?

Joséfa esquissa un petit sourire, à la fois triste et comique.

— Bien sûr ! Au début surtout...

Alors qu'il s'y attendait, cet aveu sembla pourtant mettre Charles hors de lui.

— Ensuite, évidemment, comme tout le monde vous m'avez trouvé trop faible, trop insignifiant sans doute pour pouvoir passer à l'acte.

— Pas du tout ! se récria Joséfa avec sincérité. (Elle comprenait brusquement que l'amour-propre de l'ornithologue était si fort qu'il préférait être soupçonné de meurtre que de lâcheté. Elle choisit ses mots avec soin :) En fait, j'ai réalisé très vite que vous respectiez trop la vie pour l'enlever à quelqu'un, même à quelqu'un qui vous a fait tant de mal. Vous vous êtes exilé trop longtemps, Charles, il faut maintenant revenir dans le monde. Frédéric aura terriblement besoin de vous dans la période qui s'ouvre. C'est un enfant sensible, il a besoin d'un guide, d'un appui. Promettez-moi de ne plus jamais le laisser seul. Vous allez avoir une responsabilité immense.

— Vous allez partir, alors ?

— Oui, il le faut, c'est dans l'ordre des choses. Pourtant, ce n'est pas si simple, vous vous en doutez. Ma mission est finie, je n'ai plus rien à faire ici. Je vous avouerais que le regret s'installe déjà, quitter Frédéric est un vrai crève-cœur.

— Vous pouvez rester, vous savez ! Si j'osais, je vous dirais même que vous devez rester. Vous avez apporté tellement de changements dans cette demeure, tellement de tendresse à cet enfant ! Vous comprenez, j'espère, que je ne parle pas seulement de votre efficacité ménagère !

— C'est gentil, Charles, mais c'est impossible, vous le savez bien, j'ai ma vie, ma maison, mes occupations, mon jardin. Ma place n'est pas ici.

— Vous voulez dire que vous n'êtes pas faite pour servir les autres, que votre indépendance passe avant tout ?

— Oh non, ce n'est pas ça ! Ce travail ne me gêne pas, bien au contraire, il ne m'empêche pas de penser, il me permet surtout de comprendre les gens. Mais c'est un métier, pas une vie. Je n'aliénerai ma liberté pour rien au monde. Je ne veux rien devoir à personne. Je préfère s'il le faut renoncer au confort, à la richesse ou aux louanges.

— Que vais-je dire à Frédéric ?

— Je lui parlerai moi-même ce soir, si vous le voulez bien. J'ai quelques idées à vous soumettre.

Charles ne put retenir un rire sonore, gai, impertinent. Le premier moment de détente de toute cette horrible journée.

— Ça ne m'étonne pas de vous, décidément !

— Vous trouvez que j'exagère peut-être...

— Non, non, vos idées sont sûrement bien meilleures que les miennes.

— Eh bien voilà. Frédéric adore les animaux, il faudrait lui offrir un chiot. La libraire de Vic a justement des petits teckels à donner, ils sont tout juste sevrés. Je crois que ça serait vraiment formidable pour lui. Dans un premier temps, on pourrait aussi se retrouver tous les mercredis, passer la journée ensemble. Vous l'amèneriez chez moi, ça adoucirait un peu sa peine, la mienne aussi d'ailleurs, je ne vous le cache pas. C'est bête, hein, à mon âge, de m'attacher ainsi !

Des larmes silencieuses coulaient sur les joues de Joséfa qui les essuya d'un geste brusque en murmurant :

— Des gouttes de chagrin maintenant, il ne manquait plus que ça !

D'un geste spontané, Charles lui prit la main pour déclarer solennellement :

— Je vous le promets, Joséfa, j'irai chercher le chiot, je ferai le chauffeur, je m'inviterai aussi parfois, c'est une très bonne idée ! Hum, je crois comprendre à votre air qu'il y a autre chose ?

— Oui, c'est un peu plus difficile à dire mais tant pis. Franchement, Charles, elle ne mérite pas tous ces honneurs !

Il savait très bien de qui elle parlait, n'avait pas besoin de demander plus de précisions. Il esquissa une petite grimace que Joséfa dut prendre comme un encouragement car sans plus de précaution, elle précisa hardiment sa pensée.

— Faites de cette maison merveilleuse votre maison, commencez par enlever ce tableau qui vous donne tous les soirs des crampes d'estomac, changez la décoration des pièces, ou mieux, laissez le soin à Laure de le faire. Votre fille cadette était photographe, elle aime les couleurs, c'est un rôle pour elle. Faites-la donc revenir au plus vite. Son retour aidera aussi Frédéric à grandir.

— Les psychiatres sont encore réticents...

— Pas à moi, Charles, je vous en prie ! Signez donc une décharge, prenez vos responsabilités. Il sera toujours temps de la faire repartir si c'était une erreur. Franchement, je ne le crois pas. Ne la traitez pas trop comme une malade, obligez-la à sortir, à s'occuper du petit. Lancez-vous dans des projets d'aménagement. Rappelez aussi Marinette, je suis sûre que vous trouverez des arguments, prenez une autre aide pour la soulager. Quant à Sophie, poussez-la à adopter un enfant, ça changera son caractère, rabibochera peut-être son couple, et si ces deux-là veulent au bout du compte vivre ailleurs, laissez-les faire.

— C'est tout ?

Le ton était ironique, Charles semblait s'amuser beaucoup.

— Je crois, oui.

— Vous ne me donnez aucun conseil pour Hugo ?

Elle soupira, l'air pour une fois réellement embarrassé.

— C'est compliqué. Les histoires d'amour sont les seules qui me dépassent vraiment. Vous lui offrirez quand même ça, ce sont des croquis faits par Nina. Attendez cependant un petit moment, laissez-lui le temps de se remettre en cause, de souffrir un peu. Je peux me tromper, ce n'est peut-être après tout qu'une passade. Auquel cas il se rétablira très vite, reprendra sa vie de beau gosse sans broncher. Vous garderez les dessins pour vous, ils sont excellents, vous verrez.

— Et moi ?

— Vous ?

— À part jeter le portrait d'Hélène, quel est le remède pour moi ?

— Vos oiseaux, bien sûr ! Faites des conférences, mais pas à de vieux savants, aux enfants des écoles. Organisez des projections, des sorties dans la nature, des pétitions pour sauver les espèces, inventez toutes sortes d'actions pour sensibiliser les gens. Ne restez surtout pas dans votre coquille, Charles, donnez de vous-même, vous savez tant de choses ! Frédéric sera fier de son grand-père.

Ils échangèrent un regard plein de respect. Un brin de malice, presque d'impertinence, brillait dans celui de Joséfa qui semblait le mettre au défi de s'exécuter.

— Vous êtes une bien drôle de femme, murmura-t-il d'une voix bourrue, je n'ai jamais connu quelqu'un d'aussi généreux que vous.

Ni d'aussi exigeant !

Ce deuxième qualificatif, Charles l'avait cependant gardé pour lui. Au dernier moment, l'image de la Bramade s'était une fois de plus imposée à son esprit et pour ce qui était de l'exigence, celle-ci remporterait toujours de très loin la palme.

20

Chez Vitarelle, le lancement de la nouvelle collection battait son plein. Hugo se pencha sur les modèles, en élimina certains, en sélectionna d'autres, puis après un regard furieux au futur plan du hall accroché sur le mur, essaya en vain de se remettre au travail. Décidément, il n'arrivait à rien.

Près d'un mois venait de s'écouler depuis les fracassantes révélations de Joséfa. Noël approchait. L'usine, comme d'habitude, allait fermer pour les fêtes. C'était bien d'ailleurs la seule chose qui fonctionnait sans anicroche. Tout le reste allait de travers, ou plutôt tout était différent.

À la villa Médard, Charles avait fait un grand vide en enlevant tout ce qui, de près ou de loin, se rapportait à Hélène. Il n'y avait plus guère qu'à l'entreprise que son portrait trônait encore en majesté à côté de celui du vieux Vitarelle. Plus pour longtemps. Les travaux du nouveau hall qui débuteraient l'an prochain les cantonneraient à l'avenir dans un coin plus obscur.

Marinette était revenue, aidée d'une cousine, une fille forte aux joues roses et au nez brillant qui chantonnait toute la journée. Encore une histoire de famille, mais qui ressemblait si peu à celle des dernières habitantes du pavillon que la comparaison ne pouvait même pas s'établir. Malgré leur bonne volonté, à elles deux, elles ne fournissaient pas la moitié du travail de Joséfa. La cuisine était tristement redevenue une cuisine. Le chiot de Frédéric, qui dormait maintenant dans le panier du chat, montrait cependant que l'époque de la Bramade était bel et bien révolue. Ici, les animaux avaient dorénavant droit de cité. C'est dans la bibliothèque que le passage de la singulière femme de charge restait le plus marquant, Charles ayant insisté pour que les livres sur les rayonnages conservent ce classement iconoclaste qu'elle avait mis en œuvre, et qui semblait maintenant convenir à tout le monde.

Hugo avait souvent envie de hurler, il perdait patience, n'avait de goût à rien. Sa colère, sa déception s'étaient, petit à petit, muées en une peine secrète, indéfinissable, qui faisait mal, terriblement mal. Il se surprenait à faire des choses inhabituelles, saluer les femmes de ménage, bavarder avec les employés, chercher la compagnie d'Anselme, lui acheter des cigarettes, écouter le bruissement de la Cère, admirer le ciel étoilé. Il avait renoncé au sport, préférait arpenter la nature ou flâner dans les allées couvertes de neige du parc. Le pont lui faisait horreur, la petite maison de garde l'attirait toujours. Déserte, silencieuse, elle ouvrait en lui les archives du souvenir. Sur un coup de tête, il avait décidé d'en faire son repaire, dressait pour cela des plans d'agrandissement qu'il effaçait aussitôt le lendemain d'un geste de colère.

Depuis quelques jours, Laure était revenue, encore faible, trop fragile, maigre à faire peur. L'extrême pâleur de son visage faisait ressortir l'éclat de ses yeux qui possédaient une expression troublante de lassitude, l'entraînant souvent à fermer les paupières. Sa sœur avait toujours été maladive, aujourd'hui elle semblait exsangue, éthérée, si peu vivante qu'on avait envie de la retenir dans le monde des humains, de la protéger, de la servir. Ce que faisait son père qui, pour une fois, se dévouait sans compter, secondé en cela par une infirmière recrutée à demeure, efficace et enjouée. Le genre de femme qui vous forçait mine de rien à vous remuer, à sortir, à s'occuper. Frédéric passait quelques moments avec sa mère en rentrant de l'école. Elle semblait alors s'intéresser vraiment à lui, se forçait pour écouter ses histoires. Cela ne durait jamais bien longtemps. Laure se fatiguait vite. Cependant, chaque jour, on gagnait à ce jeu quelques minutes supplémentaires. Il fallait se raccrocher à ce mince progrès pour entrevoir une guérison encore bien lointaine. « De la patience, tout est affaire de patience », aimait à répéter l'énergique infirmière.

Si seulement c'était vrai !

L'enfant, lui, n'en manquait pas. Toujours rêveur, calme, avec toutefois plus de vivacité qu'auparavant. Il passait la plupart de son temps libre à jouer avec le chiot, partait tous les mercredis chez Joséfa de l'autre côté du volcan. Il préparait d'ailleurs cette sortie tout le reste de la semaine, collectionnait pour cela un fatras de choses bizarres afin de les apporter à son amie, cailloux, plumes d'oiseaux, récits ou mots incongrus pour déterminer avec elle le terme inusité hebdomadaire. Il n'y en avait plus qu'un seul, désormais, qui se devait d'être d'autant plus orignal, amusant, stupéfiant. Frédéric, du coup, était toujours plongé dans un dictionnaire. Charles passait un temps fou avec lui. Ils construisaient ensemble des nourrissoirs pour les oiseaux. Hugo, s'il avait été plus jeune, en aurait été jaloux, de voir ainsi la connivence étroite qui s'établissait entre ces deux-là, alors que son père ne lui avait toujours montré qu'une indifférence polie. Tant mieux pour le petit ! Ce nouveau comportement comblait un peu le vide laissé par le départ de Joséfa. Une absence cruelle pour ce garçon sensitif, aimant, malmené par la vie. Hugo, de fait, s'était aussi rapproché de son neveu. La balade du chiot servant de prétexte quotidien pour arpenter le parc, fureter autour du pavillon, se raconter des anecdotes où Joséfa, évidemment, tenait toujours la vedette. Chaque retour de visite chez elle était pour Frédéric l'occasion de commentaires interminables. Il décrivait pour les oreilles attentives d'Hugo la petite maison chaleureuse, les pitreries des jumeaux, les desserts chaque fois réinventés, les jeux farfelus, la découverte du voisinage. Tom, un enfant de son âge, devenait son ami, son père apiculteur leur faisait découvrir le monde mystérieux des abeilles[1]. Perché sur les pentes de la montagne, minuscule, isolé, le hameau où vivait Joséfa semblait ainsi, à l'entendre, être un lieu incroyable de vie, regroupant des gens chaleureux, passionnés, attentifs et solidaires. Hugo n'osait pas interroger son neveu sur Nina, de temps à autre le prénom de celle-ci apparaissait pourtant au détour de la conversation. « Nina travaille dans une jardinerie, Nina a fait un super portrait de mon chien, Nina nous a aidés à construire un bonhomme de neige, elle lui a donné son bonnet rouge, Nina n'a plus de travail, son chef a eu un geste déplacé, tu sais ce que ça veut dire ? Nina pose du papier peint pour Alice, une copine de Joséfa », et le dernier en date : « Nina a trouvé du travail à Paris pour le mois de janvier. »

— Tu peux me consacrer dix minutes ? J'aimerais te parler.

Hugo regarda Sophie d'un air légèrement hébété. Perdu dans ses pensées moroses, il ne l'avait même pas entendue ouvrir la porte de son bureau. Sa sœur aînée aussi avait changé. Refusant tout d'abord de croire les assertions de Joséfa, elle s'y était ensuite résolue de manière

1. Voir *Les Ruchers de la colère.*

spectaculaire. Le lien avec sa mère semblait être définitivement brisé. Dans son horreur des évènements passés, elle trouvait même des excuses au comportement impossible de son mari. « En découvrant toutes ces cachotteries, Michel a été écœuré, il a voulu m'épargner. » L'infirme s'en sortait bien en faisant croire à sa femme cette version chevaleresque toute à son avantage. Hugo, lui, n'oubliait pas la vente sournoise de l'innovation à la concurrence. S'il avait pu se débarrasser de Michel, il l'aurait fait.

— Entre donc !

Sophie était toujours aussi empesée, étroite dans ses idées, méticuleuse dans ses affaires, préoccupée du moindre petit détail, scrupuleuse à l'extrême. Elle semblait aujourd'hui cependant beaucoup plus enjouée. Ce qualificatif étant rarement accolé à sa personne, Hugo l'examina avec un regain d'intérêt.

— Nous avons pris un certain nombre de décisions avec Michel. Papa n'est pas encore au courant, je voulais t'en parler en premier. Nous allons quitter Vic, après ce qui s'est passé, vivre là-bas est trop lourd, surtout pour Michel qui y reste coincé en permanence. Une occasion s'offre à Aurillac, une maison en plein centre-ville, nous ne voudrions pas la rater. Pour Michel, ce sera plus vivant, moins étouffant, si tu comprends ce que je veux dire. À moi, ça me donnera de la liberté. J'en ai plus qu'assez de ces dîners lourds et pesants, j'ai envie de vivre enfin autre chose. Tu vois, ça peut paraître absurde, mais un simple plateau-repas devant le poste de télévision me semblerait presque le paradis ! Tu pourras bien entendu récupérer nos appartements.

— Pour en faire quoi, une salle de bal ?

L'ironie l'avait repris, c'était plus fort que lui, il ne voulait pourtant pas se moquer ouvertement d'elle mais sa sœur semblait tellement contente de quitter le navire ! On aurait dit une petite fille qui allait jouer à la poupée. À quarante ans, il était temps qu'elle se découvre l'envie d'avoir son propre intérieur. Pour autant, avec son tailleur impeccable et sa pose guindée, il l'imaginait mal en train de manger sur un canapé, sauf à aspirer ensuite avec obstination la plus petite miette. Enfin, si ça lui plaisait, si ça suffisait à sauver leur couple, il n'y trouvait rien à redire.

— On va aussi lancer une procédure d'adoption.

Cette fois, une fébrilité certaine perçait sous la sobriété des propos. Il la regarda avec curiosité. Sa sœur, qui se dominait toujours, semblait enfin prête aujourd'hui à lever un voile pudique sur ses émotions.

— C'est une bonne idée, je vous souhaite de réussir.

Son père lui avait fait part quelques jours plus tôt de certains « conseils » de Joséfa. La coïncidence était bien trop frappante pour être fortuite. Que la femme de charge s'immisce ainsi dans leur vie était tout bonnement incroyable, que lui-même n'en soit pas plus indigné l'était encore davantage. Ne voulant pas s'appesantir sur cette observation qui le mettait d'une certaine manière mal à l'aise, il préféra poursuivre dans la voie des encouragements.

— Au fait, je viens d'examiner tes propositions de modèles de parapluies d'enfant, tu as fait du bon boulot.

— Tu trouves, vraiment ?

Sophie se méfiait encore de lui, de son esprit moqueur, de son humour mordant. Il la rassura avec sincérité.

— Tout me semble parfaitement étudié, la poignée en couleur, la bordure fluorescente, l'ouverture sécurisée, la forme cloche, ce sera un bon produit.

— À l'atelier, on travaille sur un modèle en forme d'animal, avec des oreilles, ça devrait ravir les plus petits.

— Parfait, je m'occuperai de les proposer rapidement aux principaux créateurs de marques enfantines. Il y a sûrement un créneau à creuser.

Sa sœur partie, Hugo retomba dans sa morosité habituelle. Incapable de travailler ! Que Sophie fasse preuve de plus de créativité et d'enthousiasme que lui devenait une évidence, prouvait surtout un malaise très profond. Celui-ci perdura jusqu'au soir.

Depuis quelque temps, Charles hésitait sur la conduite à tenir. Devait-il ou pas remettre à son fils les croquis confiés par Joséfa ? Pour une fois qu'elle lui donnait carte blanche, il ne savait que faire.

M. Je-Sais-Tout-Mieux-Que-Tout-Le-Monde avait ce soir encore bien triste figure. Aimait-il vraiment cette fille au point de se rendre malade ? Avec un tel orgueil, on pouvait s'attendre au pire. Son fils était incapable, probablement, de reconnaître ses erreurs ou d'excuser celles des autres. Aussi implacable, en somme, que sa mère. Non, Hugo était plus humain, plus sensible qu'il n'y paraissait. Cependant, on lui avait tellement inculqué la froideur, érigée en vertu, qu'il faudrait du temps pour briser sa carapace. Que pensait-il vraiment, ce grand garçon qui ne s'épanchait jamais ? Était-il si sûr de lui qu'il voulait bien le laisser paraître ? Que risquait-il, lui son père, en lui présentant le carton à dessin ? Au pire, après tout, un sourire dédaigneux, une rebuffade ? Charles, maintenant, n'était plus à ça près. Il se rappela les paroles de Joséfa : « C'est à vous de voir, si c'est une passade, gardez-les, s'il est vraiment malheureux, il faudra les lui donner. » En réalité, il ne suffisait pas de les mettre sous ses yeux, il fallait aussi fournir l'explication adéquate, à savoir qu'être aimé de l'artiste en question était la condition essentielle pour avoir l'honneur de servir de modèle.

Un peu trop compliqué pour lui, toutefois Joséfa devait connaître son affaire. Devant l'insupportable air absent de son fils, en espérant ne pas faire de faux pas, il étala le contenu du carton à dessin sur la table, donna les explications convenues, se servit exceptionnellement un deuxième cognac avant de se renfermer dans un silence prudent.

Hugo jeta à peine un œil aux œuvres de Nina, il gardait un visage fermé, dur, impénétrable. Charles se retrancha dans sa méditation, lorgnant sur la tache plus claire sur le mur, là où il y a peu encore s'affichait le portrait en majesté de la Bramade. Il faudrait refaire les tapisseries, en confier peut-être le soin à Laure, cela l'occuperait avantageusement. Il sursauta, troublé dans ses projets par la voix d'Hugo qui lui parut ferme et alerte.

— C'est mercredi, demain, si ça ne te dérange pas, j'irai récupérer Frédéric en fin d'après-midi, tu m'expliqueras où c'est.

— Pas de problème, ça m'arrange même, vois-tu, car il faut que j'installe les boîtes-dortoirs pour les oiseaux. Le froid commence à se faire vif, j'ai vu plusieurs mésanges charbonnières aux plumes ébouriffées, c'est un signe tu sais.

Charles parlait, parlait, s'étourdissait de paroles, disait en fait n'importe quoi, trop content de sentir que le stratagème concocté par Joséfa se mettait doucement en route.

Il osa enfin croiser le regard d'Hugo. Les yeux de son fils, brillants, toujours un peu moqueurs, enfiévrés surtout, semblaient le remercier. Un sourire complice voguait sur ses lèvres. Une sorte de connivence inouïe pour eux qui en avaient partagé si peu. Cela faisait bien longtemps que Charles ne s'était pas senti aussi satisfait de lui-même.

Les brumes glissaient dans le soleil pâle de l'hiver, flottaient tout en haut de la montagne, semblaient accompagner Hugo tout au long de sa route. Celle-ci traversait le cœur du volcan, irriguant les villages perchés, les hameaux recroquevillés, les maisons isolées capitonnées de blanc. Après Murat, le paysage changeait, la Planèze s'offrait, majestueuse, fondue dans le ciel en un tourbillon de neige, de vent et de paix. Arrivé à Lescure, il resta un long moment devant la maison de Joséfa. Elle ressemblait étrangement à sa propriétaire, replète, forte, protectrice. Sans fioritures mais avec quelques touches chaleureuses, des rideaux jaunes, des volets bleus, une grille ouverte, un cercle de lumière à travers le carreau, une simple plaque « bienvenue » sur la porte. L'air sentait le feu de bois, l'odeur des bêtes, la simplicité, l'enfance. La fumée qui sortait de la cheminée en pierre semblait une invite à entrer, ce qu'il fit après une dernière hésitation.

L'objet de son tourment était là, seule, il le savait pour avoir suffisamment questionné Frédéric sur l'emploi du temps de chacun. C'était sa chance, son salut ou sa perte. Il allait savoir.

— Bonjour !

Penchée sur ses feuilles à dessin, Nina releva la tête, brusquement livide. Elle ne risquait pas d'oublier cette voix distinguée, un brin métallique, qui savait prendre pour elle des accents plus sensuels. Ayant d'emblée un mouvement de recul, elle sentit son cœur battre comme un forcené tandis que les picotements de son amour-propre réveillaient sa conscience.

Mon Dieu, ça recommence !

Réussissant à se maîtriser par un effort terrible de volonté, elle lança au visiteur un regard flamboyant de colère. Toutes ses insultes, d'un coup, lui revenaient en mémoire. Quoi qu'il lui dise aujourd'hui, elle ne devait surtout pas les oublier. Dans son mépris, il l'avait injuriée, rabaissée, mis désormais entre eux une distance infranchissable. Sans répondre à son salut, elle l'apostropha d'une voix blanche.

— Qu'est-ce que tu veux ? On s'est tout dit, il me semble, non ?

Repoussant les feuillets devant elle, elle se leva pour mieux l'affronter. Ses yeux brillaient de fureur, pourtant les larmes n'étaient pas loin derrière les paupières.

— Si c'est Frédéric que tu es venu chercher, il ne rentrera pas avant deux heures, je te conseille d'aller faire un tour pour revenir à ce moment-là.

Hugo semblait calme, son visage impénétrable ne laissait rien transparaître de ses sentiments. Pourtant, revoir Nina le chavirait complètement. Cette fille l'avait rendu fou. Il avait tout fait pour l'oublier, la maudire, n'y était pas parvenu. Elle était magnifique, tendue comme une corde prête à se rompre, blessée, insaisissable, intraitable. Une boule d'angoisse obstrua sa gorge, il jouait sa vie, ne pouvait pas laisser passer sa chance, il devait la convaincre, mais comment combattre un feu follet ? Son assurance habituelle se dérobait, il comprit à cet instant qu'il l'aimait trop pour la perdre. Pour se donner du courage, il se raccrocha à la lueur d'espoir laissée par Joséfa avant de répliquer d'un ton neutre :

— Je préfère l'attendre ici.

— Non.

— Pourquoi non ?

— Parce que ce n'est pas un endroit pour toi, c'est trop petit, trop simple, trop pauvre, et puis un Vitarelle ne se commet pas avec une pute, n'est-ce pas ?

— Nina ! Arrête, je t'en prie, cessons ce jeu stupide, je regrette tout ce que j'ai dit ce jour-là, tu le sais bien !

— Non, justement non, je ne le sais pas. Tu m'as traitée de...

Il plaqua sa main sur sa bouche pour l'empêcher de parler, leurs regards fusionnèrent, colère, fierté, rancune, blessure, amour aussi. Cette passion incroyable qui les liait l'un à l'autre balayait une fois de plus toutes les tempêtes qui s'étaient déchaînées dernièrement dans leurs cœurs.

— J'étais furieux contre toi, furieux et terriblement jaloux. Savoir que tu étais avec ce Jacques, un mec que j'ai toujours détesté, ça m'a rendu fou.

Devant ce désespoir sincère qu'il ne cherchait même plus à cacher, Nina sentit fondre toute sa rancune. Elle s'empourpra au son de sa voix chargée autant de sous-entendus que d'une immense tristesse. Repoussant sa main avec plus de douceur, elle se dégagea pour tenter de se justifier. Ça prenait brusquement pour elle une importance capitale.

— Tu n'avais pas à être jaloux, c'était avant toi.

La justesse du raisonnement le frappa, quel droit avait-il d'être jaloux d'une période où ils ne se connaissaient pas ?

— Tu m'avais menti, j'ai vu rouge.

— C'est juste, j'aurais dû m'expliquer, te le dire. J'ai essayé cent fois, je n'y arrivais pas. Comment t'en parler sans saborder l'enquête menée par Joséfa ?

— Je sais, j'ai compris maintenant. Toi aussi, tu me comptais parmi les coupables ?

— Je te jure que non, ça au moins, tu peux le croire ! (Elle eut la franchise d'ajouter :) Tout comme je savais depuis le début que Jacky était innocent.

— Tu l'aimes encore ?

— Cela a-t-il de l'importance ?

Leurs yeux se rencontrèrent à nouveau, ceux d'Hugo semblaient fouiller son âme, elle frissonna, sentant combien le moment était important. Elle se devait de lui dire la vérité.

— Je n'avais pas vingt ans quand on s'est rencontrés, il représentait la liberté, l'amour. Nous avons passé de merveilleux moments ensemble, je ne les renierai pas. Quand tout ce drame est arrivé, il m'avait déjà abandonnée avec les enfants. Je commençais à entrevoir son égoïsme, ses mensonges, pour moi c'était une histoire finie. Il me restait les petits, c'était tout. Depuis, j'ai appris tellement de bassesses sur son compte que je me demande parfois s'il s'agit bien du même personnage. Alors l'aimer encore ? Non, sûrement pas ! Il me ferait plutôt honte, ne m'inspire que du mépris, même plus de pitié. La façon dont il a traité sa femme est tout simplement abominable. Joséfa dit que c'était un enfant, complètement immature, qui avait sans cesse besoin de reconnaissance, de conquêtes pour s'affirmer. À mes yeux, ce n'est pas une excuse. Si les jumeaux m'interrogent un jour sur leur père, je crois que j'aurai beaucoup de mal à être objective, mais au moins ils n'entendront plus parler d'assassin à son propos, c'est déjà ça.

Hugo hocha la tête en silence. Ce qu'il venait d'entendre le soulageait d'un grand poids. Sa jalousie n'était pas éteinte pour autant, tout ce qui concernait Nina, tout ce qui l'avait concernée le brûlerait toujours à vif, il en était ainsi, il le savait, il devrait faire avec. Le plus dur, pourtant, restait à venir. Puisant son courage au plus profond de lui-même, il s'efforça de prendre un air dégagé, passant, en apparence du moins, à un tout autre sujet.

— Tu as croqué avec talent plusieurs personnes, ta tante, Jules, Emy, Frédéric, même Anselme.

Nina le regarda sans comprendre, que venaient faire ses dessins dans tout cela ? Pourquoi détournait-il ainsi la conversation ? Devant son embarras évident, il insista :

— Tu m'as dit une fois que tu ne dessinais que les portraits des gens qui te sont chers, pour les autres, tu préfères de loin les caricatures. Donc, si j'ai bien compris ta théorie, tu ne peux pas réussir un portrait si tu n'aimes pas le modèle ?

— Bien sûr, autrement ce n'est pas pareil.

Il lui avait saisi les mains en la fixant intensément, comme pour en avoir la confirmation.

— Tous les dessins que tu as réalisés à Vic, tous ces portraits ont été faits par amour ?

— Je pense, oui.

Où donc veut-il en venir ?

Elle fut soudain gênée, tenta de retirer ses mains, n'y parvint pas. Il lui exhiba alors sous le nez les dessins que lui avait remis Joséfa. Certains au fusain, à la sanguine, d'autres plus élaborés encore au pastel. Le premier, celui qu'il préférait en fait, était un portrait de lui à l'encre de Chine le représentant en train d'ouvrir un parapluie. On le reconnaissait au premier coup d'œil. Le second permettait de voir que l'artiste avait pris son temps pour reproduire avec minutie chacun de ses traits, sa barbe naissante moins fournie sur les joues, son regard profond quand il voulait plaire, son sourire légèrement moqueur, ses oreilles aux lobes allongés et jusqu'à la déformation de son pouce droit due à une lointaine chute de ski.

— Pour te souvenir de tant de détails, il faut bien que tu sois un peu amoureuse, non ?

Hugo lui avait pris le menton dans sa main, la forçant à le regarder en face.

— J'avais jeté tous ces dessins après notre dispute, comment les as-tu trouvés ?

— Réponds-moi, Nina ! Ne fais pas la sotte ! Tu vois bien que je t'aime. J'ai besoin de te l'entendre dire moi aussi, j'en crève, vois-tu ! Je n'ai pratiquement rien fait de bien depuis que tu m'as quitté.

Elle lui lança un regard perdu, observa attentivement son visage tandis qu'il pressait sa paume tendrement contre sa joue. Le contact de ses doigts la faisait frémir, elle n'aurait jamais imaginé qu'une telle soif d'amour puisse s'emparer d'elle. Bien sûr qu'elle l'aimait, mais ils étaient si différents, tout s'embrouillait dans sa tête.

— Moi aussi j'ai été malheureuse à cause de toi, de notre dispute, de cette absence. Ce n'est pas normal, je refuse à l'avenir de dépendre encore ainsi de quelqu'un.

— Si j'ai réellement ce pouvoir de te rendre malheureuse, je peux aussi te rendre heureuse, tu ne crois pas ? Nina, tu peux avoir confiance en moi.

— Je t'aime, Hugo, mais tant de choses nous séparent, c'est... tiens, c'est comme un volcan et un mur de glace.

— Hum, ma belle, comparaison mal choisie, tu me fais fondre à petit feu, tu le sais bien.

Il jouait maintenant avec les boucles de ses cheveux, remarquant qu'ils avaient poussé, qu'ils étaient plus flamboyants et plus rebelles que jamais. Nina perdait pied, elle n'avait plus qu'une envie, se noyer en lui. Elle avait trop rêvé de cet instant. Dans un dernier sursaut de dignité, elle s'accrocha à un argument en balbutiant :

— Tu t'habilles tous les jours comme si c'était dimanche et moi je porte cet anorak que tu détestes.

Il la souleva dans ses bras, la fit tournoyer contre lui, l'embrassa dans les cheveux, le cou, la bouche. Elle était perdue.

— Je t'aime, tu dis n'importe quoi ! S'il n'y a que ça, je te promets de passer toutes nos nuits dans la tenue d'Adam et toi tu porteras cet anorak pour sceller notre union ! Nina, ce qui nous arrive est complètement fou, laisse-toi faire. Bien sûr que nous sommes différents, mais nous sommes aussi un bloc en fusion. Nous aurons probablement de grandes discussions, tu vas me saouler avec tes préjugés et moi avec ma suffisance. On s'en fout ! C'est quand même mieux que de se morfondre chacun dans son coin. Écoute, je sais que nous sommes capables de construire quelque chose de solide entre nous, essayons, veux-tu ?

Vaincue, Nina s'abandonna à ses baisers. Ses dernières réticences s'évanouirent quand elle vit le visage d'Hugo, si près d'elle, avide d'amour et de bonheur.

Quand Joséfa revint sur le soir avec les enfants, elle remarqua avec satisfaction que les deux jeunes gens serrés l'un près de l'autre devant le cantou avaient l'air aussi nigauds qu'une poule ayant trouvé un couteau. C'était bon signe. Les joues rouges des trois petits faisaient également plaisir à voir, ils s'entendaient bien. Frédéric aimait jouer au grand frère, à la fois prévenant et directif. Il fallait bien ça pour canaliser les deux autres diablotins. L'heure du départ approchait, l'enfant vint se lover contre elle, lui glissant à l'oreille :

— Depuis que tu m'as quitté, je suis tout obcordé.

Elle hocha la tête, pleine de compréhension. C'était le mot du jour, signifiant « avoir le cœur inversé », choisi par lui, sûrement pas par hasard. Joséfa soupira en le serrant davantage sur sa poitrine. Il faudrait encore du temps pour que cet enfant s'apaise. Les choses, pourtant, ne se passaient pas si mal. Laure allait guérir, pourrait prendre la relève. Nina, surtout, s'établirait bientôt à Vic, elle apporterait tout l'amour qui y manquait encore. La jeune femme avait toujours préféré les gens aux lieux, ceux-ci n'avaient pas à ses yeux l'importance que Joséfa elle-même y accordait.

Nina était si jeune encore, si bouillante, courageuse, fière. Sans nul doute, elle allait révolutionner à sa manière toute la villa Médard, surtout si Hugo conservait encore longtemps cet air benêt qui le rajeunissait tout en l'humanisant. C'était bien. Du changement, c'est ce qui leur fallait à tous. Elle décida brusquement d'inviter la famille Vitarelle ici pour Noël, avec Anselme aussi peut-être. Ils se tiendraient chaud, se sentiraient unis. Elle en avait fortement envie, comme pour former un ultime défi à la Bramade. Montrer définitivement à celle qui avait été son ennemie silencieuse que c'était bel et bien fini, qu'elle n'avait plus voix au chapitre, que désormais tout se passerait sans elle, que ses manigances, ses vilenies resteraient enterrées à jamais dans le vieux cimetière, qu'une nouvelle ère s'ouvrait, beaucoup plus sereine.

Joséfa lança un regard circulaire à son petit univers. Le feu ronflait joyeusement, jetant une lumière fugace sur les carreaux de terre cuite un peu disjoints. Les livres épars, les petits bonshommes en bois, le panier du chat empli de pommes de pin, M. Lechat en personne se prélassant sur le fauteuil, tout contribuait à créer une ambiance chaleureuse. Dans son cadre, la photo de Lili, sa fille, souriait. Elle aurait toujours dix-huit ans, ne vieillirait jamais. Joséfa voulait croire qu'elle veillait sur elle, sur eux tous, que grâce à elle cette maison chaude pourrait soulager encore bien des peines.

Elle alla jusqu'au pas de la porte, regarder encore et encore ce paysage qu'elle aimait tant, ce paysage où elle était chez elle. Les montagnes se détachaient dans le couchant, un désir d'éternité voyageait dans l'air. Ce soir elle sentait le poids des années dans son corps, aurait aimé marcher plus lentement, reprendre souffle, se reposer.

Le téléphone sonna, Nina lui cria de loin :

— C'est Laborie, il viendra te chercher demain, il t'invite à déjeuner !

Elle sourit, l'instant de flottement était passé. Elle mit cette singulière faiblesse sur le compte de la Bramade, un dernier sursaut de révolte de celle qui n'admettait autrefois aucune défaite. Il était trop tard, définitivement, Joséfa l'avait vaincue, elle ne se relèverait pas.

Remerciements

Ce roman est une fiction et toute ressemblance avec des personnes ou des situations existantes ou ayant existé ne saurait être que fortuite.

Toutefois, j'ai souhaité à travers cette histoire saluer les entreprises du Cantal fabricantes de parapluies qui ont fait la célébrité d'Aurillac. Cette tradition est aujourd'hui principalement portée par l'entreprise Piganiol, de renommée internationale.

Le lecteur intéressé pourra se reporter notamment à l'ouvrage passionnant de Jean Piganiol paru en 2009 : *Aurillac. Berceau du parapluie : 125 ans d'histoire des parapluies Piganiol.*

Un grand merci à Joël Laborie pour ses précieux souvenirs de commandant de communauté de brigades de gendarmerie qui m'ont donné un soir l'idée de cette intrigue.

Un hommage attendri à mes parents, Pep, jardinier infatigable, patient, généreux et plein d'humour qui m'a transmis ses secrets et son amour respectueux de la terre, et Minou, pour ses bouquets colorés, ses repas mitonnés et son amour inépuisable. Mon héroïne Joséfa leur doit évidemment beaucoup.

13307

Composition
NORD COMPO

Achevé d'imprimer à Barcelone
par CPI Black Print
le 3 octobre 2021.

Dépôt légal octobre 2021.
EAN 9782290360040
OTP L21EPLN003128N001

Éditions J'ai lu
87, quai Panhard-et-Levassor, 75013 Paris

Diffusion France et étranger : Flammarion